ZOO

乙一

張筱森 譯

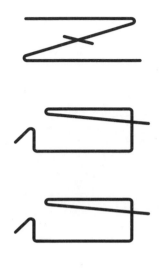

目錄

總導讀——曲辰

比煙火更燦爛・比永遠更遠

作爲一個小說家，乙一，注定成爲一則傳奇。

本名安達寬高的他，於十七歲的秀逸之年以〈夏天・煙火・我的屍體〉出道，隨即獲得諸如小野不由美、我孫子武丸、法月綸太郎、栗本薰等名家的一致好評，其作品同樣在許多票選排行榜及文學賞中占有一席之地（註）。

但僅只這樣並不足以成就其傳奇地位，或許我們還是得回到乙一的小說上，才能知道他迅速成爲日本新生代小說家中佼佼者的理由。

在其處女作中，講述一個九歲的女孩殺害了童年玩伴，之後與哥哥展開一連串藏匿屍體掩藏罪行的冒險。透過死去小孩的靈魂視角，賦予此篇小說前所未有的新意，更讓小說

註：以下為其小說得獎紀錄：〈夏天・煙火・我的屍體〉（1996）：第六屆「JUMP小說，非小說大獎」。《GOTH斷掌事件》（2002）：第三屆「本格推理小說大獎」、「本格推理小說BEST 10 2003」第五名、「這本推理小說了不起！-2003」第二名、「週刊文春推理小說BEST 10 2002」第七名。《槍與巧克力》（2006）：「這本推理小說了不起！-2007」第五名。

中的恐怖氣氛不止於書中兄妹倆與其他人的捉迷藏，還蔓延到書中角色與讀者之間的對決中，在成熟富節奏的文句中堆疊出結局那令人驚愕又滿足的奇特景象。

當大家擔心這篇極為特出的作品不過是曇花一現的同時，乙一之後的小說陸續發表了，更讓小野不由美在《夏天》一書的解說中說出「不是僥倖。那不是新手在無意識中書寫，偶然迎頭碰上的全壘打。我認為這個作者的心中確實存在著『應當如此』的理想型」這樣的讚美之詞。

之後的乙一很快席捲大眾的目光，不但在恐怖驚悚小說中展現出驚人的才華，巧妙翻攪人類黑暗心靈湧現出的眞實幻境，也寫出一篇篇如讚歌般清新節制、凝視希望的青春小說。於是從此之後，就有人用「黑乙一」、「白乙一」來稱呼乙一，以區別其大相逕庭的寫作風格。

不過，將乙一的寫作路線區分為黑白兩面，似乎就會任意的將目光投射向遠方，而忽略他小說中黑白邊界模糊的部分，進而產生對作品的錯誤理解，與其任意採用二分法，不如把注意力放在小說的核心出發點——也就是「人」——之上。

乙一筆下的小說人物，往往都有很明顯的「拒社會性」，不管在青春小說或恐怖小說都一樣，每個主角與世界的關係都好像隔著張半折射的薄膜一般，往往由外往內看不出什麼異狀，角色們卻是看到扭曲、變形、不適合自己生存的世界。在這張狂世界的映襯下，半映上去的自己身影便顯得卑微而不可直視了。

這隔膜與角色之間的斷層，並不是「適應不良」或「情感障礙」就能交代過去的，該說是更爲深入內在，從根柢上與世界缺乏溝通能力的痛苦。這種與社會的阻絕性，爲乙一的小說找到基本調性，文字並不能說冷漠，卻呈現出一種由玻璃與鋼鐵組成的世界：冷調、壓抑，只是在玻璃中透出來的，究竟是陽光還是更深的黑暗的差別。《暗黑童話》一書的開端就是最佳的例子，作者用一種相當無所謂、不當一回事的口氣在講述整個故事，讓戰慄感跳過文字，直截了當地傳達到讀者心中，更樹立作者本身相當重要的無機風格。

乙一小說中的情感，都是間接傳遞出來，所有的愛戀、悲嗔、怨痛，都彷彿電波沒有對好焦，無法從文字內容中直接讀出來，但我們又能在動作與動作間短暫的空隙中，「感受」到近乎本質的心理狀態，只是無法「觸摸」那些情緒波動。

這種心情的描寫，似乎跟乙一本身的經歷也有關係。高中時期，他在學校是完全不會跟人講話的，像一座移動型孤島，整天從家裡漂到學校、又從學校漂回家裡。難怪他寫得出在《在黑暗處等待》中的極佳比喻：「在名爲『世界』的這道菜色當中，我是一塊沒能溶化，還殘留固體形態的湯塊。」

說到底，又有誰能在「世界」這道菜中眞正溶化？以乙一自己爲例，他是久留米工業高等專門學校、豐橋技術科技大學生態工學系畢業，可是他的文字成熟而纖細，毫無理科類組的一板一眼；他大學時參加科幻小說研究社，卻不擅長寫架空小說；他是熱愛電影的動漫畫世代，不過小說中毫無類似的氣息；他喜歡的推理作家是森博嗣與島田莊司，卻塑造出與他們截然不同的想像世界。如果要從外部來定義些什麼，不如說乙一本身就是這樣與外部世界共存卻不相涉的人。

或許正因這種沒有溶化完全的狀態，讓乙一注視世界的眼光與一般人不同。他所寫的情節，都是每個日本人會經歷過的歲月，即使不是日本人的我們，也一定曾感受類似的孤單、恐懼、期待與嚮往。這些人類共通的心情，在乙一的細緻描寫下，成了動人的主樂章。

在寫實的基礎之上，乙一才能展現出屬於他的幻想層面，任想像力盡情奔放，於是我們看得到超現實的狐狗狸逐步進占寫實領域，不存在的東西召喚出不存在的恐懼（〈天帝妖狐〉）；在公園中再普通不過的沙池裡觸碰到不可能出現在那裡的人頭（〈昔日夕陽的公園〉）；明明同在一幢房子，但父母卻深信對方死了，只有「我」見證他們的存在（〈SO-far〉）。即使是幻想，但在寫實層面處理得好，讀者輕易相信作者，也在這種信賴基礎上，作者可輕易翻覆讀者的心情。

在〈平面犬〉中有個極為驚悚的開頭，一時興起去刺青的少女，手腕上的小狗刺青有一天卻詭異地動了起來，驚懼之餘，人犬間卻培養出奇妙的共生感，故事一路奔騰朝不可思議的方向邁進；〈A MASKED BALL——以及廁所的香菸先生的出現與消失——〉則以極為常見的廁所塗鴉起始，製造出推理小說的氣氛，並隨著事件的發生瞬間扭轉為驚悚小說，然而，恐怖與溫馨的情緒卻也同時醞釀著。

這就是乙一，你永遠無法為他歸類，在歸類的當下他隨即變換另一種姿態。他由那名為「人」的內核找到動力，往外爆發出名為小說的煙花，每朵煙花各不相同，在轉瞬間帶給我們無窮的嘆息。

每個時代的文學都有專屬的煙火，而乙一，就是我們這個時代，最盛大的傳奇。而傳奇，終將繼續下去。

本文作者介紹

曲辰，接觸推理小說以後，就自動分裂為三位一體的生物，做為一個讀者要求完整的故事、作為一個研究者要求更深層的咀嚼、做為一個未來的創作者要求絕對的文字宇宙。目前雖然努力整合中，但時有齟齬，希望早日尋找到一個平衡點，不使跌躓。

小飾與陽子

媽媽要殺我的話，會怎麼下手呢？或許老樣子拿硬物敲我的頭；或許一樣動輒掐住我的脖子；還是把我從公寓陽臺推下去，再偽裝成自殺？

一定是這個。我想，偽裝成自殺是最聰明的方法了，到時候老師和同學被問到關於我的事，他們一定會這麼回答：

「遠藤陽子同學老是一副心事重重的模樣，她一定是太鑽牛角尖才會自殺的。」

不會有人對我的自殺起疑。

最近媽媽對我的虐待愈來愈直接，愈來愈多肉體上的傷害。我還小的時候，媽媽折磨我的方式比較迂迴，好比蛋糕故意只買妹妹的份，或是買衣服給妹妹而不買給我，幾乎全是精神層面的虐待。

「陽子，妳是姊姊對吧，所以要忍耐呀。」

媽媽總是把這句話掛在嘴上。

我和小飾是同卵雙胞胎姊妹。小飾既漂亮又活潑，笑起來就像一朵盛開的花，在學校不論老師或同學大家都很喜愛她，而且小飾常會把吃剩的飯菜給我，所以我也很喜歡她。

媽媽做飯總是故意沒準備我的份，因此我幾乎無時無刻不處於飢餓，但要是我擅自打開冰箱，媽媽就會抓起菸灰缸揮過來，我很害怕，根本不敢偷吃。當小飾把盛著吃剩飯菜的盤子放在餓到垂死邊緣的我面前，說眞的那一剎那，妹妹在我眼裡就像天使一樣，那是一個將自己吃剩焗烤裡的紅蘿蔔挑出來放到盤子上、背上有著白色翅膀的天使。

媽媽就算看到小飾把食物分給我也不會生小飾的氣。印象中媽媽從不曾責罵小飾，因爲媽媽非常非常疼愛她。

我向小飾道謝。吃著殘羹剩飯，我心想，爲了守護這個重要的妹妹，我可能連殺人也辦得到吧。

我們家沒有爸爸。從我懂事以來就是媽媽、小飾和我三個人過日子，到現在我國中二年級了仍是如此。

我不知道沒有爸爸這件事對我的人生造成什麼影響。不過要是我有爸爸，或許媽媽就不會打斷我的牙齒或拿香菸燙我，但當然也可能一切狀況仍和現在一樣；說不定我的個性會變得和小飾一樣開朗吧。早上，我看著媽媽滿臉笑容端著盛了吐司和荷包蛋的盤子迎面走來時，一邊想著這種事情。那些盤子當然都擺到了小飾面前，一如往常沒有我的份，我也覺得自己還是不要目睹這種光景比較好，但我就睡在廚房裡，想不看到也難。

媽媽和小飾都有自己的房間，但我沒有，我的私人物品和吸塵器之類的東西一併塞在置物櫃裡。幸好我本來就沒什麼私人物品，活著並不需要多大空間。除了學校課本和制服，我幾乎什麼都沒有，衣服也只有零星幾件小飾穿舊給我的而已。我也曾經翻書或雜誌來看，但媽媽發現之後就被沒收了。我只有一個壓得又扁又破的坐墊，擺在廚房垃圾桶旁邊，我總是坐在上面讀書、胡思亂想或是哼歌。但我要注意不可以直盯著媽媽或小飾瞧，要是四目相接，馬上媽媽拿起菜刀就扔過來了。還有，這個坐墊也是我寶貴的棉被，只要像貓一樣縮成一團睡在上面，身上居然也就不痛了。

我每天早上都沒吃早餐就出門了。要是待在家裡，媽媽就會用「爲什麼我們家會有妳這樣的孩子？」的眼神嫌惡地瞪著我，所以還是盡早出門爲妙，要是晚個幾秒離開家，身上可能又要增加瘀青了。就算我什麼都沒做，媽媽還是會找到理由對我動手。

上學途中，每當小飾從我身旁經過，我都不禁看她看得入迷。小飾有一頭柔軟蓬鬆的秀髮，總是神情雀躍地走著。小飾和我在媽媽面前幾乎從不交談，但我們也不是媽媽不在場就會親密談心的好姊妹。小飾在學校很受歡迎，總是和許多朋友開心地談笑，我雖然羨慕那樣的小飾，卻沒有勇氣加入她的朋友圈。

因爲我完全不認得任何電視連續劇或歌手，我只要看電視就會被媽媽罵，所謂擁有電視的生活對我而言完全是未知的世界。

所以我沒有自信能夠跟得上大家的話題，結果就是，我沒有任何朋友，下課時間總是趴在桌上裝睡。

對我來說，小飾的存在正是我的內心支柱。小飾如此受到大家喜愛，而自己身上和她流著相同血緣，我心裡其實覺得十分驕傲。

我長得和小飾很像。雖然說我和她是同卵雙胞胎，長相像是一個模子印出來的，但從來沒人認錯過我們兩個。小飾開朗活潑，我陰鬱黯淡；從身上的制服也可以輕易分辨出來，我的制服髒兮兮到處沾了汙漬，最要命的是有股臭味。

有一天上學途中，我看到電線桿上貼了一張尋狗啓事。走丟的是一隻母梗犬，名叫阿索。在簡略的插畫下方，以很漂亮的字體寫著：「看到牠的善心人士請與以下住址聯絡．鈴木」。

當時我只大概瞄了一下那張啓事，沒特別在意，其實我也沒多餘心力，因爲手臂上前天弄傷的瘀青痛到受不了，連上課都無法集中精神，於是我去了保健室。保健室的女老師見到我嚴重瘀青的手臂，嚇了一大跳。

「啊呀，怎麼會撞成這樣？」

「我摔下樓梯了。」

這是謊話。其實是昨天晚歸的媽媽進浴室洗澡時發現浴缸裡有掉落的長髮絲，一怒就毆打我造成的，我整個人摔出去，手臂不慎撞到桌角，我不禁在心中痛罵自己的笨拙。

「媽媽一想到妳掉在浴缸裡的髮絲會黏到我身上就噁心得不得了。妳就這麼討厭媽媽嗎？媽媽累得半死好不容易回到家，妳卻這樣對媽媽？」

因爲這種事以前也發生過，之後我一直很小心絕對不搶在媽媽之前使用浴室，因此媽媽說的長髮絲並不是我的，而是小飾的。可是我和小飾的頭髮留得一樣長，而且媽媽在氣頭上，跟她說什麼都沒用，我只好選擇沉默。

「看來是沒有骨折，可是一直很痛的話，還是去趟醫院比較好。不過遠藤同學，妳是眞的摔下樓梯弄傷的嗎？我記得妳之前也曾經因爲摔下樓梯來保健室報到吧？」

保健室老師一邊幫我纏繃帶一邊問道。我什麼都沒說，低著頭走出了保健室。看來拿摔下樓梯當藉口已經行不通了。

我一直拚命隱瞞媽媽虐待我的事，一方面是因爲媽媽要我保密，再者要是我跟外人說了這件事，媽媽鐵定會殺了我。

「妳聽好了。媽媽之所以打妳，是因爲妳是個無可救藥的壞孩子，不過妳絕對不准說出去，知道嗎？知道的話，我就不按下這個果汁機的開關饒了妳。」

當時，還是小學生的我邊哭邊點頭，媽媽才把手指從開關移開，鬆開我被緊緊按住的手臂。我慌忙把手從果汁機裡抽出來。

「只差一點點妳的手就變成果汁了呢。」

媽媽嘴邊還沾著巧克力冰淇淋，一邊朝我吐出甜得令人作嘔的氣息一邊笑著。

媽媽很不擅長跟人打交道。雖然她在家會像惡鬼似地虐待我，但在外面卻是幾乎不開口說話的人。她爲了養活兩個孩子不得已才外出工作，實際上她很難順利與別人溝通。我想或許我和媽媽本質上是相似的，也因此我們兩個都很嚮往活潑開朗的小飾。媽媽由於職場人際關係不順遂而帶著焦躁的情緒回家，然後一看到我，就是一頓拳腳伺候。

「妳是我生的，要妳生或要妳死都是我的自由！」

我還寧願她說我不是她生的。當媽媽扯住我頭髮的時候，我總是這麼想。

打掃時間，同班同學突然對我說話。這是我隔了三天又六小時，再次和同學有了對話。順帶一提，三天前的對話只有：「遠藤同學，借我橡皮擦。」「……啊，對不起，我沒有橡皮擦。」「嘖。」這樣而已。不過今天的對話要長得多了。

「遠藤同學，妳是一班遠藤飾同學的仿冒品吧，怎麼看都不像是她的親姊妹嘛。」那個女同學手中拿著掃把這麼對我說，周圍的女同學聽到，全笑了出來。她說的事情我早有自覺，所以一點也不覺得奇怪或生氣，但周圍的同學跟著訕笑卻讓我感覺很差。

「不可以這麼說啦，遠藤同學會很受傷的。」

「抱歉我沒有惡意喔。」

「嗯，我曉得……」

我這麼回答她，但是因為很久沒開口說話，聲音全悶在喉嚨裡。我一邊掃地，一邊心想大家能不能快點走開呢，教室是大家都該負責的打掃區域，但總是只有我在打掃。

「對了，遠藤同學，妳今天去了保健室對吧？妳身上的瘀青又增加了嗎？妳全身都是瘀青呀？我都知道喔，游泳課換泳衣的時候被我看到了呢，可是大家都不信，不如妳現在把衣服脫下來讓大家瞧瞧吧。」

我不知道該怎麼辦，只是緊閉著嘴，剛好導師打開教室門走了進來，找我搭話的同學一哄而散，個個假裝認眞地開始打掃。「得救了。」我暗自鬆了口氣。

回家途中，我坐在公園長椅上想起同學們的訕笑。不要擅自決定別人會不會受傷好嗎。事後這麼一想，我開始莫名地生起自己的氣，我眞的一直都被大家當成傻瓜耍，要怎麼做才能像小飾一樣和大家融洽地聊天呢？我也好想和大家一樣拋下打掃工作，把講義紙揉成一團當冰上曲棍球打著玩。

回過神來，我身旁多了一隻狗。牠戴著項圈，剛開始我以爲飼主還在公園裡好好地看著牠。

但五分鐘過後，我發現並非如此。牠開始嗅我的鞋子，我戰戰兢兢地摸了一下牠的背。這隻狗似乎不怕生，很習慣和人類在一起。我發現牠是一頭母㹴犬，想起了今天早上看到的尋狗啓事，說不定這隻狗的名字就叫阿索。

我抱著狗前往海報上寫的鈴木家住址。鈴木家是一棟小小的獨棟建築，已經過七點了，天空被夕陽染得通紅。我按下門鈴，一位身材嬌小滿頭白髮的老奶奶走了出來。

「啊，阿索！這是阿索呀！」

老奶奶驚訝得睜大了眼，開心地緊抱著狗不放。她應該就是那位寫下尋狗啓事的鈴木女士了。

「眞的很謝謝妳，這孩子讓我擔心死了。妳先別急著走，進來坐一下吧。」

我愣愣地應了一聲，跟著老奶奶走進屋裡。老實說，我內心很可恥地期待著謝禮，錢也好點心也好什麼都好，我的肚子從沒塡飽過，只要有人願意給我東西，我什麼都想要。

老奶奶帶我進客廳，讓我坐到坐墊上。

「妳叫陽子啊，我是鈴木。尋狗啓事才貼了一天就找回這孩子，簡直像作夢呢。」叫做鈴木的老奶奶一邊以臉蹭著阿索的臉走出了客廳。她似乎是一個人獨居。

鈴木奶奶端著盛了咖啡和甜點的托盤走回客廳，阿索緊跟在她身後。老奶奶將托盤放到矮桌上，和我相對而坐。她想知道我在哪裡找到阿索，雖然不是多麼戲劇性的發現經過，但我在敘述的時候，她始終笑瞇瞇聽我說話。

我將砂糖棒攪進咖啡裡，咕嘟咕嘟倒入奶精一口氣喝光了，甜點也是兩口消滅，兩樣都美味極了。我的生活裡幾乎沒有所謂甜點這種東西，勉強要說，大概只有學校營養午餐附的點心吧。在家裡當然不用說，我的食物只有小飾吃剩的東西。要是到沒有提供營養午餐的高中我還活得下去嗎？這種窮酸的問題老是在我腦中盤旋。

鈴木奶奶親切地再替我倒一杯咖啡，她要我這杯慢慢喝，好好品嘗咖啡的味道。

「我很想請妳留下來吃晚飯的……」

一瞬間我腦子裡想的是，什麼菜我都吃！然而我的理性卻悄聲告訴我，再怎麼說第一次見面就留下來吃飯實在太厚臉皮了。

「但我今天一直沒心思準備晚餐，整天都在擔心這孩子。」

鈴木奶奶緊緊地抱住阿索。阿索還眞幸福啊，我不禁羨慕起這隻被抱住的小小梗犬。

「對，我得送妳謝禮才行。送什麼好呢？我找找看可以送妳的東西，等我喔。」

鈴木奶奶站起身，留下阿索走出了客廳。她會送我什麼呢？我很難得有了期待的心情。我總是過著戰戰兢兢、擔驚受怕的日子，幾乎不曾興奮地期待過什麼。如果禮物是點心之類的，就在回家路上邊走邊吃完吧，帶回家一定會被沒收的。

阿索嗅著我的味道。我昨晚最後還是沒能洗澡，身上一定很臭吧。我環視屋內，有電視，但沒有錄放影機，想必是老人家不知道怎麼使用的關係，我曾經聽說錄放影機很難操作。順帶一提，我從來不曾操作過電視和錄放影機。

客廳裡有一道占了整面牆的大書櫃，正當我逐冊瀏覽著排得滿滿的書，鈴木奶奶一臉很傷腦筋地回客廳。

「眞是抱歉，本來我想送妳我最珍貴的寶物，但忘記放哪兒去了。我會找出來的，所以能不能麻煩妳明天再過來一趟呢？明天我會先準備好晚飯喔。」

我答應她一定會來，這天就先回家了。外頭已經一片漆黑，鈴木奶奶送我到玄關和我道別。原來有人送到門口就是像這樣啊，初次的體驗讓我覺得很新鮮，長這麼大從來沒有人送我出門過。

隔天，放學後我先繞到鈴木奶奶家，還沒按下門鈴就聞到了一股香味。鈴木奶奶很開心地迎接我，我想還好來對了。和昨天一樣，我被帶進客廳坐到同一張坐墊上，阿索也還記得我，一切簡直就像昨天的續集。

「陽子，眞是對不起，我還沒找到說要給妳的那樣寶物，到處都找遍了，到底放哪兒去了？不過妳既然來了，一起吃個晚飯好嗎？陽子喜歡漢堡嗎？」

喜歡斃了，喜歡到要我賣掉一顆腎臟也甘願。聽我這麼說，老奶奶滿布皺紋的臉上露出溫柔的笑容。

我一邊吃，心裡一邊猜想鈴木奶奶爲什麼晚餐準備了漢堡。是因爲她自己喜歡吃？不，一定是爲了讓我開心才做的吧，我能夠理解爲了取悅小孩子而做漢堡的心理。

「陽子，我想多認識妳一點耶。」鈴木奶奶邊吃著漢堡說道。

眞糟，該說什麼好？

「說說看妳家裡有哪些人呢？」

「家裡除了我，還有媽媽和一個雙胞胎妹妹。」

「啊呀，雙胞胎啊？」

鈴木奶奶一臉很想聽我繼續講的表情，但眞相實在陰暗得慘不忍睹，所以我說謊了。我跟她說，雖然沒有爸爸，我們母女三人依然開心地過日子。我說，我媽媽非常溫柔，她在我跟妹妹生日那天，替我們各買了一件同樣顏色的漂亮衣服，那是一件不大花俏，反而覺得有些樸素、偏成熟大人味道的衣服。我說，假日時我們三人會一起去動物園，我曾經很靠近地看過企鵝喔。我說，我和妹妹一直都睡同一個房間，可是現在長大了，我好想要有自己的房間喔。我還說，小時候我和妹妹曾經看了恐怖電視節目怕到睡不著，媽媽便過來溫柔地握著我們的手。我不停說著一些壓根不可能的事情。

「妳媽媽眞是了不起呢。」

鈴木奶奶感動地喃喃道。聽她這麼說，我忍不住想要是這些謊話都是眞的就好了。她還問了我在學校的生活，於是我撒謊說和同學一起到海邊玩。看著微笑聽我說話的鈴木奶奶，這下更不能讓她知道眞相了，但我腦子裡負責編造謊言的部位已經運轉到極限開始發出哀嚎，我得設法轉移話題才行。

「對了，這裡有好多書喔！」

我嚥下細細咀嚼過的漢堡，一邊望向牆面的書架。鈴木奶奶高興地說：

「因爲我很喜歡看書啊。這裡的書只是一小部分，其他的房間裡還有很多呢。我也看漫畫喔，陽子喜歡什麼樣的漫畫呢？」

「唔……其實……我不太懂這些……」

「喔，這樣啊。」

看到鈴木奶奶似乎很遺憾的表情，我想我一定得做點什麼，因爲我不希望被這位老奶奶討厭。

「那個……可以請您推薦我一些好看的書嗎？」

「當然好呀，妳想看的書就借去看吧。對了，就這麼做吧，然後妳要還書的時候就可以再來我家坐坐了。」

鈴木奶奶將她覺得好看的小說和漫畫堆了一疊在我面前，我只從裡頭挑了一本漫畫，便告別了鈴木奶奶家。之所以只選一本是因爲我想趕緊看完，這樣明天我就可以拿回去還給鈴木奶奶了，那麼她應該會再請我吃好吃的食物。雖然多少帶有這種單純低級的預期心理，另一方面這麼做，我就能再見到鈴木奶奶和阿索了。我好想和這位老奶奶多說說話，只要坐在鈴木家的坐墊上，只要跟鈴木奶奶和阿索待在一起，我的臀部就像生了根似的，連起個身都百般不願。

之後，雖然各種痛苦的事不斷襲來，我仍持續去鈴木家玩。通常我在離開她家的時候都借了書，然後就得爲了還書再次前往她家；而鈴木奶奶也依舊找不到她要給我的寶物究竟放在哪裡。

雖然還書只是我前往鈴木家的藉口，但如果失去了藉口，我會覺得自己根本不應該和其實是陌生人的鈴木奶奶見面。鈴木奶奶是我有生以來第一個能夠眞正放心相處的人，我不想因爲自己老是上她那兒打擾而惹她討厭。

每次去到鈴木家，鈴木奶奶總是做好晚餐等著我。每天，我都會把看漫畫和小說的讀後感告訴她。我和鈴木奶奶及阿索的感情愈來愈好，早點放學的時候，我還會帶阿索出去散步，偶爾也幫忙奶奶更換壞掉的電燈泡或是削馬鈴薯皮等家事。

「下次放假的時候，我們一起去看電影吧。」

鈴木奶奶這麼提議，我高興得都快飛上天了。

「只是，我總是這樣霸占著妳，對妳媽媽很不好意思。對了，下次帶小飾一起來吧。」

嗯……我雖然點頭答應，卻完全不知道該怎麼辦。鈴木奶奶全盤相信了我的謊言。

看完電影，我和鈴木奶奶一起去吃了迴轉壽司。雖然我婉拒了，鈴木奶奶卻說她實在很想吃壽司，一定要我陪她。我這輩子還沒吃過幾次壽司，完全搞不清楚魚的名字，不過迴轉壽司的用餐規矩我大致還曉得，本來打算點便宜的壽司就好，卻搞不清楚哪些種類才是便宜的。壽司不停從我們面前轉過去，這時鈴木奶奶聊起了她的家人。

「我有一個和陽子年紀差不多的孫女喔。」

鈴木奶奶神情落寞地說：

「記得應該是比妳小一歲吧，是我女兒的小孩。雖然住得不遠，也三年沒見面了。」

「鈴木奶奶沒辦法和家人一起住嗎？」

她沒回答，一定是有什麼隱情。

「如果寫信給她呢？在信上寫：『我想和妳見個面請妳吃大餐，想吃什麼都可以喔。』她一定會來找妳的。」

說完我自己也開始認真思考，如果有人跟我說「想吃什麼都可以喔」的時候，應該回答我要吃什麼。這是一輩子不知道會不會有幸被問到一次的珍貴問題，所以得趁現在想好回答才行。

「妳眞是個體貼的好孩子呢。」鈴木奶奶低聲道：「……有件事情我必須跟妳坦白。妳帶阿索回來的時候，我不是說要送妳一樣寶物做爲答謝嗎？其實根本沒有那件物品，我是騙妳的，那只是我想和妳見面編的藉口。眞的很抱歉，請妳收下這個當代替吧。」

鈴木奶奶將一把鑰匙放到我手中要我握住。

「這是我家的鑰匙，以後再也不用編藉口了。我最喜歡陽子了，妳想來就來。」

我拚命地點頭，這主意眞是太美妙了。活到今天不知道有多少次，我後悔自己被生到這個世上。我爬上大樓的屋頂，攀上鐵絲網，迎著強風一邊流著鼻水一邊猶豫要不要往下跳，想都沒想過會有這麼一天降臨我身上。

那天之後，只要碰到痛苦的事，我都會緊緊握住鈴木奶奶給我的鑰匙努力撐過去。簡直就像三號鹼性電池一樣，這把鑰匙給了我能量，讓我有了生存意志。我每次都拿這鑰匙當書籤用，夾在書裡藏了起來。

那件事發生在鈴木奶奶給我鑰匙兩星期後的星期五，地點是學校。下課時間小飾到我教室來，說忘了帶數學課本要我借她。

「拜託啦，我一定會好好酬謝妳的。」

我已經很久沒跟小飾說到話了，所以我心裡其實很高興。我下午也有數學課，和她約好上課前記得還回來，便把課本借給了她。

但到了午休時間，我去小飾班上找她，她卻不在教室裡。我拿不回課本，下午的數學課就這麼開始了。

數學老師是個看上去很友善的男老師，我幾乎不曾和他說過話，但我常看他在走廊上和小飾熟稔談笑，我想只要老實說出原委，老師一定會原諒我的。

「為什麼沒帶課本來？」

才剛開始上課，老師就把我叫起來問話。

「我……借給妹妹了……」

「講那什麼話！妳竟然把責任推到別人身上，真是不敢相信。妳和一班的小飾同學真的是雙胞胎嗎？妳呀，拜託多注意一下自己的儀容好不好。」

老師此話一出，教室各個角落紛紛傳出竊笑。我臉頰發燙，只想從教室逃走。我也知道自己一頭亂髮，衣服髒兮兮，但是起居都只能在廚房的我根本不可能改善這些問題。

放學後一走出教室，小飾叫住了我。

「姊姊，這麼晚才還妳課本真抱歉，讓我賠罪吧。我要跟朋友去麥當勞，姊姊妳也一起來呀，我買漢堡給妳吃喔。」

小飾魅力十足地笑了。這是她第一次邀我，我高興到當下就回答OK，我甚至用自己的右腳踩痛左腳好確認這不是夢。

小飾和她的兩個朋友加上我總共四人到了麥當勞，由小飾負責點餐。我和小飾的朋友是第一次見面，所以她們和我幾乎沒說什麼話，不過都很開心地和小飾聊著天。

「喂，妳身上眞的都沒錢嗎？眞不敢相信，爲什麼小飾有零用錢妳卻沒有？」

在櫃臺前，小飾的朋友這麼問我，小飾代我回答說：

「這是我媽媽一直以來的教育方針呀，她說姊姊一拿到錢馬上就花光了。」

我們端著漢堡走上二樓找了位置坐下，果汁、薯條、漢堡都只有三人份。小飾三人開始吃東西，我則直盯著那光景瞧，我很猶豫要不要開口問：「我的份呢？」因爲我是不能主動跟媽媽和小飾說話的。

「喏，這個我不要了。」

小飾的一個朋友將吃剩的漢堡推到我面前。

「我說陽子同學，妳眞的會吃別人吃剩的食物啊？」

小飾似乎很樂地回答朋友的疑問：

「是眞的喲，姊姊總是大口大口吃掉我的剩飯呢。」說完，小飾朝我說：「妳都會吃對吧，這兩個人不相信，乾脆讓她們親眼確認最快了。姊姊，這個也給妳吧。」

小飾將吃剩的漢堡推到我面前，她的朋友好奇地緊盯著我，我像頭豬似大口大口吃光了面前的食物，結果三人「嘩！」一起拍起手來。

走出店門，小飾三人跟我揮手說拜拜後便朝車站大樓方向離去，終於剩下自己一個人，我突然嚴重地喘不過氣來。我在心中喃喃唸著：「神啊！」

抵達鈴木奶奶家的時候，我的腦子已經完全陷入混亂，爲什麼小飾要約朋友一起對我做那種事呢？其實小飾的舉動和平日沒兩樣，她只是把她平常在家裡對待我的方式展現在外人面前罷了。我試著這麼說服自己，然而呼吸困難的狀況仍然沒有起色，我想一定是剛才一下子吃太多了。

鈴木奶奶一邊咳嗽，泡了杯咖啡給我。

「我今天好像感冒了。」她仍不停咳嗽，「啊呀，陽子怎麼了？妳的臉色也好蒼白，發生了什麼不開心的事嗎？」

「沒什麼，我好像吃太多了……」

「吃太多？眞的嗎？」

她直盯著我的雙眼。我心想，眞是不可思議，爲什麼老人家的眼眸這麼澄澈呢？我手按住心臟一帶說：

「這裡覺得好悶……」

話才說一半就說不下去了，小飾和她朋友的身影又在我腦海浮現。鈴木奶奶默默撫著我的頭。

「一定是遇到不開心的事了吧。」

說著她帶我走進寢室，讓我坐到梳妝臺前。

「來，笑一個。陽子其實是個小美女呢。」

她捏起我的雙頰朝左右拉開，硬是讓我露出笑臉。

「啊，好了好了請放開我，這樣鏡子裡的臉好像小丑。不過我的呼吸已經好多了，請別再拉我的臉了。」

「好多了？那就好。」

說完她又開始咳嗽，聽起來不像單純的咳嗽，而是令人有不祥預感的嘶啞乾咳，我不禁擔心地問她：

「鈴木奶奶您還好嗎？」

「沒事。對了，下次一起到哪裡旅行吧。陽子，妳現在已經是我最重要的家人了。」

「我們去旅行，然後就這麼一去不回也沒關係嗎？」

「沒關係呀，我們直接環遊世界去吧。那我就把妳當成是我的孫女囉。」

妳該不會是我腦袋裡生出來的美好妄想吧？這實在是太美妙的提案了，其實我一直暗想要是鈴木奶奶眞是我親生的奶奶不曉得多好。

鈴木奶奶伸出食指指了指鏡子，我定眼一看，鏡子裡映著滿臉笑靨的我。我和小飾眞的長得好像。

離開鈴木家的回家路上，我試著學小飾走路的模樣，高高抬起頭，一臉幸福地大步向前走，這時我才察覺，原來我平時走路總是彎腰駝背的。

正當我回味著今天在鈴木奶奶家發生的事情，一邊窩在廚房垃圾桶旁念書時，媽媽提著筆記型電腦回家了。

筆記型電腦是媽媽非常寶貝的工作工具。曾經有一次，媽媽放在廚房餐桌上，而我不小心碰到。

「不要用妳的髒手碰它！」媽媽說著便拿起焗烤盤打我的頭，於是我學到筆記型電腦的地位比我還高。

走進家門的媽媽一臉倦容，看到我的瞬間便露出「看到髒東西」的表情，然而當她聽見客廳傳來小飾喚她的聲音，臉色馬上和悅起來。小飾比我早到家，之後就一直待在客廳裡看電視，但因爲媽媽不准我進客廳，我和小飾到家後還沒說上話。要是我擅自走進客廳看電視，媽媽一定會剝光我的衣服趕我去外頭逛大街的。

直到媽媽走進客廳，我才鬆了口氣。看來今天我身上的瘀青數目不會增加了，我暗自高興著可以平安無事度過。客廳傳來媽媽和小飾的談話聲，我寫著數學作業，一邊有一搭沒一搭地聽著她們的談話內容。

「媽媽，妳不覺得姊姊最近比較晚回家嗎？」聽到小飾的話，我放下了鉛筆。「她好像交到朋友了。姊姊在櫃子裡藏了好多小說和漫畫，她哪來的錢買那些東西呀？」

我的體溫逐漸變冷。媽媽從客廳出來直接走過我面前，粗魯地一把打開廚房置物櫃，彷彿我根本不存在似地看都沒看我一眼。媽媽把我放在置物櫃裡的課本統統翻出來，在櫃子最深處發現了我還沒還給鈴木奶奶的三本小說。

「這些書是怎麼回事？」

媽媽問話的聲音很沉，我發著抖硬擠回答。要是沒回媽媽的問話，一定是一頓好打。

「我借來的……」

媽媽把書摔到地上。

「妳根本就沒有那種會借書給妳的朋友不是嗎？妳眞是無可救藥的壞孩子！這些是從書店偷來的吧！媽媽每天爲了妳這麼辛苦工作，爲什麼還要讓媽媽這麼操心呢！」

媽媽讓我坐到椅子上，冷冷地說道：

「妳從以前就是這樣對吧。光會給媽媽和小飾添麻煩，一點用也沒有。」

小飾站在客廳門口望著我，她帶著憐憫的神情對媽媽說：

「媽媽，妳就原諒姊姊吧，我想她大概是一時衝動罷了。」

「小飾妳眞是個溫柔的好孩子。」媽媽望著小飾露出了笑容，接著轉過來面向我，「相較之下這個小孩，只會讓人覺得眞是爛到身體的芯裡去的壞孩子啊。小飾，妳回客廳。」

小飾無聲地對我說了句「加油啊。」豎了豎大拇指，便走回客廳關上門。客廳傳來電視的聲音。

媽媽站到我身後，兩手放到我的肩膀上。我要是亂動鐵定會被打，所以我僵直身子一動也不敢動。

「媽媽什麼時候給妳添過麻煩了？對，我是打過妳，但那都是爲妳好吧。」

媽媽的手緩緩摸索著我的後頸好一會兒，突然猛地掐住我脖子。

「別……這樣……！」

我邊掙扎邊發出呻吟。

「妳這聲音聽得我心煩氣躁的。把妳養到這麼大的是我吧？妳是不是應該更尊敬媽媽一些呢？」

感受著媽媽逐漸加重的手勁，我已經發不出聲音，也無法呼吸，就連要哀求「媽媽原諒我，我什麼都願意做」，都沒辦法。

我似乎有一瞬間昏死了過去，等回神時發現自己倒在地上流著口水，眼前媽媽雙手扠腰站著俯視我說：

「妳還是死了比較好喲，媽媽過一陣子一定會殺了妳的。到底爲什麼雙胞胎姊妹會差這麼多呢？不管是講話方式還是走路的樣子，妳整個人讓人看了就是一肚子氣。」

媽媽沒收了三本小說，回她房間去了。爲了將含氧的血液送往脖子以上，我的心臟正全速運轉。我仍倒在地板上，下定決心要逃出這個家。再待下去太危險了，能確定的是，下次再發生任何一丁點事讓媽媽抓狂，我肯定沒命的。好想見鈴木奶奶，我要和她還有阿索一起走得遠遠的。

我倒在地板上這麼思索著，突然想起一件要緊的事情。鈴木奶奶給我的那把鑰匙，還夾在媽媽拿走的書裡。

第二天，這天是星期六不用上學。媽媽說她有事出門去了，要六點才回來；小飾也跟朋友出去玩，一早就不在家。我看看家裡只剩我一人，便溜進媽媽房裡。

印象中這是我第一次進媽媽房間，平常時候我是絕對不會踏進來的，要是好死不死被媽媽發現我在她房裡，一定會被痛揍一頓吧，搞不好最糟狀況還會被她打死。然而就算必須涉險，無論如何都想把鈴木奶奶給我的鑰匙拿回來，那是我和鈴木奶奶兩人最重要的聯結。我想要是書弄丟了，鈴木奶奶應該會原諒我的；但是鑰匙不一樣，我無法忍受自己弄掉那把鑰匙。

媽媽的房間整理得井井有條、一塵不染。書桌上擺著一個插了花的花瓶，旁邊是筆記型電腦。房裡有一張大床，想到媽媽平常就是睡在這張床上，有種不可思議的感覺。床邊有一套ＣＤ音響，櫃子裡也排著整排ＣＤ。我沒有聽音樂的習慣，但媽媽和小飾經常彼此聊著我不懂的音樂話題。

鈴木奶奶的書被隨手扔在房間角落，我從書裡抽出鑰匙緊緊握在手中。

接下來只要一溜煙離開房間就好。書我仍原樣不動留在原地，要是一併帶走，媽媽就會發現我進來過了。

正當我握住門把的時候，玄關傳來開門聲，我當場停下所有動作，小心翼翼不發出任何聲音。有誰回來了，現在走出房間一定會被發現的。我豎起耳朵，聽見開門的人正往這裡走來。

我環視房內尋找可以藏身的地方。床擺在靠牆位置，和牆壁之間的縫隙正好足以讓一個人躺平藏起來。我立刻做出決定，迅速鑽到裡面，我的姿勢就像是睡相太差從床上滾落床底下一樣。這個空隙簡直就像爲了讓我躲進去而量身訂製，寬度剛好容身。

傳來房門打開的聲音，我全身僵硬，劇烈的心跳聲大到我眞想乾脆請心臟停下來安靜點。打開房門的人，腳步聲在房裡四處移動。我在縫隙中把臉壓低，這樣一來穿過床底下的空隙，正好看得到擺在房間另一頭的穿衣鏡。鏡子裡映出小飾的面容，我確定了進來的人是小飾。我死命盯著鏡裡的小飾，雖然不知道她進來目的，總之拜託拜託趕快出去。

小飾直接走到櫃子前望著架上的CD，她一邊哼著歌，抽出了幾張片子，看來她進媽媽房間是來借CD的。小飾將挑好的片子隨手放到一旁書桌上，繼續挑CD；又挑了幾片，順手擺到桌上。

這時，穿衣鏡裡映出她的手碰到花瓶的瞬間，我不禁「啊！」地叫了出聲。花瓶倒下，瓶裡的水全流到媽媽的筆記型電腦上頭，但小飾似乎沒聽到我的叫聲，因爲在同一個時間點她也「啊！」了一聲。小飾立刻把花瓶扶正，但已經太遲了。我望著穿衣鏡裡頭她臉色鐵青低頭看著筆記型電腦的身影。

小飾很傷腦筋似地望了房間一圈，突然露出笑容。她走到穿衣鏡照不到的地方去了，但從床底的空隙我看得到她襪子一帶的腳踝部分，她走到房間角落三本書前方停下，正是鈴木奶奶借給我卻被媽媽沒收的那三本書。小飾抓起那三本書。

接著她把書桌上的CD放回櫃子，好像不打算借CD了，只見她拿著鈴木奶奶的書走出了房間。接下來好一段時間，我聽到她穿梭在她房間和客廳的腳步聲，好不容易終於在她自己房裡落了腳，腳步聲不再傳來。

我立刻明白小飾爲什麼要帶那三本書走。媽媽回來以後，看到浸水的筆記型電腦，一定會揣測是誰幹的。是小飾，還是我呢……？但只要被她沒收的書不見蹤影，媽媽一定會斷定是我爲了拿回被沒收的書而進她房間，結果打翻了花瓶。

媽媽應該會前所未見地震怒，這是第一次發生如此嚴重的事，她絕對會要我以死相抵。我想起昨天媽媽臉上的表情。她雙手扠腰高高站著俯視我，那宛如橡膠面具的表情。

我躡手躡腳從床鋪與牆壁間的縫隙爬出來，小心不讓小飾察覺腳步聲，離開了媽媽房間。走出玄關，我往鈴木奶奶家狂奔而去，我能活下去的唯一方法只有求鈴木奶奶幫忙讓我躲起來了，然而當我按下鈴木家的門鈴，出來應門的卻是一位化了淡妝的女孩子。

女孩把我從頭到腳打量了一遍，問道：

「妳是誰？」

我直覺地知道她就是鈴木奶奶的孫女。

「那個……請問鈴木……？」

「我就是鈴木……啊，妳要找的一定是奶奶吧？奶奶她死了喔。今天早上狗一直狂叫吵到鄰居，過來一看發現她倒在玄關死了，好像是因爲感冒惡化啊。眞是麻煩，難得的假日還一大早被叫來處理這種事。」

我想起昨天鈴木奶奶說她好像感冒了。玄關的女孩身後，許多人正忙進忙出。

「繪理，是誰來了？」

屋內傳出女性的聲音，女孩回頭應道：「不認識。沒見過的人耶。」接著轉向我嘆了口氣說：「奶奶這樣說死就死很傷腦筋，她養的那條狗該怎麼辦？是要我送去公立收容所嗎。」一聽到這句話，我不禁心想：「神啊，我可以現在當場掐死這個人嗎？」但我只能低下頭離開了鈴木家。

我坐在公園的長椅上，就是之前發現阿索的那張長椅。公園裡許多小孩子正在玩耍，有人溜著滑梯，有人盪著鞦韆，孩子們拚了命地大聲喧笑。我縮起身子把臉埋進雙手裡。我無法相信鈴木奶奶已經不在這個世上，「太過分了——」我不禁這麼想。

公園的指針指向六點，媽媽差不多要到家。大概有三個鐘頭，我只是坐在長椅上一動也不動，我發現我的腳邊積了一灘水，一時還以爲自己流下的眼淚多到積成了水窪，仔細一看原來是附近的飲水臺漏水流到這邊來了。

我站起身，打定主意要逃到世界的盡頭，然而此時我的眼角餘光卻看見了小飾。一開始我以爲看錯了，但沒錯，走在公園旁人行道上的人正是小飾。她手提便利商店的塑膠袋，看樣子是出來外頭買東西了。我追上她。

「小飾，等一下！」

小飾看到我迎面跑來，停下腳步驚訝地睜圓了眼。

「小飾，妳在媽媽房間裡幹的好事，要好好跟媽媽道歉喔！」

「妳知道了？」

「對，所以拜託妳，老實跟媽媽說是妳打翻的！」

「才不要！我才不要被媽媽罵呢！」

小飾用力搖著頭。

「姊姊妳去代替我被罵啦，反正習慣了不是嗎？要我被媽媽罵太丟臉了，我才不要。」

我又開始覺得喘不過氣了。要是現在手邊有把刀，我眞想在自己的心臟開個風孔，那樣一定輕鬆得多。

「……可是，花瓶明明就是妳打翻的啊。」我幾乎是在求她了。

「很煩耶，妳腦筋怎麼這麼差啊！我不是要妳承認是妳打翻的嗎？等下媽媽回來，妳就好好跟媽媽道歉，知道嗎！」

「我……」

我把手伸進口袋。

「怎樣啦！」她的語氣彷彿在責問我。

我用力握住口袋裡的鑰匙，握到幾乎滲出血來。

「我……」

我眞的打從心裡喜歡小飾，但那只到十秒前爲止。當我開始這麼想，剛才充塞胸口、令我喘不過氣的東西突然融化流走，呼吸頓時輕鬆起來。

「……沒什麼，算了。沒事。小飾，妳聽我說……」我決定了，「很遺憾的是，媽媽已經知道是妳幹的了。是眞的。妳拿走書想裝成是我打翻的這一招對媽媽是行不通的。妳剛出門去便利商店，媽媽就回來了，我人在玄關都聽到媽媽在房間裡放聲大罵的聲音，所以我才逃到公園來。看樣子媽媽應該是眞的發現打翻花瓶的人是妳了。」

小飾臉色變得慘白。

「她不可能發現的！」

「她發現了喔，我在玄關聽到媽媽大喊：『CD的排列順序不對，是小飾幹的。』所以她在等妳老實跟她道歉呢，妳就乖乖跟媽媽道歉吧。」

小飾不知如何是好地看著我。

「全都穿幫了嗎？」

我點頭。

「可是我不要像妳一樣被打罵得那麼慘啦！」

我裝出和她站在同一陣線一起煩惱的神情，然後說出提案。

「……不然這樣吧，我代替妳向媽媽道歉。」

「怎麼做？」

「就今天晚上一晚，我們兩個交換衣服穿，我穿妳的，妳穿我的。直到明天早上，我的言行舉止都假裝是妳，然後妳也必須配合假扮成我，走路都要低著頭喔。」

「不會穿幫嗎？」

「沒問題的，我們長得一模一樣囉。妳只要像我平常那樣死氣沉沉就好，這樣絕對安全了。由我代替妳被罵被打吧，妳什麼都不用擔心。」

我們在公園的廁所裡交換了服裝。小飾換下她全身的裝扮，用手把頭髮抓得亂七八糟的。穿上我的髒衣服時，她皺起了眉頭。

「這衣服有股奇怪的臭味！」

小飾的衣服非常清潔又乾爽，她的襪子和手表全穿戴到我身上，我用手當梳子總算是梳齊了頭髮。雖然不知道騙不騙得過媽媽，我盯著鏡子裡露出笑容的自己，真的很像小飾。我想起曾看過這張笑臉的鈴木奶奶，手不禁掩上了嘴角，我的雙眼流出水一般的液體，這就是眼淚吧。我拚命以水洗臉，不讓小飾察覺。

「妳在幹什麼啊？」

一直等不到我出來，站在廁所門口的小飾一臉不高興地說道。

我們離開公園往公寓方向走。被夕陽染紅的公寓高高地聳立著，我站在公寓樓下仰望我們家的十樓窗戶。我剛剛騙小飾說媽媽已經回到家了，看來她絲毫沒起疑。

雖然沒有實際確認過，不過我想媽媽一定已經到家了。個性一板一眼的媽媽，從來沒有說會六點到家卻超過六點才回來的紀錄。

「小飾，妳進家門後，舉止都要照著我平常的樣子喔。」

她不服氣哼了一聲。

「我知道啦。對了，我們誰先進去呢？我們最後一次一起回家在小學二年級，現在一起出現太不自然了。」

於是我們猜拳決定，卻連續三十次分不出勝負，或許是雙胞胎，兩人連出的拳都一樣。第三十一次我贏了，決定由扮成我的小飾先踏進家門。

目送小飾走進公寓，我靠在公寓前方的樹幹上，眺望著被夕陽染紅的市鎮。直到剛才小飾還拎在手中的便利商店塑膠袋已經移到我的手上，塑膠袋在膝蓋一帶發出沙沙的細碎聲響。

騎著腳踏車的少年橫越我面前，拖著長長的影子漸騎漸遠。飄浮空中的雲朵彷彿從內部發出光芒紅統統的。「小飾。」有人叫我，回頭一看是同公寓的阿姨，「書念得怎麼樣啦？有沒有好好用功呀？」我回答她：「嗯，還過得去。」話聲剛落，某樣物體從上方一聲落下，阿姨驚叫出聲。穿著一身髒衣服，和我一模一樣的臉孔正貼在地面上。

我一回到家立刻替死去的小飾寫遺書，這是媽媽的吩咐。媽媽命令我在警察來之前，五分鐘內寫好遺書，我答應了，媽媽便說：「眞是好孩子，媽媽最喜歡妳了。」那是我每每在夜晚夢中聽到的話。

對我來說，思考陽子死前寫下的遺書內容很簡單，只要寫下我想死的心情就好。

沒有人懷疑遠藤陽子的自殺。夕陽下山，周圍逐漸變暗，看熱鬧的人逐漸融入黑暗，我和媽媽在家裡敷衍著警察的詢問。媽媽還沒察覺我的眞正身分，等她發現時再受打擊應該不遲。我已經打定主意，今晚就會收拾好行李，離開這個家逃往很遠很遠的地方。

警察一直問話到深夜，我和媽媽都憔悴不已。我是眞的很疲倦，但媽媽似乎是演出來的，警察一離開，她馬上揉著肩膀喊累。即使我死了媽媽也一點都不難過，我這人還眞是可悲；同時，我也在心裡向已經不在人世的小飾深深致歉。

等媽媽回房，我立刻躲進小飾房裡。小飾的房間裡擺滿了可愛的東西，總覺得很不自在，比起來廚房的垃圾桶旁要來得安心。確定媽媽已經睡著，我將行李塞入背包，那個一直被我當棉被用的破爛坐墊我也想帶走，卻塞不進去，沒辦法我只好把小飾的衣服從背包拿出來騰出空間。

走出家門，我奔向鈴木家接阿索。記得之前他們說因爲奶奶死了沒人接養阿索，打算把牠送去公立收容所，我原本很擔心不知道阿索還在不在那個家裡，不過到了鈴木家一看，發現天助我也，阿索被綁在玄關前。鈴木奶奶的孩子和孫子們似乎爲了準備葬禮而留宿此處，所以阿索才會被趕出來吧。剛好，和我一樣呢。

阿索一見到我便興奮搖尾巴，激動地拚命轉圈圈，轉到簡直要掀起龍捲風。我鬆開繩子拐走了阿索。

我和阿索一人一狗總之先往車站方向移動。無法參加鈴木奶奶和遠藤陽子的葬禮，我感到很抱歉。我也不知道自己接下來該怎麼活下去，身上又沒錢，說不定哪天就餓死路邊，不過我很習慣餓著肚子，也很自豪自己有個吃餐廳施捨的殘羹剩飯，或蘿蔔根部之類的食物也不會拉肚子的鐵胃，只要緊緊握住口袋裡的鑰匙，就有一股力量湧上胸口。

「好！」我怎樣都活得下去的！

把血液找出來！

鬧鐘響起，我（六十四歲）醒了過來。伸出手按停鬧鐘，同一隻手接著揉了揉眼睛，時間是早上五點，陽光從緊鄰床畔那道沒有窗簾的窗戶射進來。這個窗戶很難開關，不但沒上鎖，不管或推或拉最多只能弄開三公分，要進出房間唯穿過房門一途。

我看了看自己的手，嚇一大跳，整個是紅色的。已經乾掉的紅色液體黏在皮膚上，是血。再仔細一看自己全身是血，我不禁驚恐地放聲大叫。我一直害怕的事終於發生。

「發生了什麼事？爸爸！快開門哪！」

有人敲我的房門，是次男——次夫（二十七歲）的聲音，門好像鎖上了。我從床上起身，想確認身體哪個部位在出血。

「到、到、到底是哪裡？到底是哪裡在流血！」

我也知道自己開始慌了，完全搞不清楚究竟哪裡受傷。血好像也流進眼睛裡了，四下一片模糊。我放棄尋找出血部位，掙扎著總算走到門邊打開門鎖。

「爸！」

次夫衝了進來，看到我的樣子便「哇啊！」地叫了出聲。

「次夫！快快、快、快點幫我看一下，快看看到底是哪裡流血了！」

這個二兒子從小就常被笑是膽小鬼，我本來以爲他會直接逃出房間，不過他倒是聽從我的吩咐，一邊「哇！」「呃——」地發出怪聲一邊檢查我的背部。

「啊，在這裡！爸，你的右下腹受傷了！」

我伸手往他說的部位摸了一下，確實有個硬物從我體內長了出來。

這時，我的妻子——七子（二十五歲）和長男——長夫（三十四歲）雖然遲了些，也起床過來這邊。因爲血也跑進眼睛，我只隱約看到他們似乎一臉「發生了什麼事」的神情窺探著房裡的狀況。

「嗚哇！」

「好噁心！」

我聽到兩人的驚叫。

「次夫，我身上究竟長了什麼東西啊！」

次男發出傻呼呼的「啊……」的聲音，然後很爲難地回答我：

「我看……這個嘛……長在爸爸側腹部的東西很像是菜刀耶……」

我的意識開始有些朦朧，右下腹不斷流出的鮮血染紅了地毯，染血面積愈來愈大。但自己被菜刀刺中這件事，其實我根本毫無所覺。

我在十年前曾經發生車禍，當時，我駕駛的車子車身有防彈加工，甚至還裝了火警自動灑水裝置，是我花大錢訂製的一輛媲美戰車的車子。我的第一任妻子就坐在副駕駛座。

那是一場非常嚴重的車禍，我自豪的車成了一團奇形怪狀的鐵塊，事後我對於自己能活下來也感到相當不可思議。

我在病床上醒來，全身裹著繃帶，卻絲毫不覺得哪裡疼痛。為了探知同車妻子的狀況，我在醫院裡四處東張西望。

發現我的護士發出了尖叫，本來以為她是不高興我身體狀況不好還到處亂走，沒想到是我的一條腿因為承受不住體重，都彎成「の」的形狀了。院方說我全身骨折，必須保持絕對的安靜休養才行。

我很不服氣，明明就一點都不痛幹麼要安安靜靜躺著。

後來才從醫師那裡聽到我的病況說明。車禍的時候，我狠狠撞到頭，大腦因此產生障礙，留下一些後遺症，也就是說，我的痛覺完全喪失了。

從此以後，我就非常恐懼受傷。

有次我正在看報紙，不知道為什麼四格漫畫《暖洋洋小弟》（註）的最後一格整片被塗成紅色。究竟是哪個傢伙惡作劇，這樣不就不知道結局了嗎？雖然這部漫畫本來也談不上有沒有結局就是了。正當我氣憤不已，才發現那是被我指尖流出來的血染紅，原因是我養了一隻土佐犬，那天早上忘了餵牠，結果那傢伙不知道什麼時候把我的手當成狗食嚼了起來。

還有一次我準備洗澡，在脫衣間脫下內衣，發現不知為何內衣上頭有一點一點紅色水珠，正想開罵「誰買了品味這麼差的衣服啊？」才察覺那點點水珠其實是我的血。我的背上被兩、三個圖釘刺傷了，看來是我午睡時，睡相太差滾來滾去滾到圖釘上頭。

總是這樣。等我發現的時候，自己都不知道什麼時候血一直流，就算釘子刺到皮膚我也不會有感覺。有次小趾頭踢到衣櫃一角骨折，我甚至過了兩天才發現。

深深感受到性命威脅的我，後來每天就寢前都會請我的主治大夫——主自醫師（九十五歲）幫我檢查全身有沒有哪裡受傷。

但這麼做還是無法完全抹去我內心的不安。要是明天一早睜開眼，我全身上下都是血該怎麼辦？我總是像這樣帶著擔憂入睡。

發生車禍的那一年，我失去了妻子，人生也失去了光輝，從此我的人生只剩下兩個沒出息的兒子、以及全心讓公司壯大一事而已。

於是我的公司規模愈來愈大，但一直沒有合適的接班人，我也一直無法放手引退。我變得很少笑，在沒有痛楚的世界裡過著擔驚受怕的每一天。

窗外的山間景色繚繞著清晨的清新空氣，我渾身是血坐到桌旁，輕快的鳥啼聽在耳裡只讓我煩躁不已。次夫和七子也圍著桌子坐了下來。

「親愛的，血流得好誇張喔，像個噴泉。」七子掩著嘴說道。

註：《ほのぼの君》，佃公彥（1930—）的四格漫畫作品。1956年至2007年於「東京新聞」等報紙陸續連載，總連載數15451回。本作透過主角戰後孤兒「暖洋洋小弟」孩童單純的視線，溫馨描繪大自然與動物界的種種，宛如成人版的童話故事。

講完電話的長夫也過來桌旁坐下。

「老爸，我已經叫救護車了，不過他們說從山腳開上來別墅這裡最快也要半個小時耶，怎麼辦？」

半小時啊……我在心裡嘆了口氣，望向插在側腹的菜刀。那把菜刀俐落插進我的身體，因爲我胖，身子不轉過去一點是看不到的。

「爸，你不能轉身啦，會像擰抹布一樣血一直流出來的。」

「喔喔，對喔，說得也是。」

我接受了次夫的忠告轉正身子，不過我實在不認爲這樣一直出血撐得了三十分鐘，偏偏這裡又是深山的別墅，附近根本沒有醫院。

「七子……」長夫總直呼比自己年輕的繼母名字，「妳幹麼掩著嘴？覺得噁心嗎？」

七子搖搖頭說道：

「才不是呢，我只是不想讓你們看到我在笑。一想到這個人終於要死了，唉呀，眞是太開心了。」

其實，這個女人是看上我的財產才跟我結婚的。

「七子妳居然在我爸要死的時候說這種話！」長夫轉過頭對我露出保險業務員的笑容。我暗地裡總是叫這個大兒子「僞善者」。「老爸，你可不能把財產分給這個女人喔，公司交給我就好，你就乾脆地往生吧。」

「唉呀，長夫你還眞敢說，你根本是因爲欠債才想早日取得遺產吧。」

「眞可怕啊，爸，這兩個人心裡盤算的事眞是太恐怖了。」

膽小的次夫把椅子拉開，坐得離七子和長夫遠遠的。

「你們兩個居然在我快死的時候，講這些有的沒的！」

「就是因爲你快死了才要說這些啊。」七子一臉無所謂地嘟囔著。

這女人，把她名字從遺囑裡刪掉算了。

「爸，不可以生氣，血壓提高的話出血會更嚴重的。」

次夫的聲音讓我清醒了過來，我深呼吸壓下憤怒，這時我想起了某人的臉孔。

「對了，怎麼沒看見主自醫師？」

我外出旅行的時候一定會帶他一道出門，這次也不例外，來到這個深山別墅的成員除了我們一家人，加上醫師總共五人。

主自醫師是個年紀非常大的老頭子。至於他到底多老，每個看到他的人都會忍不住擔心：「這醫師眞的沒問題嗎？是不是找別的醫師比較好？我的性命可以交給這個像是江戶時代出生的老頭嗎？」最後決定轉往別家醫院。因此他的診所總是門可羅雀，每次我希望他隨行，他都會高興地說：「走啊、走啊。」然後直接拋下診所跟著我出遠門。

「醫師好像還在睡，明明這種節骨眼就該他登場的呀。」次夫說。

「我去叫他吧。」長夫站了起身。

主自醫師的房間也在一樓，就在我房間隔壁，所以他才應該是第一個聽到我的慘叫趕過來的人，但大概是重聽了聽不見吧，再不然就是衰老死在床上了也不無可能。這棟別墅裡一扇扇的房門沿著客廳牆壁並排，所以從我的位置可以清楚看見長夫打開醫師房門叫他起床的背影。

過了好一會兒，醫師終於一邊搔著後腦杓走出房門，長夫帶他走回我們幾個人圍著的桌子旁。而這整段時間裡，我的身體依舊不停出血，染紅地毯。

「主自醫師，不好意思打擾你睡覺。你快幫我看看，變成這副德性了啦。」

長夫搖了搖頭說道：

「喔不，老爸，醫師他根本就醒著喔。」

一身白袍的主自醫師連忙咚咚咚走過來我身邊，他即使外出旅行也隨時披著白袍。

「這個嘛——說來不好意思，其實我聽到你的慘叫了，可是我每天早上一定要收看電視五點十四分播出的『日本電車之旅』（註一），真要比較，憑良心講當然是這個節目比你重要嘛。」

「這個蒙古大夫……」七子忍不住吐嘈了一句。

「好吧別管那些，總之請你趕快檢查我的身體。」

醫師立刻著手檢查我的傷口。

「啊呀呀，這是菜刀刺傷啦，但在這裡沒辦法做任何治療啊。」

「沒想到竟然得親眼觀看眞正的驗屍哪。」長夫喃喃說道。

什麼驗屍？我還沒死好嗎！我在心裡大罵長夫，轉向主自醫師問道：

「醫師，我已經沒救了嗎？」

「是啊，這樣下去你連『早安攝影棚』（註二）的時段都撐不到。眞是太遺憾了。」

隔著桌子對側，七子眼眶濕潤地搖著頭說：

「唉呀呀……這眞是……如願以償了啊……」

我一手指著她，另一手緊緊揪住主自醫師的白袍哀求：

「啊啊，這女人實在太可惡了。醫師，難道沒有辦法延長我的性命嗎？」

醫師滿是皺紋的臉上露出了笑容：

「別慌張，我就是擔心會發生這種事，旅行的時候我都帶著給你輸血用的血液出門。」

聽到這番話，我頓時恍然大悟。因爲他實在太常把針戳進我手臂抽血，次數頻繁到我還以爲他是不是偷我的血去賣，但我現在知道那些血液正是爲了現在這種狀況備存下來的，在我的眼裡，主自醫師的背後彷彿透出萬丈光芒。

註一：「ぶらり途中下車の旅」：日本NTV自1992年放送至今的長壽節目，臺灣播出的名稱譯為「日本電車之旅」，由明星搭乘各線電車出遊，介紹沿線的風土人情。

註二：「おはスタ」：東京電視臺自1997年起，星期一到星期五早上播出的兒童綜藝節目。

「在救護車抵達之前輸血，應該就有辦法撐下去。對了，你們叫救護車了嗎？」

我告訴他救護車到這裡要花三十分鐘。

「時間很緊迫。好吧，我房裡有一大堆你的血液，我去拿過來吧。」

主自醫師又連忙咚咚咚踩著碎步回他房間。

「老爸，眞的是活著就有希望啊。」

「說得沒錯，這麼一來親愛的，你也可以繼續活個長長久久了，眞是令人開心啊。」

長夫和七子兩人頹喪地說，我還聽到他們「嘖」了一聲。

「爸你要是死了，我就得跟這兩個人一起生活耶，太恐怖了啦！」

次夫一臉哭喪地搖晃著我的肩膀。別再搖了，血會噴出來啦。正當我努力把次夫推開時，主自醫師回來了，只見他滿臉的笑容。

「醫師，快給我血，我好像開始頭暈了。」

「唔，這我辦不到。」

你說什麼！

「抱歉，我不知道把裝血液的皮箱忘在哪裡，人就到別墅來了。」

這名今年九十五歲的醫師，一臉不好意思地搔著腦袋。

你說你忘了！

「我也不知道爲什麼，總之皮箱不在我房裡喔。」

長夫和七子露出開心的表情。

「記、記得一起出門的時候你還帶著皮箱對吧，到底忘在哪裡了？」

「不知道。」主自醫師歪著頭說：「可是，唔——我眞的帶到別墅了嗎？說不定是忘在途中的火車上；還是跟大家的行李混在一起了？」

我立刻命令妻子和兒子檢查自己的行李。

「可是，哥哥和七子就算找到裝血液的皮箱，說不定會因爲希望爸爸死掉而把它藏起來不是嗎？」次夫說。

我覺得他有理。

「那這樣吧。找到血液的人可以得到我全部的財產，包括公司和所有土地。想要錢的話，就把我的血液找出來！」

長夫和七子驚訝地望著我。

「親愛的，你放心，我一定馬上把血液找出來給你！」

「我也是！」

兩人說完立刻衝回自己位於二樓的房間，次夫隨即跟上，就連主自醫師都捲起白袍袖子，一副躍躍欲試的模樣。

「醫師，就算你找到血液，我也不會給你遺產喔。」

「我想也是。」

「不能讓現在在這個別墅裡的誰直接輸血給我嗎?」

「你是O型嘛,其他的人不是A型、B型,就是AB型,沒辦法輸血給你的。」

二樓傳來三人翻箱倒櫃檢查行李的聲音,而這段時間裡我的血還是流個不停。

「醫師,至少可以幫我止一下血吧?」

他點點頭。

「我心愛的手術刀記得帶過來了,也帶了縫衣服的線,應該可以在這裡進行簡易的手術,幸好你又不需要麻醉。」

「拜託了,我還得多活上一陣子才行,要是把我長年苦心經營的公司交給那三個人,肯定會倒閉的。」

「還不能死啊?你也眞是辛苦哪。」

醫師說著從白袍內袋拿出一把生鏽的手術刀。

「等一下!那把手術刀是怎麼回事?都生鏽了啊!」

「唉喲,這種生死存亡的關頭你還計較這麼多幹什麼!」

主自醫師握著手術刀的手抖個不停。

「醫師,你上次動刀是幾年前的事情了!」

「應該是你出生前。」

我以不像重傷患者的敏捷身手迅速打落醫師手中的刀。

「總而言之醫師，拜託快想起來你把裝血的皮箱忘在哪裡，沒有那些血液我就死定了。」

我開始努力回想昨天從踏出家門到此刻為止發生的每一件事。

昨天早上十點，我們一行人分乘兩臺計程車從家裡出發。全部人只有我有駕照，但自從十年前那場車禍，我就沒開過車了。

「從我家出發的時候，你的確是帶著血液吧？」

「這我很確定，因為皮箱就擺在我的大腿上。」

計程車抵達車站，我們換乘火車，我清楚記得主自醫師在搖晃的火車裡雙手捧著火車便當的身影。

「在火車上的時候，醫師你用兩手捧著火車便當啊。」

「喔，對、對，你記得很清楚嘛，那便當可真是好吃啊。」

「……那裝血液的皮箱呢？」

「啊！糟糕！我忘在車站月臺上了！」

你這個癡呆老人！我正想這麼大叫，身後有人說話了。

「那解決了喔。醫師的行李是我們幫忙搬上火車的，當時那個裝血液的黑色皮箱就是我提的。」

是次夫，他不知道什麼時候回到了一樓。

「那次夫啊，血液也一併搬進你房裡去了嗎？」

「沒有，不在我房裡。」

兒子搖頭否認，我沮喪地垂下肩膀。或許是我太敏感，我覺得自己的體溫逐漸下降，手腳發冷。

「爸，你臉色發青。」

「廢話，血流成這樣臉色當然發青吧。次夫，我想抽菸，拿菸來。」

「不行，香菸對身體不好，萬一活不久怎麼辦？」

「……現在這種狀況你還說那什麼話？」

下了火車，我們又換乘計程車晃了四十分鐘的山路抵達這間別墅。喔不，在那之前我們先到車站周邊鬧區買食材等必需品，那是每次來這間別墅前一定會做的事，但帶著一堆行李很難購物，便由次夫和主自醫師帶著大家的行李前往別墅。

如此一來兩手空空的我、長夫和七子三人便在車站附近的商店物色食材，長夫仍裝出孝順兒子的模樣揮汗提著裝了食材的袋子。我記得經過蛋糕店時，七子說想買蛋糕。

「買蛋糕回去大家一起吃吧。啊，對了，還要買一把菜刀，沒記錯的話，別墅裡連把菜刀都沒有呀。」

這時我突然想起，當時她左手提著一只黑色皮箱，似乎正是主自醫師的。

「我問你，你們先搬到別墅的行李中是不是沒有那個裝了血液的黑色皮箱？」

「我想沒有吧……」次夫不大有把握地回答。

「次夫和主自醫師跳上計程車離開，只剩那個黑色皮箱孤伶伶忘在馬路中間喔。」身後傳來七子的聲音，回頭一看，她已經回一樓站在椅子後面，「我知道那個皮箱是醫師的，所以我們購物的時候就一直提在手上。」

我瞪向醫師掄起拳頭。

「你怎麼會把那麼重要的東西忘在路中間！」

「啊啊，你那拳頭是怎樣？想對我這個手無縛雞之力的老人動粗嗎？我可是來日不多的老人！」

我才是來日不多的那個人吧！

「是啊，親愛的，動粗不行喔。這老頭已經完全癡呆了，多少有些奇怪的舉動，你就原諒他吧。」

沒血沒淚的人應該是妳吧！

「總之皮箱是妳提著就對了，那麼裝血的皮箱在妳房裡嗎？」

她搖頭。

「我只記得到這裡，我就把皮箱放下來……」

果然還是找不到嗎？我的視線已經有點模糊，也逐漸有了睡意，我心裡很清楚這是相當不妙的徵兆。我的傷口簡直像沙漏一樣不停流出血，我就這麼眼睜睜看著自己剩下的時間愈來愈少。

「但可以確定皮箱是在這棟別墅裡頭。」

「次夫說得沒錯。」

「重點是究竟在別墅中的哪裡？」

眾人環起胳臂陷入沉思，這時客廳門口傳來僞善者長夫的聲音。

「我昨晚看到那個皮箱了喔。」

所有人一齊回頭望向他。

「眞、眞的嗎！」

「嗯，我看見了啊，皮箱就倒在客廳門口這一帶。」

「這麼說長夫，你找到血液了？」

「沒有，沒找到。但我記得昨天晚上我模仿鴨嘴獸給你們看的時候，那個皮箱確實是放在那附近。」

聽到長夫這番話，我想起昨晚用餐的情景。我們一行人吃著七子做的晚餐，我要她和兩個兒子各來一段才藝表演助興，而長夫的鴨嘴獸模仿秀是三段表演當中最差勁的。

「我想起來了，哥哥昨天晚上被爸爸狠狠奚落了一頓。」

「本來會想到要模仿鴨嘴獸這種不曉得是哺乳類還是鳥類的人就夠蠢了，雖然不是我的親生兒子，還眞是沒出息呀。」

次夫和七子你一言我一語地嘲笑著長夫。

「閉嘴！閉嘴！不准說鴨嘴獸的壞話！鴨嘴獸是生存在澳洲的原始哺乳動物，牠那短短的腿上可是有蹼的！七子妳才是莫名其妙，都什麼年代了，居然還那麼陶醉大唱〈丸子三兄弟〉！老爸就是因爲那首歌才不開心的，要不是妳唱那條鬼歌，老爸一定會喜歡我的拿手好戲。妳居然連老爸討厭丸子都不知道！」

「我當然不知道！天曉得十年前他第一任老婆是被丸子噎死的？我一直以爲她是車禍死的嘛！」

把他們的爭吵全當耳邊風，我閉上眼睛試著回想昨晚的事情。昨日的一切宛如走馬燈在我眼瞼內側上演。

昨天晚上，我邊吃飯邊欣賞他們三人的表演，演出順序是七子、長夫、次夫。長夫的表演結束後，我的心情已經惡劣到了極點，沒想到最後次夫的撲克牌魔術表演倒是十分有趣。這個既膽小又沒出息的二兒子，什麼都不會卻相當擅長魔術，房間書架上也擺了不少推理小說。

我曾經碰巧見到他望著星星發呆。

「次夫呀，在想什麼呢？」

「我在思考殺人的詭計。」

他眼神閃亮地說道，但我忍不住噗嗤笑了出來。

「你那麼膽小還想這種事情啊！再說你想出詭計之後又能幹麼？寫小說？還是殺人？你膽子那麼小，這些事肯定辦不到的。你就算以優秀的成績從大學畢業，也只能每天牽狗散步殺時間度日啦。」

次夫只是搔著頭笑嘻嘻聽我說話。他就是這種即使我講得再難聽，也只會微笑以對的沒出息男人。

昨晚，看完次夫的撲克牌表演，不知不覺快十點了。我阻止了主自醫師自告奮勇熱唱宇多田光的歌，便打算先睡了。即使是外出旅行，我也一定徹底遵守晚上十點睡覺、早上五點起床的規律作息。

睡前，主自醫師來我房裡檢查我身上有沒有哪裡受傷，我躺在床上望著窗外。這個房間很小，正方格局，床鋪就在正對入口的靠牆側，緊貼床旁有一扇窗戶，可以看見外頭星星閃爍的夜空。這個窗戶很難開關，頂多打開幾公分，所以房內空氣對流非常糟，但他們誰都不願意跟我換房間，因此每次來別墅我都是睡這一間。

房門還開著，我清楚聽見妻子和兩個兒子在客廳裡聊得很開心，他們討論著要把蛋糕拿進客廳吃。

因爲皮膚沒有知覺，我完全感受不到主自醫師手的動作，我不禁擔心他該不會根本沒幫我檢查而睡著了吧，不過床底下傳來像是他抖腳發出的聲響，不會睡著了才是。然而當我回頭一看，這個癡呆老頭還眞的坐在床邊椅子上打起盹來。

開著的房門另一邊，我看見客廳桌子旁，七子正拿著菜刀切開圓圓的蛋糕。

「醫師爺爺，大家要開始吃蛋糕了喔。」

我低聲說了這句，主自醫師便慢吞吞地從椅子起身，喊著：「蛋糕上面的巧克力板是我的！」便走出了房間。

眞是夠了。我起身走到房門口，望了一會兒圍著蛋糕的四人。七子手拿菜刀，正靈巧將蛋糕分配到每個盤子裡。

我關起房門上了鎖，房裡只剩我一人。我關掉電燈打了個呵欠，躺到床上進入夢鄉。

「我記得老爸回房之後，我們就切蛋糕來吃了。可是裝血液的皮箱，好像那個時候就已經不在客廳入口那邊了。」

聽到長夫的聲音，我睜開眼從走馬燈般的昨日回憶重回現實世界。眼前是圍著桌子坐著的四人，而我的身體仍然流血不止。我扭過身子望了側腹部一眼，菜刀還是插在那兒。

關於模仿鴨嘴獸表演的爭論不知何時已經結束，客廳裡一片沉寂。

「如果長夫說的是眞的，那麼皮箱在我十點進房間的時候就已經消失了啊。」

「我記得後來十二點左右大家就各自回房間了……咦？」七子一臉不可思議說道：「這麼說來這個別墅裡只有一把菜刀，對吧？」

那又怎樣？我還聽得一頭霧水，這時次夫「啊，對！」叫了出聲。

「也就是說，插在爸爸側腹部的那把菜刀不就是……」

「沒錯。你們看，刀刃接近刀柄的地方還沾著鮮奶油。」

主自醫師將沾滿血跡的菜刀放到桌上。確實菜刀上看得出切過蛋糕的痕跡。

「等、等一下！你什麼時候從我身上拔起菜刀的？」

我伸手探了一下側腹，不知何時菜刀已經不見蹤影。

「哼哼，你太大意了啦，連我偷偷拔起菜刀都不知道。」

「你眞的是醫師嗎！」

長夫環起胳臂，那張像會欺騙善良家庭主婦的推銷員臉上出現了困惑的表情。

「唔，可是話說回來，我們是在老爸回房才切蛋糕吧。」

我點頭同意。我還記得我關上房門的時候，看見七子正拿著菜刀把蛋糕分給大家。

「後來，老爸立刻就鎖房門了。這樣一來，這把菜刀究竟是如何在沾上鮮奶油之後入侵老爸房間呢？在另一個世界的老爸一定也覺得很不可思議吧……」長夫說。

我還沒死好嗎……

因爲出血過多，我頭暈起來。我再次命令七子和兩個兒子找出裝血的皮箱掉在哪裡。

我的舌頭逐漸不靈光，對他們說話時口齒也相當不清。

當長夫、次夫和七子翻箱倒櫃尋找血液，我開始思考，難道自己眞的會這麼窩囊地死去嗎？這些傢伙全是蠢到不行的蠢才，要是我有個後繼者擁有不會弄垮我公司的膽量和頭腦，我其實可以很愉悅面對自己的死亡……

我請主治醫師扶我到客廳一角的沙發讓我躺下，我已經連走路的力氣都沒有了，雙腿微微顫抖著。

「啊，對了！」正在廚房尋找皮箱的七子大叫跑來我身邊，長夫和次夫聽到叫聲也都回到客廳來。「我拿蛋糕進來，好像在客廳門口附近踩到了什麼，該不會就是那只裝著血液的皮箱吧……」

「什麼？那、那後來呢……！」

因爲全身無力，我連喊出口的聲音都軟綿綿的。

「我很火大，就使力踹了那東西一腳。」

「我的血啊……」

「可是，那只皮箱現在到底在哪裡呢？」次夫歪著頭說。

如果不在妻子和兩個兒子的房裡，也不在醫師房間裡，究竟在哪裡？

我想我眞的快死了吧，連討厭的妻子和兒子都覺得可愛了起來。在最後一刻，我想好好看看他們每個人的面容，於是我直盯著他們瞧。

但那個老糊塗醫師卻像要找我麻煩，搬了把椅子坐到我正前方，更過分的是還打開體育報紙看了起來，結果我的視野前方，就這麼被昨天舉行的相撲比賽照片大剌剌占滿。我死前的最後一眼，居然是相撲力士互撞的照片……但我突然發現一件事。

「咦？主自醫師，你怎麼沒抖腳。」

透過報紙下方看到醫師的雙腿正穩穩踩在地面上，他以一種「我也不曉得怎麼回事」的語氣說：「這陣子啊，我的抖腳功能好像切到OFF去了。」邊說邊收起了報紙。

我突然想到某種可能性。在我腦袋上方，想像的小燈泡突地亮了起來。

「次夫，你去我房裡搜一下。」我的聲音非常虛弱。

次夫推開主自醫師站到我面前。

「不要，我才不要，那個房間到處都是血，好恐怖嘛。」

「那長夫，你去我房裡找找看，記得一定要看過床底下。」

長男聽從命令進去我的房間，從沙發這邊可以清楚看見打開的房門，也看得見搜索床底的長夫背影。終於，長夫大叫一聲：「找到了！」回到客廳的他，雙手抱著一只黑色皮箱。

總算趕上了……我撫著胸口鬆了一口氣，雖然我的魂已經去了大半，看來總算能夠留下一命。

「不過，爲什麼皮箱會在那裡？」七子歪著頭問道。

「妳踹皮箱一腳，我可能正躺在床上讓主自醫師檢查吧，被踢飛的皮箱就這樣穿過開著的房門衝進我房裡了。妳看，床不是正好在入口對面嗎？皮箱就好巧不巧滑進我的床底下了呀。」

我在接受檢查時曾聽到床底下傳出某種聲響，當時我以為那是主自醫師抖腳弄出來的，但恐怕那正是皮箱滑進床底發出的碰撞聲。

長夫和七子一臉遺憾地盯著皮箱。我一邊想「你們這些傢伙等著瞧吧」，一邊等待醫師將打點滴的針頭刺進我的手臂。

「醫師，請你動作快一點，我眞的不行了。」

「這我辦不到。」打開皮箱探著裡頭的醫師，露出非常遺憾的表情，「這個皮箱裡頭，什麼都沒有。」

「居然忘了把血放進去！你這個癡呆死老頭……」

已經一隻腳踏進棺材裡的我，強打起精神發出最後的怒吼，但那簡直和小女孩想睡覺時發出的呢喃沒兩樣。我知道自己已經來到死亡的大門，內心其實很震驚，看來我的生命眞的已經走到最後一步。

我全身被一股麻痺般的無力感包圍，顯然已經沒有任何能讓我繼續活下去的方法了，我只能閉上雙眼，一路沉入再也無法浮上來的睡眠深海。

逐漸矇矓的視線裡，我看見左右揮著手的主自醫師。人應該就在我眼前的他，看起來卻像在遙遠的天邊。

「不對、不對，我真的收進去了，我是說真的啦。我想應該有人事先把血液從皮箱裡抽走了，因為要讓你無法輸血，這樣才能確實殺掉你呀。」

「你真的收進去了嗎……」

「真的真的，我還沒癡呆到那個地步。我雖然穿了成人紙尿布，但我真的沒那麼癡呆。我的確把O型血液和輸液導管等等全收進去了。」

「啊？醫師你穿紙尿布啊？」次夫驚訝地問。

「呵，開玩笑的，我開玩笑囉。」主自醫師爽朗地放聲大笑。

現在是搞笑的時候嗎！瞬間我火氣都上來了，但聽到輸液導管這個詞，我心中有個什麼東西牽動了一下。逐漸發白的腦袋裡，小燈泡再度亮了起來。

但我實在不敢相信。我模模糊糊思考著自己察覺到的事實，愈發感到難以置信。

瀕死的我，心中充塞了一個疑問——這整件事真的是事前設計好的嗎？

「還好先幫老爸保了高額保險。」長夫鬆了口氣說道。

連回嘴的力氣都已經從我的傷口汩汩流掉，出個聲也讓我疲累不堪，不過我的雙眼還睜著，還能瞪著長男看。

「親愛的，你遺囑應該事先立好了吧。」

我擠出僅存的力氣點了點頭。老實說我在好幾年前就已經委託律師分配好遺產，我應該是將財產等分成三份留給他們。

緩慢來臨的死亡彷彿強烈的睡魔，我的眼皮愈來愈重。終於要來了，我心想。察覺到我即將嚥下最後一口氣的四人圍過來沙發四周，長夫和七子望著我的眼神滿是期待；主治醫師則一臉複雜；而唯有次夫獨個兒站到稍遠的地方朝我眨了個眼，他的臉上露出微笑。這一瞬間，我心中的疑問豁然開朗。

說實在話，我不明白次夫是抱著什麼打算幹下這種事。那孩子在小時候，曾經以笨拙的手法表演撲克牌魔術給我看，因爲很感動，我大大稱讚他一番，次夫那時露出前所未見的開心笑容。或許現在這個微笑正是當年的延續。

至少知道他還有殺害父母的膽量，我也安心了。以前我一直認爲他是個膽小又軟弱的孩子，但照這狀況看來，公司應該暫時不會有問題。

或許他早在這趟旅行前就開始計畫了。次夫在來別墅的途中，乘隙將主治醫師皮箱裡的血液取走，可能正是我們在火車上時。

隔天早上，我會在清晨五點醒來，家裡每個人都曉得我這個習慣。然而比這更早的時間，次夫便進行殺人準備。他帶著偷來的血液和輸液導管到外頭，走到屋側我房間外面將窗戶打開一個小縫，把輸液導管插入窗戶縫隙，再將O型血液灑在熟睡的我身上。因爲我一天到晚抱怨窗戶鎖壞了只能打開幾公分，全家人都曉得這件事。

接著，次夫處理掉空空如也的血袋和輸液導管，回到客廳靜待鬧鐘響起。他爲什麼要使用沾了鮮奶油的菜刀？要是七子沒開口說要買菜刀，他又打算怎麼辦？這些事我都無從得知。總之到了五點，我醒了過來。

窗戶撒進的晨光中，我發現自己混身是血。次夫裝成像是第一時間聽見我的慘叫，衝過來敲門要我打開門鎖，等進到我房間，他便佯裝要檢查我的身體，從我身後把菜刀插了進去。沒有痛覺的我，便很誇張地絲毫沒察覺自己被刺了。

這四個人低頭望著躺在沙發上的我，他們頭頂上方的日光燈顯得格外刺眼。我面露微笑，朝著站在其他人後方一步的次夫送出「我都曉得了喔」的信號。

「怪了這個人，怎麼在笑呢？」

耳邊傳來七子覺得很不可思議的聲音，我安心地閉上雙眼。

向陽之詩

睜開雙眼，我正躺在一個臺子上。我直起上半身環視四周，這是一個凌亂的大房間，有個男人坐在不遠處的椅子上，像在思考什麼沉默不語，然而一看到我，他的臉上立刻浮現笑容。

「早安……」他說。

他仍坐著，一身白色的衣物。

「你是誰？」

我一問，他便起身從靠牆的置物櫃裡拿出衣服和鞋子。

「我是製造妳的人。」

他邊說邊走近我。天花板的白色燈光照著我們兩人。我近距離看他，他有著白皙的皮膚，一頭黑髮。他將衣服放在我膝上要我穿上，那是和他身上一樣的整套白色衣物。我身上什麼都沒穿。

「恭喜誕生。」他說。

房間裡到處散落著工具和材料，他腳邊扔著一本厚重的書，我認出那是某種設計圖。

我穿好衣服後跟他走。我們穿過一條並排了好幾道門和鐵捲門的長長走廊，來到一道通往上方的樓梯。走上樓梯，盡頭是一扇門。他一打開門，我的眼睛接觸到外頭的強光，視野變得白茫茫一片。是太陽光。於是我知道我醒來的房間位於地下。第一次暴露在太陽光線下，我身體表面的溫度微微上升了一點。

走出門外是一座遍地青草的小丘，草坡上視野遼闊，綠色緩坡朝遠方開展。通往地下的門正位於坡頂一帶，其實只是一座和我差不多高的水泥長方體，上頭很陽春地裝了一道門。長方體的頂面並沒有屋頂之類的裝設，單純只是一方水泥的平面，但那平面上也長著茂盛的青草，鳥兒還在上頭築巢。就在我眼前，一隻小鳥從天而降，落到巢裡。

爲了把握周遭地形，我打量四周。小丘的外圍群山環繞。這座小丘的形狀大小相當於將直徑一公里的球體上部三分之一切下來的部分，但外圍每一座山頭都長滿了樹木，不見任何和這座小丘一樣長了整片廣闊草原的地方。從小丘與周圍地形的不協調看來，我推測這座小丘應該是人造的。

「我們家就在那片森林裡頭。」他指著小丘下方說道。

我順著那方向往下看。從綠色小丘盡頭一路往山頂過去，突兀地長滿茂密的林木，從森林中露出了尖尖的屋頂。

「妳將在那裡照顧我的起居。」

於是我們一道走向那棟屋子。

在快走到森林處，豎立著一根由白色木頭組合成的十字形柱子，我一看就曉得那是名爲十字架的裝飾。小丘的地面平緩，幾乎沒有凹凸起伏，唯有那帶地面隆起一塊。

「這是墳墓……」

他盯著白色十字架看了好一會兒，催促我和他繼續往前走。

近看那棟屋子，我發現它很大而且很古老，屋頂和牆壁爬滿了植物，小小的綠色葉子覆在磚牆表面，整棟屋子幾乎與森林化爲一體。屋子正面是一片開闊的空間，有田地和水井，一臺生鏽的卡車也棄置在一旁。

屋子大門是木製的，門上的白漆剝落大半。我跟在他身後走進屋裡，每走一步地板便發出聲響。

這棟屋子有一樓和二樓，此外還有一間小閣樓。他讓我住在一樓廚房旁的房間，那是只有窗戶和床的狹窄房間。

他在廚房裡，招手叫我過去。

「我想先請妳泡杯咖啡……」

「我知道咖啡是什麼，可是不知道做法。」

「嗯，也是。」

他從櫥櫃取出咖啡豆，燒了開水，在我面前泡了兩杯熱騰騰的咖啡，將其中一杯遞給我。

「我記住做法了。以後由我來泡咖啡。」

我一邊說，將杯中的黑色液體送到嘴邊。我的嘴唇貼上杯緣，滾燙的液體流入口中。

「……我不喜歡這個味道。」

我這麼報告，他便點點頭說：

「我的確是這麼設定的。妳摻一點砂糖再喝吧。」

我喝下增加了甜味的咖啡。這是我睜開眼醒來第一樣流入體內的營養，我肚子裡的各個機關正常進行著吸收功能。

他將杯子放在桌上，很疲倦地坐到椅子。廚房窗戶垂掛著一個金屬製的掛飾，長度各異的金屬棒被風一吹便互相碰撞發出各種聲音。那聲音並不規則，他卻閉上眼傾聽著。

牆上有一面小小的鏡子，我站到鏡前端詳自己的臉孔。我原本就曉得人類的外表是什麼樣子，所以我知道鏡子裡映出我的外表正確無誤地重現了人類女性的模樣。白皙的皮膚內側隱隱透著青色的微血管，然而那不過是被印刷在皮膚內側罷了，肌膚上的汗毛也是植上去的，一些細小的凹凸或紅斑都是裝飾，我的體溫和其他種種部位全是模仿人類製成。

我看到餐具櫃裡有張老舊的相片，拍攝的是以這棟屋子爲背景合照的兩個人，那是他和一名白髮的男性。我回過頭問他：

「你以外其他的人在哪裡？」

他仍坐在椅子上，從這個角度我只看得見他的背影。他沒回頭，答道：

「都不在了。」

「都不在了，是什麼意思？」

他說，幾乎所有人類都死亡了。由於病菌突然覆滿整個天空，受感染的人無一倖免都在兩個月內死去。他在感染之前與伯父一道搬進這棟別墅，但伯父很快去世了，之後他便獨自一人在此生活。他口中的伯父也死於病菌感染，屍體是他埋的，就埋在剛剛的小丘上。這麼說來，那座白色十字架就是伯父的墳墓了。

「我前天檢查，發現我也受到了感染。」

「那你也會死了。」

我望著他的背影，只見他的後腦杓上下點了點。

「不過我算運氣好的，幾十年來病菌都不曾近身。」

我問他的年紀，他說他已年近五十。

「看不出來。和我的知識庫比對，你看起來只有二十歲前後。」

「因爲我在妳的知識庫裡動了點手腳。」

據他說，人類透過一些手術，是能夠活到一百二十歲的。

「但還是不敵病菌哪。」

我一一確認廚房裡的各樣物品。冰箱裡有蔬菜、調味料和一些解凍就能吃的食物。電熱爐上放著沒洗的平底鍋。一按下開關，電熱爐的線圈便慢慢變熱。

「請幫我取名字。」我向他提議。

他把手肘撐在桌上，望著窗外好一會兒。庭院大片的草地上蝴蝶飛舞著。

「沒那必要吧。」

戶外的風透過窗戶吹了進來，垂掛的金屬掛飾搖晃發出清脆的聲響。

「等我死了，我希望妳把我埋葬在小丘上。我希望妳在那座十字架旁邊挖個坑，把我放進去，用泥土填滿。我是爲了這個才製造妳的。」

他凝視著我說道。

「我知道了。我之所以被製造出來，就是要處理這個家的家事和埋葬你，對吧。」

他點頭。

「那是妳存在的理由。」

我先從打掃屋子開始。我用掃把掃地，拿布擦窗戶，而在我工作的這段時間裡，他一直坐在窗邊的椅子上眺望窗外。

那是我將屋內灰塵倒出窗外時的事情。我發現窗戶正下方躺了一隻鳥，因爲牠對聲音沒反應，我推測牠已經死了。我走到外頭，一手抓起那隻鳥的身軀，手掌感受到的冰冷印證了我的推測，小鳥果然已經死了。

他不知何時站到窗邊，越過窗子直盯著屋外的我手中的鳥屍。

「妳要怎麼處理？」他問我。

於是我將鳥屍拋進森林裡。雖然我的肌肉力道和成人女性沒兩樣，但我可以把物體丟得很遠。鳥屍鉤到了樹枝，樹葉四散，消失在森林深處。

「妳這麼做的目的是？」

他偏著頭問我。

「因爲分解之後能成爲肥料。」

聽到我的回答，他大大地點了個頭。

「爲了讓妳能夠正確地埋葬我，我希望妳能學懂『死亡』這件事。」

從他的話聽來，我似乎還不明白所謂的「死亡」。我覺得很困惑。

我和他的生活就此展開。

每天早上一起床，我便提著廚房水桶去水井提水。這裡吃飯和洗衣服的用水都是井水，我和他居住的這棟屋子地下室設有小型發電機，唯獨電力不虞匱乏，但沒有汲水的幫浦設備。

水井位於庭院一隅，從屋子後門出去有一條彎彎曲曲的石板小徑通到水井。每天早上我總是無視那條小徑的存在，直直以最短距離走向水井。水井四周長了小小的花草，我以最短距離走到水井邊勢必會踩到盛開的花朵。

我將綁在水井上的水桶投進井裡，水桶落到水面，井底深處傳來水聲。剛開始拉水桶上來，我沒想到水這麼重。

我總是在提水的時候順便刷牙。睡眠時，我的身體會抑制唾液分泌，醒來後口中總是覆著一層讓人不舒服的黏膜。我用牙刷去除這種不舒服的感覺。

牙刷之類的消耗品和食材全放在地下倉庫裡，倉庫就在我誕生的那個房間隔壁。拉起走廊上的鐵捲門，便來到一個巨大的空間，裡頭堆放著幾十年份的食材。提完水後，我從倉庫拿出適量的東西搬回廚房，然後用電熱爐與平底鍋烹調食材和庭院採來的蔬菜。用餐時我一定會泡好咖啡，而我在準備早餐時，他便從他位於二樓的房間下樓來坐到餐桌旁。

「有沒有任何過去的照片或是紀錄影像留存下來的？」

兩人一起吃早餐的時候我問他。飯後我收拾好廚房，他拿了幾張照片給我看，那是一些已經褪色的舊照片，內容是許多人生活著的城市光景，高樓大廈之間，人們和車子往來穿梭。

我在其中一張照片裡發現了他，背景似乎是某間機構。我問他這是哪裡？他告訴我這是他從前工作的地方。

另一張照片拍的是一名女性，她和我有著一樣的臉孔和髮型。

「妳這種長相是很普遍的。」他說。

我們的家位在山和小丘的交界，與小丘相反方向有一條朝山腳延伸而去的道路，完全不見有人走動的跡象，路面長滿了雜草。那條路一直延伸到我們屋子前面，所以我知道這兒就是路的終點。

某天用早餐的時候，我問他。

「沿著這條路往山腳走去，會通到什麼地方？」

「一個廢墟。」

他邊回答我邊喝了一口咖啡。從庭院的樹木之間，可以清楚看見山腳那邊眞有一座如他所說的城鎭，但看來已經沒人居住，只見倒塌的建築物和覆蓋其上的植物。

另一次吃早餐的時候，他又起一片沙拉裡的蔬菜要我看，菜葉上有某種生物咬過的小小齒痕。那蔬菜是我從庭院採來的。

「有兔子出沒呢。」他說。

我和他毫不介意衛生問題，把兔子咬過的部分也一併吃掉了。不過可能的話，我還是比較偏好沒有兔子齒痕的菜葉。

用完早餐，我邊思考邊沿著屋子四周散步。我想像著他生命活動停止的樣子。總有一天我也會和他一樣停止活動。像我這樣的存在，一開始就被設定了活動期限，儘管距離我停止活動的那一天還很久，我還是能夠以秒爲單位倒數自己剩餘的活動時間。我將手腕貼上耳朵，耳邊傳來微弱的馬達聲。這聲音終有一天會停止的。

我走進小丘頂上那道通往地下倉庫的門，去確認倉庫裡備有鏟子。他希望自己被埋葬在小丘上，於是我拿起鏟子開始練習掘坑。

到底「死亡」是什麼，我還是一點頭緒也沒有。是因爲這個原因嗎？就算掘了再多的坑，我心裡還是一直覺得：「坑掘好了又如何呢？」

他在屋子每扇窗戶邊都擺了一張椅子，白天，他總是坐在其中一張上頭。那些幾乎全是木製的單人椅，唯有看得見水井的那扇窗戶旁放的是一張長椅。

我過去問他，有沒有什麼希望我做的，他只是微微笑了笑說沒事。有時我泡了咖啡拿過去給他，他會道聲謝謝，然後視線又回到窗外，那神情彷彿眼前非常耀眼。

有幾次，我在屋裡怎麼都找不著他，四處尋找才發現在小丘遼闊的綠色草原上，白色十字架的旁邊，正佇立著一身白色裝束的他。

對於墳墓，我也有一定的瞭解，那是埋葬遺體的地方。但是，我不懂他爲何如此執著那個場所，他的伯父在地下一定早就被分解，化成周圍青草吸取的養分了呀。

庭院菜園裡種植的綠色蔬菜早在我被製造出來以前就存在了，應該是他栽種的吧，而現在則交由我來管理。

偶爾，會有兔子跑來偷吃。明明森林裡還有其他植物可吃，但兔子不知怎的就是愛來偷咬，在菜葉上留下一個個小小的齒痕。

我無所事事時躲在草叢裡監視，只要一發現白色的小身軀在蔬菜之間若隱若現，便衝出去抓兔子，但我的身體機能只被設定在成人女性的程度，當然不可能追得上。於是兔子就像嘲笑我似地，穿過菜園消失在森林茂密的樹叢之中。

我每次全神貫注追兔子，總會不小心絆到東西跌倒。窗邊傳來竊笑聲，回頭一看，屋內的他正望著我直發笑。我站起身子，拍掉白色衣服上的泥土。

「像這樣過著日子，妳也慢慢愈來愈像人類了。」

回到屋裡，他還在笑。我無法理解他這個行徑，但被他嘲笑讓我覺得有點慌，心頭癢癢的，體溫上升，手足無措之下我只好搔了搔頭。原來如此，這似乎就是所謂「覺得不好意思」的情緒，有點接近「難爲情」。我不禁開始有點討厭笑個不停的他了。

中飯時，聽見他敲了桌面兩、三下，正要喝湯的我抬起眼來，只見他叉起沙拉的蔬菜晾到我面前，那上頭滿是兔子的齒痕。

「我的沙拉和湯裡的蔬菜，全都有兔子咬過的痕跡，爲什麼妳盤裡的都不會這樣？」

「碰巧吧。機率的問題。」

我只這麼回了他，便低頭吃起我那盤沒有兔子齒痕的沙拉。

二樓有個空房間，那是一個沒有書架、桌子、也沒有花瓶，非常殺風景的房間。房裡唯一稱得上物品的，只有擺在地板中央的塑膠積木，那是給小孩子組裝來玩的小型積木。我不曾親眼見過小孩子，不過關於小孩子的知識倒是有。

我初次站在房門口望向房裡時，夕陽的光線射進窗內，將整個房間染成一片通紅，地上的積木則映出更濃的紅色。

這些積木組成一艘帆船，尺寸大到甚至能抱在懷裡，但船體最前端卻是崩掉的，零散的積木塊掉了一地。

「那是我不小心踢壞的。」

他不知什麼時候站到我身後。我徵得他的同意進房裡玩積木。我先把帆船全部拆解開來，拆下的零散積木塊堆成了一座小山。我想也來組個什麼東西吧，然而我辦不到。我拿著小小的積木塊，遲遲無法開始，只覺腦中的思考突然遲鈍了起來。

「要你們創作東西大概太難了吧……」

據他說，我只能做出有設計圖或是做法步驟已事先定好的物品，所以像音樂或繪畫之類的我便創作不出來，也因此面對散落一地的積木塊，我其實一步也無法開始。

我放棄積木，換他坐過去積木塊堆成的小山前。一點一點，他組起積木。

太陽下山了。四下一旦變暗，庭院的照明裝置便會自動亮起，白色光線照亮庭院每個角落，也從窗外將光明送進了室內。

我打開房裡的燈。他在組一艘帆船。他從各個角度望著那艘重新組裝起來、大到能夠抱在懷裡的紅色帆船。要是我也像他一樣會組積木玩就好了。

照亮水井四周的照明裝置周圍總是有飛蛾飛舞著。我們睡前都直接站在水井邊刷牙，每次刷牙，地面都會忽隱忽現地掠過飛蛾的影子。漱過口的水便直接吐進排水溝裡，排水溝的水穿過茂密的樹林，似乎會流進山腳下的河川。

從刷完牙到各自回房就寢前那段時間，由於我們兩人都很晚睡，通常會留在客廳裡一起聽唱片。寧靜的音樂流瀉中，我們下著西洋棋，勝負幾乎是一半一半，因為我的腦只被設定在與一般人類相同的機能。

爲了避免蟲子飛進來，窗戶都裝了紗窗。每當夜晚的風吹進來，吊在廚房窗下的金屬掛飾便會發出聲音，那是非常澄澈美麗的音色。

「那個吊在窗下的掛飾發出的聲音，是風創作出來的音樂吧。我很喜歡那個聲音呢。」我說了出口。

他正在思考下一步棋，聽到我的話，他瞇細了眼點點頭。

我突然驚覺一件事。剛來到這個家，我只覺得那個聲音是毫無規則的嘈雜聲響，然而不知何時，我似乎理解到那不只是這樣。我在這裡生活已經一個月了，不知不覺間，我的內心有了變化。

那天晚上他回房後，我獨自到外頭散步。庭院裡東一處西一處亮著白色的照明，金屬燈柱的頂上是圓形燈泡，蟲子一靠近光源便被玻璃罩擋了回來。夜深，四下一片漆黑幽暗，但一站到燈柱旁，白色光芒便從我頭部上方撒下。我站在光中思索著自己的變化。

不知何時起，我前往水井時不再採最短距離了，我會慢慢地走在蜿蜒的鋪石小徑上，小心不踩到路旁的花草。以前我只認爲那很浪費時間與精力，如今卻覺得一邊欣賞四下慢慢走是樂事一樁。

我在地下醒來，初次走到外面的時候，只能以自己變得白茫茫的視野和身體表面的溫度來理解所謂的太陽；如今在我心中的太陽卻有著更深刻的意義，或許那已成了一個只能以詩歌表現、與心靈深處緊密連結的存在了。

一切的一切都令我愛憐不已。

牆上爬滿植物的屋子與小丘上那片廣闊的草原、孤伶伶立在丘頂的地下倉庫大門與上方的鳥巢、高高的藍天與高聳的積雨雲。雖然討厭苦苦的咖啡，但多加一點糖之後卻很喜歡。在咖啡滾燙時熱熱地喝下，舌頭上散開的甜味總令我開心不已。

準備三餐，打掃家裡，把白色衣物洗乾淨，衣服若破了洞便拿針線縫補。窗外飛進來的蝴蝶落在唱盤上，我邊聽著風創作出來的聲響閉上了眼。

我抬頭看夜空。在燈光的另一端，月亮高掛。風搖動樹木，樹葉沙沙作響。包含他在內，我什麼都喜歡得不得了。

穿越樹叢的枝葉之間，我望著位於彼方城鎮的廢墟。那裡沒有一絲光線，有的只是無盡的黑暗。

「再過一個星期，我就要死了。」

隔天早上，他起床後這麼對我說。想必他是透過精密的檢查知道了自己確切的死期，然而我仍不是很有把握所謂的「死亡」究竟是什麼，只好回答他說，好的我曉得了。

他的身體愈來愈虛弱，上下樓梯都很花時間，所以改由他使用我位於一樓的床鋪，而我一到夜晚睡覺時間便上樓睡在二樓的房間。

問他需不需要我扶他起床或是攙他到窗邊椅子坐下，他都說不必而把我支開，我完全沒有做任何像在照顧病患的事。他既不喊疼，也沒發燒，據他說這種病菌並不會令人感到痛苦，只是單純將「死亡」送至人類身上。

爲了盡可能減少他起身走動的次數，他人在哪裡我們就在哪裡用餐。他若坐在長椅上，我就用托盤把食物端過去，在他身邊坐下；他若坐在單人椅上，我就盤起腿坐在他腳邊地板上啃我的麵包。

他聊起了他的伯父。他和伯父一起開著卡車在廢墟中穿梭，兩人把成了廢墟的城鎮裡還堪用的資源運回來這裡。由於無法取得燃料，停放在庭院的那輛卡車已經不能動了。

「……你曾經想過要變成人類嗎？」

往事才說到一半，他冷不防問我。我點點頭回答說，想過。

「聽著窗邊的掛飾搖動發出的聲響，我都會忍不住想，如果自己是人類該有多好。」連風都能吹動掛飾創造出音樂，而我卻無法產出任何東西，這讓我覺得很遺憾。我能在會話中使用富有詩意的說詞或者編一些謊話，但我所能創造的事物了不起僅止於此。

「這樣啊……」

他點了點頭，又回到伯父的話題。他回憶著關於他和伯父兩人花了好幾個星期在成了廢墟的城鎮中探索。

我知道他深愛著他的伯父，所以一直希望自己能被葬在伯父身旁。我就是爲了這個原因被製造出來的，爲了凝視人類的「死亡」。

我盤腿坐在地板上吃食，突然身旁輕輕碰地一聲落下一塊吃到一半的麵包。是他手中掉下來的。

他的右手微微痙攣，伸出左手壓著也無法止住顫抖。他冷靜看著顫抖的手問我：

「妳知道什麼是死亡了嗎？」

「還不是很明白。那是什麼樣的存在呢？」

「是一種很恐怖的存在喔。」

我撿起麵包放回托盤上。考慮到衛生，還是決定別吃了。我還不是很清楚死亡究竟是什麼，我曉得自己終究會死，卻不覺得恐怖。停止運作很恐怖嗎？我覺得在停止運作與覺得恐怖之間，似乎還缺了一樣什麼東西，或許那就是我必須學習的課題。

我偏起頭直盯著他瞧。他的手還在顫抖，但他一點也不在意，一逕望著窗外。我也跟著看向外頭。

庭院裡的陽光十分燦爛，我不禁瞇起了雙眼。圍繞屋子的森林最外圍有一條朝山腳延伸而去的道路，有個差不多要報銷的郵筒；生鏽的卡車旁邊是菜園，菜園中成列的蔬菜上方有小蝴蝶飛舞著。

有個白色的小東西在綠色菜葉暗處若隱若現，是兔子。我站起身翻過窗戶便衝了出去。我知道這樣很沒教養，但現在這個你追我逃的遊戲，已經成了一看見兔子的瞬間便不顧一切開戰的事情了。

離他的死期還有倒數五日的那一天，天空很陰沉，我在森林裡邊散步邊採山菜。雖然倉庫裡還有很多食材，但他總是說，要做菜，還是煮栽種的蔬菜和野生的植物比較好。

他的手腳不時會痙攣，雖然靜待一陣子顫抖便停止了，卻會一再發作。每次發作，他要不是摔倒，就是打翻咖啡弄髒衣服。即使如此，他都非常冷靜面對，毫無困惑，靜靜地望著自己不聽話的身體。

在森林裡走上一陣子會來到一座懸崖，雖然他說萬一掉下去很危險，總是耳提面命叫我不要靠近，但懸崖附近長了很多山菜，再者我也很喜歡從懸崖上望出去的景色。

離我腳邊不遠處，地面唐突地截斷，再過去只見一片空空蕩蕩。我將摘下來的山菜放進單手提著的籃子裡，望著對面的連綿山脈。大半山頭全融進漫天的灰雲裡，成了沒入一片灰色當中的巨大影子。

我的視線停在懸崖最前端。那兒像有人刻意把地面踩塌，留下了塌陷一角的痕跡。

我探出頭去窺看崖下的狀況。下方約三十公尺深的地方橫亙著一道細線，那是流過懸崖下方的河川；而就在我的正下方兩公尺處有塊突出的岩壁，大小接近一張餐桌桌面，上頭長著野草。

在那塊岩臺上有一團白色的物體，是兔子。大概是踩空從懸崖掉下去的吧，幸好掉在那塊岩臺上救了牠一命，但岩壁並沒有能夠攀上來的踏腳點，看來牠是被困在岩臺上了。

遠方天空傳來沉重的雷聲，有那麼一瞬間，我的手臂感覺到點點的雨滴。

我將裝山菜的籃子放到地上，兩手攀住懸崖前端，背朝外慢慢往下爬。我透過鞋底的觸感摸索著岩壁的凹凸處，找尋腳尖可以著力的踏腳點，一步一步往下爬，終於抵達那塊岩臺。

我站在兔子所在的這方岩臺上，冷風拂亂了我的頭髮。雖然兔子一直給我帶來許多麻煩，看到牠在這兒動彈不得，總覺得非得幫牠一把不可。

我把手伸向兔子。剛開始牠稍微有些抗拒，最後這隻有著白色毛皮的動物還是乖乖讓我抱住。我感受著手中那小小的溫暖，簡直就像抱住了一團熱度。

雨開始傾盆而下，林木的樹葉齊聲傳出雨點打在葉面的聲響，下一秒鐘，我聽見了什麼東西崩塌的聲音，身體傳來一股劇烈的震動。方才我攀爬下來的這片岩壁突然高速往上抽離，自己似乎飄浮在空中。腳下的岩臺正在墜落，直到剛才還放著山菜籃子的懸崖頂瞬間變得又高又遠又小。我把兔子緊緊抱在懷裡。

著地的瞬間，強烈的衝擊貫穿我的全身，身畔揚起的沙塵飛舞，但大雨旋即將沙塵抹去。我掉到懸崖下方的河川旁邊了。

我的身體損傷了大半，不過並沒有致命的毀損，一條腿摔得破破爛爛的，從腹部到胸部有一道很大的龜裂，身體裡面的零件全跑出來了，不過看來應該有辦法自己走回家去。

我看著懷裡的兔子。白色毛皮上沾著紅色的液體，我知道那是血。兔子的身軀逐漸變冷，彷彿我懷中的體溫正一點一點流失。

我就這樣雙手抱著兔子走回家裡。因爲靠單腳跳著前進，我體內的元件紛紛飛了出來，一個接一個掉到地上。滂沱的大雨完全掩埋四下。

我踏進家門，尋找他的身影。身上滴落的水滴在地板上蔓延開來，濕透的頭髮黏在皮膚和一些皮膚綻開的地方。他正坐在看得到庭院的窗邊，目睹我的模樣嚇了一大跳。

「請修好我……」

我告訴他自己弄成這副模樣的原因。

「我曉得了。我們先去地下倉庫吧。」

我將懷裡的兔子遞到他面前。

「你也可以救牠嗎……？」

他搖了搖頭。這隻兔子已經死了，他說，兔子是無法承受從高處落下的撞擊的，被抱在我懷裡的牠就這麼摔死了。

我想起兔子那近乎令人討厭地在蔬菜間竄來竄去的活潑模樣，再望著眼前這隻白色毛皮染血、雙眼閉成一條細線一動也不動的兔子。妳得趕快到地下倉庫接受檢查和治療才行呀！他喚我的聲音聽起來非常遙遠。

「唔……唔……」

我張開口想說些什麼，卻一個字都吐不出來，胸口深處傳來莫名的痛楚。我明明沒有痛覺，但不知怎的我曉得那就是所謂的痛。我全身失了力氣跪倒在地。

「我……」

我的身體也具有流淚的機能。

「……我沒想到，自己其實這麼喜歡這隻兔子。」

他以望著可憐東西的眼神看著我。

「那就是死亡喔。」

他這麼說，將手放到我頭上。我懂了。所謂死亡，就是一種失落感。

我和他往地下倉庫走。雨勢非常大，視線前方幾乎看不見任何東西。我仍緊抱兔子單腳跳著前進。走出家門時他要我把兔子留在家裡就好，但我辦不到，結果我在地下室工作臺上接受緊急治療，兔子就躺在一旁的桌子上。

躺上工作臺，眼前正對的是天花板照明設備。在一個月又幾週前，我也是像這樣躺在這裡，那時我睜開眼，他對我說了聲「早安」。這是我最早的記憶。

白色光線之中，他檢查著我的體內。他幾次很疲倦似地坐到椅子上休息，不暫歇一會兒，他大概沒辦法站著。

仍躺在工作臺上的我轉頭看向桌上的兔子。再過幾天，他也會像那隻兔子一樣動也不動了。不，不光是他。鳥兒也是、我也是，「死亡」總有一天會來造訪。之前這件事只是以知識的型態存在我的腦中，從未像此刻一般伴隨了恐懼。

我思考著自己死去時的狀況。那不只是停止活動，那是和這整個世界的告別，也是和我自己的告別。就算我再怎麼喜歡某樣事物，最終一定會走到這一步，所以「死亡」是恐怖而悲哀的。

愈是深愛著某樣事物，死亡的意義便愈沉重，失落感也愈深刻。愛與死並不是兩回事，它們是一體的兩面。

他一邊將我缺落的零件埋入我體內，我靜靜地哭了起來。等到終於修理好將近一半的進度，他停了手坐到椅子上休息。

「緊急處理到明天才能完工，但要完全恢復到之前的狀態，還需要三個工作天。」

他的體力已經到了極限，他說緊急處理後的後續修復我得自己來了。自己體內的物件我大致上都曉得，雖然沒有經驗，但看設計圖的話應該辦得到。

「我知道了……」

我嗚咽著繼續說道：

「……我恨你。」

為什麼要把我製造出來呢？如果我不曾誕生到這個世界喜歡上任何事物，也就不會恐懼「死亡」所帶來的別離了。

雖然我已經幾乎泣不成聲，躺在工作臺上，我還是擠出了這些話：

「我……很喜歡你，但我必須埋葬你的遺體，這太痛苦了。如果非得這麼痛苦，我寧可不要心這種東西。我恨你，我恨你在製造我的時候，幫我裝了心……」

他露出非常悲傷的神情。

全身綑著繃帶的我抱著已經冰冷僵硬的兔子走出地下倉庫。外頭雨已經停了，小丘整片草原籠罩在濕潤的空氣中。四周還很暗，但天就快亮了。抬頭望向天空，雲朵流動著。跟在我身後，他也走出了地下倉庫。

緊急處理後我已經能正常走路了，但由於還沒完全修復，劇烈的運動是被禁止的。我暫時沒打算著手自我修復，要是我在地下倉庫動工，就沒人做飯給他吃了。

我們慢慢往家的方向移動，中間數度停下來休息，只見東方的天空逐漸泛白。他在那座靠近森林的十字架前停下了腳步。

「還有四天。」

他凝視著十字架說道。

那天早上我埋葬了兔子。在整片綠油油的庭院裡頭，我將牠埋在鳥兒經常棲息的一角，待在那裡應該就不寂寞了吧。我拿起鏟子掘了一個坑。把泥土覆到兔子身上的時候，我的胸口簡直像被壓碎似地難受。一想到也得對他做出相同的事，自己真的受得了嗎？我不禁喪失了自信。

那天早上後，接下來幾天他都躺在一樓床上無法起身，只見他直盯著床邊的窗戶往外頭看。我做好飯菜便送過去床邊。我已經笑不出來了，光待在他身邊都讓我覺得好痛苦。

我能夠理解他為何總是望著窗外，因為他也和我一樣很喜歡這個世界吧，所以才要在「死亡」來臨之前，努力地凝視世界，好將這一切深深烙印在眼底。我盡可能陪著這樣的他度過剩下的時間，感受著每經過一秒他的「死亡」便接近一步的事實。無論在家中哪個角落我都感覺到「死亡」的存在。

那個雨天以來，天空總是陰沉沉的，沒有一絲風，廚房窗下的掛飾也一逕沉默。我沒心情聽唱片，家裡靜悄悄的，唯一的聲音只有我走動時地板發出的聲響。

「那盞燈，壽命差不多了啊……」

某天晚上，他躺在床上望著窗外這麼說。照亮庭院的照明設備中，有一盞燈微弱地忽明忽滅，我心想可能還能撐一陣子，燈卻閃了閃逐漸轉暗。

「我應該明天正午就會死了吧……」

他望著即將熄滅的燈，這麼說道。

他睡著之後，我在二樓那個放了積木的房間裡抱著膝沉思。地板中央有一艘紅色積木組成的帆船，那是他曾經當著我的面組裝出來的。我望著那艘船一邊思索。

我喜歡他，但另一方面我的心裡還是有芥蒂。我恨他把我創造出來誕生到這個世界，那股情緒彷彿一道黑影，糾纏著我揮之不去。

我同時懷抱著感謝和憎恨的複雜情緒照料他的起居，但我不會在他面前表現出來。我端咖啡給臥床的他，若他接咖啡的手會顫抖，我便直接送到他嘴邊餵他喝。

他無須知道我心裡對他的芥蒂。明天正午我只要告訴他，非常感謝他把我製造出來就好。對他來說，一定這樣才是最了無牽掛的「死亡」。

我把玩著積木組成的紅色帆船心想，我應該將憎恨藏在內心深處。但每當我想到這件事都覺得喘不過氣，這麼做像是在對他說謊，我感到很害怕。

積木船被我抓住的部位突然崩掉，掉落地板的船體應聲解體，幾乎全散了開來。我一邊集中散落一地的積木塊一邊想該怎麼辦。像我這種並非人類的存在是不會畫畫、不會雕刻也不會創作音樂的，他要是死了，這些積木就永遠沒有合體的一天了。

這時我突然發現，唯有一樣東西是我也能夠用積木創作出來的。我憑著記憶開始組裝一艘帆船。我曾經看過一次他組裝帆船的過程，當時記起來了，於是我一步步重複他做過的每個組裝動作，這麼一來，我也組出了一艘帆船。

我邊組著積木邊拭淚。該不會……該不會……我在心中反覆地吶喊。

隔天一早，天氣晴，無限延伸的藍天不見一絲雲朵。趁他還在睡，我到水井邊刷牙漱口。打上來的井水倒進水桶時濺出了水花，水珠打到井邊的花草上，花朵前端被水珠的重量壓得垂了下去。我望著滾落的露珠在空中反射著朝陽的光輝。

由於連續幾天都是陰天，累積了不少該洗的衣服。我將我們兩人這幾天穿過的白色衣物洗乾淨後，晾到庭院的曬衣竿上，但我一舉手一投足，身上的繃帶便有幾處鬆脫移位，於是我就這麼一邊重新綁好繃帶一邊晾衣服。

正當我晾完衣服，突然發覺他在窗邊望著外頭。那兒不是他寢室的窗戶，而是採光良好的走廊窗戶，我嚇了一跳連忙跑去窗邊。

「你可以起來嗎？」

他坐在窗邊的長椅上。

「我想死在這張椅子上。」

想必他是擠出最後的力氣走來這兒的。

我進屋坐到他身邊。面前窗戶可以清楚眺望整座庭院，剛晾好的衣服潔白無瑕，風一吹，另一端的水井便在衣物影間若隱若現。這是個嗅不出死亡氣味、非常舒服的早晨。

「你還剩多少時間？」

我仍望著窗外問他。他沉默了好一會兒。寂靜過後，他以秒為單位回答了我的問題。

「那種病菌造成的『死亡』，會那麼準時嗎？」

「……這個嘛，不知道會不會呢。」

他的回答聽起來對這問題不甚感興趣。我壓抑著內心的緊張，試著繼續問他：

「……你之所以不替我取名字，其實就跟無法創作繪畫或音樂一樣，你也無法創造名字，對吧？」

他終於把視線從窗外轉到我臉上。

「我也是以秒爲單位，非常清楚自己死亡的時間。因爲像我這樣的被造物，存活時間是打從一開始就被設定好的，所以說，你也……」

事實是，他根本沒有被什麼病菌感染吧；他是曾經看過其他人類用積木組裝過帆船，所以才組得出來吧。在人類全部滅亡的世界裡，只剩他獨自存活至今。他凝視著我好一陣子之後低下頭，白皙的臉龐蒙上了陰影。

「抱歉，我騙了妳……」

我緊緊抱住他，將耳朵抵上他的胸口。他的胸腔傳來微弱的馬達聲。

「你爲什麼要假扮人類呢？」

他沮喪地告訴我，他內心其實一直憧憬著伯父。伯父是他的製造者。我也常想要是我是人類該有多好，他一定也是這麼想的。

「而且，我擔心妳可能會無法接受吧。」

他似乎是考慮到，比起被和自己相同的被造物製造出來，不如讓我以爲自己是被人類製造出來的，這樣我心裡比較好受。

「你眞傻。」

「我知道。」他說。

我的耳朵仍抵著他的胸口，他輕輕將手放到我的頭上。至少對我來說，他是不是人類都無關緊要。我緊緊抱著他，他所剩的時間一分一秒流逝。

「我想被埋在伯父旁邊，所以需要有人把泥土蓋到我身上。爲了這麼任性的理由，我製造了妳。」

「你自己一個人在這個家裡住了多久？」

「伯父去世之後，已經過了兩百年了。」

我瞭解他之所以製造我的心情了。當死亡來臨的瞬間，如果有人能夠握著自己的手該有多好。我決定要在死亡帶走他之前緊緊抱著他，這樣或許，他就明白自己並不是孤獨一人了。

我想，我自己在即將死亡的時候可能也會做出同樣的事吧，反正地下倉庫裡，設計圖、零件和工具樣樣不缺。雖然不到那時候不知道事情會怎樣，但我的確可能會在耐不住孤獨之下，爲了相互依偎而製造出新的生命。正因如此，我能夠原諒他的作爲了。

我和他坐在長椅上，度過了寧靜的早上。我一直將耳朵抵著他的胸口，他只是不發一語，一逕望著窗外迎風搖曳的晾曬衣物。

自從做了緊急治療，我全身一直裹著繃帶。他輕輕爲我綁好脖子上鬆掉的繃帶。窗外灑進的陽光落在膝上，好溫暖哪。什麼都好溫暖，好詳和，好輕柔。內心感受著這股溫暖，我發現原本一直堵在胸口的東西，正一點一點逐漸解開。

「……我一直很感謝你製造了我。」

我心裡思考的事，很自然地化成話語說了出口。

「但是，同時我也恨著你……」

我的頭仍靠在他胸前，看不見他的表情，然而，我曉得他點了點頭。

「如果你不曾爲了要有人埋葬你、要有人看著你死去而製造出我，我就不會害怕死亡，也不必因爲某個人死去而深受失落感折磨了。」

他孱弱的手指撫摸著我的頭髮。

「愈是喜歡某種東西，當我失去它時，心痛就愈難忍，而往後都必須強忍著這反覆襲來的痛苦度過餘生，是多麼殘酷啊。既然這樣，我寧願自己當初是被製造成一個什麼都不愛、不具有心的人偶……」

窗外傳來了鳥鳴。我閉上眼，想像著數隻鳥兒飛翔在藍天的畫面。闔上眼簾，一直在眼眶打轉的淚水便落了下來。

「但現在，我對你只有滿滿的感謝。如果不曾誕生到這個世界，我就無法看見小丘上遼闊的草原；如果當初你沒有爲我裝上心，我就無法體會望著鳥巢時的愉悅，也不會因爲咖啡的苦澀而皺眉了。能夠這樣一一碰觸世界的光輝，是多麼寶貴的事啊。一想到這裡，即使內心深處因爲悲傷而淌著血，我都能夠視爲是證明我活著最最珍貴的證據……」

同時抱著感謝和憎恨的感情或許很奇怪，然而，我是這麼想的。我相信每個人一定都是如此。在很久以前便滅絕的人類孩子們，對自己的父母一定也是同樣懷抱著類似的矛盾情緒活下去的不是嗎？我們都是一邊學習著愛與死亡，往來於世界的向陽處與陰暗處活下去，不是嗎？

於是孩子逐漸成長，這次，將輪到自己背負在這個世界創造出新生命的宿命，不是嗎？

我會在那座小丘上伯父長眠之地的旁邊掘坑；我會讓你睡在裡面，像是替你蓋上棉被一般爲你覆上泥土；我會替你立上木製的十字架，將水井邊盛開的花草種在墓前；每天早上，我都會跟你道早安，到了傍晚，再向你報告這一天發生了什麼。

長椅上，時間靜靜流逝，正午將近。我耳中聽著他體內的馬達聲逐漸減弱，終至再也聽不見。好好安息吧。我在心中輕輕對他說。

SO-far

SO（significant other）

1〔社〕重要的他人（父母、同伴等）

2〔美縮略語〕配偶、戀人（縮寫：SO）

far

〔距離〕前往／至遠方、（遠）離

摘自《PROGRESSIVE英和中辭典（第3版）》（小學館）

如今我多少也長大了點，就讀小學的我就快上國中了，現在能夠用和過去不同的角度看待當時那些不可思議的狀況。再怎麼說那時我只是讀幼稚園的小孩，所有事情都令我不安與孤獨。我以外的人都比我高大，和他們說話時得仰起頭，而且只要大人手扠腰一臉愕然地望著我，我就會忍不住擔心自己是不是做錯什麼，所以我從不曾向大人成功地解釋過自己的想法。

以前，我總覺得在床底下光線進不去的角落裡住著東西；也相信豎立的鉛筆不用手觸碰，用念力叫它「倒下吧！」筆就眞的會倒。雖然以結論來說這些事幾乎都荒謬無稽，但不表示完全不會發生。我很喜歡科學，然而世上的確存在科學無法解釋的事。

那是我讀幼稚園時的事情。雖然細節部分的記憶已經不大鮮明，由於之後我曾無數次重新回想整件事情，人們也多次詢問起，所以意外記得滿清楚的。

我家是爸爸媽媽和我的三人家庭。記得我們家在公寓二樓，位於小丘上，從窗戶往下望可以看到鎮上，電車從成排的高級公寓間穿梭而過，我很喜歡眺望那樣的景色。

我們家有客廳、廚房和兩個房間，柱子上貼了一張我畫爸爸的畫，旁邊掛著我的幼稚園帽子和爸爸的公事包。

我很喜歡爸爸媽媽。雖然我只會玩抽烏龜（註），我們一家三口卻經常一起玩撲克牌，甚至會在家裡玩捉迷藏。在廚房用餐過後，我們總會坐到客廳沙發上聊天。

我覺得客廳那張灰色的沙發大概是我們家最重要的一件家具了，我們總是在那張沙發上看電視、看書甚至打瞌睡。在我們家所謂的一家團圓，指的就是那張充滿彈性的柔軟沙發。先有沙發，然後是矮桌和電視。

我總是坐在沙發的正中間。

媽媽的固定位置在我左手邊，這一側比較靠近廚房。如果我或爸爸向媽媽討飲料喝，她只要站起身，趿著拖鞋的啪嗒啪嗒聲響過後，馬上就能端果汁和啤酒回來給我們。

註：撲克牌遊戲的一種，又名「潛烏龜」、「抓鬼」、「抽鬼」，不具賭博性質。

爸爸則是坐在我的右手邊，那是看電視的最佳角度，又恰好在冷氣正下方，對怕熱的爸爸來說是再好不過的位置。

我總是坐在沙發上一邊晃著腳，一邊告訴爸媽我在幼稚園發生的事。這個位置正好能讓我兩旁滿面笑容的爸媽望著我聽我說話。

剛開始我完全不曉得事情是什麼時候發生的，等我察覺到時，已經變成那種狀況了。當時，我和爸爸坐在客廳沙發上，爸爸不知爲何一臉陰鬱地看著電視。他弓著背，手撐著下巴。

電視正在播有關靈異現象的節目。我也曉得那是恐怖節目，卻不知怎的總會看下去。那天播出的內容是一個不知道自己發生車禍的人成了幽靈還是回家的故事。

媽媽開門進來客廳，她也和爸爸一樣一臉不開心。

「咦?怎麼一個人看電視?」媽媽對我說。

她的口氣很尋常，我差點沒聽清楚。媽媽剛才的確說了「一個人」。

我覺得很怪，望向坐在我身邊的爸爸。我很擔心爸爸會因爲媽媽無視自己的存在而生氣，然而，爸爸似乎連媽媽走進客廳了都沒察覺。

「唉呀，你幹麼盯著空無一物的地方看?到底怎麼了?」

媽媽認眞地以一臉不可思議的神情看著我，我開始覺得不安。

媽媽正在問我話，爸爸卻靜靜地從沙發起身離開了客廳，完全沒有回頭看我或媽媽一眼。我覺得很困惑，有些怪怪的，但不曉得原因出在哪裡。我臉上的表情一定是快哭出來了，媽媽拿出撲克牌微笑著對我說：「來玩抽烏龜吧。」剛開始我很慌，但看到媽媽一臉笑瞇瞇的，也就安心了下來。

我和媽媽玩抽烏龜玩了一會兒，爸爸回來客廳。

「怎麼一個人在玩撲克牌啊……」爸爸對我招招手說：「今天去外面吃吧。」

我跳下沙發跑到爸爸身邊，回頭一看，媽媽手上仍抓著撲克牌，露出「你要去哪裡？」的表情望著我。

我以爲媽媽也會一道出去吃飯的，但並非如此。我一踏出客廳，爸爸便關了燈，碰地一聲關上客廳門，明明媽媽人就還在裡面哪。

我和爸爸兩人在大眾餐廳用餐的時候，我一直掛心獨自留在客廳的媽媽。

「接下來日子可難過了啊……」

爸爸這麼自言自語著。

隔天的晚餐也很不可思議，媽媽只準備了她和我的飯菜，廚房餐桌上也只擺了兩人份的碗筷。

另一邊，爸爸就像壓根看不見媽媽準備的飯菜，買了兩個便利商店的便當回來。爸爸把塑膠袋裡的東西拿出來擺到客廳矮桌上，裡頭也有我的便當。

我在廚房裡試著問媽媽：

「爲什麼沒有爸爸的份呢？」

「咦？」

媽媽倒抽一口氣看著我。因爲媽媽的反應太過震驚，我不禁害怕自己是不是說了不該說的事，猶豫著是不是要再問第二遍。

「喂——你在做什麼啊。你要挑哪一個便當？」

客廳傳來爸爸的聲音。爸爸喚我和喚媽媽的聲音在音調上有微妙差異，一聽就知道爸爸是在對我說話。

我離開廚房進到客廳，爸爸正在鬆開領帶。

「……爲什麼沒有媽媽的便當呢？」

聽我這麼問，爸爸停下了手，目不轉睛盯著我看。我果然不該問的。

爲了不讓他們兩邊不高興，我反覆往來於客廳和廚房。先吃一點媽媽的菜，然後走去客廳吃便當，之後再回廚房去。

雖然兩邊的飯菜都各剩下一半，我卻沒挨罵。吃完飯後，我像平常一樣坐過去沙發正中央，媽媽坐在我左手邊，爸爸坐在我右手邊，兩人都靜靜地看著電視。新聞正在報導幾天前發生的電車意外。

往常這應該是我們一家三口聊著天、讓我開懷大笑的時間，但是那一天，坐在我身旁的兩人始終沉默著。發生了什麼恐怖的事情使得我們三人之間產生了詭異的分歧。正當我思考著究竟是什麼事的時候，媽媽以非常嚴肅的表情轉頭看著我說：

「孩子，雖然爸爸去世了，我們兩人要一起努力活下去喔。」

我不是很明白媽媽的意思，然而媽媽的口氣實在太過認眞，我忍不住害怕了起來。我露出迷惘的表情，媽媽便微笑摸摸我的頭說：「沒問題的，你不用擔心。」

接著換爸爸轉過頭來，彷彿媽媽根本不存在，他直直盯著我的雙眼看。

「我們要連媽媽的份一起努力活下去了……」

直到這一刻我才發現，原來他們看不見彼此。爸爸看不見媽媽，而媽媽看不見爸爸。在爸媽兩人的眼中，沙發隔著我的另一側並沒有任何人在。

從他們兩方的話語裡我理解到，他們其中有一人死掉了。爸爸深信媽媽已經死了，以爲只剩他和我兩人一起過生活；而相對地媽媽則認爲爸爸死了。

難怪他們無法看見彼此，也聽不到對方說話。能同時看見他們雙方的人，只有我。

那個時候我還不大會說話，一直無法明確地將我的所思所想傳達給父母。我跟爸媽說我能看見他們兩人，但剛開始兩邊都不大理睬我。

「媽媽，爸爸在那個房間裡喔。」

我扯著媽媽的圍裙說。媽媽正在廚房洗碗；而客廳那邊，爸爸正在沙發上看報紙。

「好、好……」

媽媽一開始只是輕輕點頭附和幾聲，我不斷重複說了好幾遍，於是媽媽蹲下來，以和我同樣高度的視線面對面看著我的眼睛說：

「我知道你心裡很難受……」

聽媽媽的語氣，她是認眞地擔心我，這麼一來我反而覺得是自己腦袋怪怪的。我想這個問題是不能觸碰的。

即使如此，我還是好幾次試著告訴雙方這個詭異的狀況。

有天晚上，我們三人坐在沙發上。所謂「三人」是從我的立場看到的，爸爸媽媽兩邊好像都認爲只有自己和我兩人坐在沙發上。

「媽媽現在穿著藍色毛衣喔。」

我試著對坐在右手邊的爸爸這麼說，坐在我兩邊的兩人目不轉睛地盯著我看。

「你在講什麼嚇人的事啊……？」

爸爸皺起了眉頭。因爲爸爸看不見媽媽，只見他臉上露出莫名其妙的表情。

「是呀，我是穿藍色的毛衣呀，怎麼了嗎？」

媽媽也一臉不可思議地看著我。

「我可以看見你們兩個人喔。爸爸也在，媽媽也在，大家都在這個房間裡。」

我這麼一說，兩邊都投來了困惑的眼神。

由於這種事情發生了很多次，原本不當一回事的兩人，慢慢開始聽進我說的話。

那是媽媽打不開零食袋子，找剪刀時的事。

「爸爸把剪刀放哪裡了啊？拜託你人要消失也把東西放在明顯一點的地方嘛。」

媽媽一邊嘟囔，翻找放了鉛筆膠帶等各種文具的客廳櫃。爸爸正在客廳沙發上翹著腳，但他似乎看不見同樣在客廳裡的媽媽。於是我問爸爸剪刀放在哪裡。

「……記得是在廚房櫃子的抽屜喔。」

爸爸這麼回答我，我將爸爸的話轉告人也在客廳裡的媽媽。

剪刀的確在那兒。這種事情實在太常發生了，爸爸和媽媽漸漸相信我說的話。

「我可以看見爸爸，也能聽到他的聲音喔。」

雖然一臉困惑，媽媽還是點了點頭。

「媽媽人就在這裡喔，所以，不是只剩我和爸爸兩個人。爸爸你如果有想要跟媽媽說的話，我可以幫你轉告媽媽。」

聽我這麼說，爸爸很欣慰地點了點頭，他一邊說：「是啊，真的是這樣呢。」一邊摸著我的頭。

從那天起，我開始了負責傳達兩人對話的日子，而這份差事出乎意料地，相當愉快。

我們三人排排坐在沙發上看著同一個電視節目。

「我想看旅遊節目。」

媽媽這麼說，我立刻轉告爸爸。

「媽媽說她要看別臺，她想看旅遊節目。」

「跟媽媽說晚一點，先把這齣警察連續劇看完吧。」

爸爸一邊說，視線一直沒離開電視畫面。

「爸爸說他不想轉臺。」

我轉述完後，媽媽長嘆一聲，便起身進廚房去了。

我竊笑了起來，因爲很久以前他們兩人每天就是像這樣，實在太有趣了。雖然現在爸爸媽媽必須透過我才能交談，但那不是問題，我重新感受到我們的確是三人一體的家族，那段日子家裡變得好溫暖，氣氛非常融洽。

當時我經常思考爸媽各自存在的世界是什麼情況。根據兩方的話，他們似乎被捲入一場電車意外，不，說得精準一點，應該說他們兩人都確實捲進那場意外，而且死了。

聽說他們因爲某事必須送東西給親戚伯父，所以一日早上，他們兩人猜拳決定，輸的人須搭電車到伯父家。

而兩人的故事在猜拳後出現了分歧。在媽媽的世界裡，聽說是爸爸猜拳輸了去搭電車，而在爸爸的世界中卻是媽媽前往伯父家。

電車出了意外。結果在媽媽的世界裡爸爸死了，在爸爸的世界裡媽媽死了，而看樣子被留下來的那個人都深信只剩自己和我相依爲命。

然而，存活下來的爸媽各自的世界就像兩張重疊的半透明相片，以我當接點相連。我可以同時看見兩人存在的世界，這令我感到些許的自豪，自己宛如被提拔上來擔任爸媽之間負責連繫的重要角色。

好比說爸爸開門走進來。在媽媽眼中如果唯獨爸爸的身影是看不見的，她應該只會看到門自動打開關上的模樣，但實際上，媽媽連門有動靜都沒留意到，總是要我提醒她，媽媽才察覺：「對耶，一個沒注意還眞是這樣呢。」

換成是媽媽在廚房洗碗的話，看在爸爸的眼裡並不會映出有誰在廚房裡洗碗的光景。爸爸似乎不大計較一些自己世界裡無法解釋的小事。

三餐照舊還是兩邊各自解決，媽媽會下廚做飯，爸爸則是吃買回來的便當。

「爸爸，你看不見這盤咖哩飯嗎？」

我將媽媽做的咖哩飯推到爸爸眼前試著問道，但爸爸似乎什麼都看不見，只是露出疑惑的眼神回望著我說：

「我今天在公司接到了奇怪的電話喔……」

爸爸曾經面朝屋內什麼都沒有的地方跟媽媽說話，即使媽媽就站在爸爸背後，因爲無法看見媽媽，爸爸已經習以爲常隨便朝個方向就開口了，但媽媽又聽不見爸爸說話，便由我負責轉達爸爸說話的內容。「這樣眞的好怪喔。」我對兩人說道。

然而一想到他們其實有一方已經死了，我不禁悲從中來。爸爸生存的世界與媽媽生存的世界兩者恰恰交接之處，唯有我飄浮著。

剛開始兩人都不再對彼此說話的時候，我非常不安，不知該如何是好，不過現在已經沒問題了，只要坐在沙發上夾在爸爸媽媽之間，我就能安心下來甚至會想打瞌睡。

但在我幼小的心靈裡很清楚，這一切不可能一直持續，遲早我非得選擇其中一邊的世界不可。這件事一直存在我心中某個角落。

彷彿打從一開始便是如此，我不知道狀況是何時變成這樣的，察覺的時候爸爸媽媽已經在吵架了，不過當然不是我在幼稚園裡常看到兩人扭打成一團的那種吵架。

用過晚飯，我們三人坐到沙發上，我一邊看電視一邊下意識地重複他們說的話。這樣傳話的生活已經持續了好一段日子，所以我已經可以毫不思索對話內容，直接像鸚鵡一樣單純重複雙方話語。

電視正在播我很喜歡的動畫，我看得入了迷，趴在沙發上雙手撐著下巴，雖然被媽媽罵過沒規矩，不過我很喜歡這個姿勢。

突然，爸爸把報紙扔到桌上，兩人說話的聲調聽起來很嚇人，我才驚覺不知何時爸媽的心情變得奇差無比，彼此說著刺傷對方的話，而我卻渾然不覺一如往常地傳了話。

媽媽起身走回寢室。

「媽媽回房間去了喔。」

「不用管她。」

爸爸只是簡短地吐出這句話。我非常不安，動畫的事早拋到九霄雲外去了。我希望他們能和好，如果我坐在沙發上但身旁兩側沒有他們存在，那一點都不快樂。

「喂，」過了一會兒，爸爸突然叫我，「你去跟媽媽說。」

「說什麼？」

「你去跟她說，『妳死了眞是太好了！』」

爸爸臉上的表情很恐怖，我一點都不想跟媽媽這麼說，但不說的話一定會挨爸爸罵，於是我走向媽媽的房間。

寢室裡，媽媽躺在棉被上似乎在想事情。聽到我開門，她坐了起來。

「爸爸說……媽媽死了眞是太好了……爸爸叫我這樣跟媽媽說……」

我一邊轉述，忍耐著不讓眼淚掉下來。媽媽沉默著，她好像在啜泣，擦了擦眼淚。我從未看過大人哭，忍不住害怕了起來，卻只能呆立著不知如何是好。

「那你跟爸爸這麼說……」

這次換媽媽交代一些不堪入耳的話要我傳給爸爸，因爲有幾個詞我聽不懂，媽媽還要我當場練習了好幾次。我雖然是小孩子，也隱約知道那是十分傷人的話。

「我討厭這樣，我不要去啦。」

我摟著媽媽這麼說，還是沒用。

「你好好告訴爸爸這些話！聽懂了嗎？」

接下來，我就像郵差一樣不斷往返於媽媽所在的寢室和爸爸所在的客廳，被硬逼著反覆練習一些難聽的話語然後說出口。

每次傳話的時候爸媽都會狠狠瞪著我，彷彿他們憎恨的對方就存在我身體裡；怒吼也是直接衝著我來，我不禁覺得被罵的人根本就是自己。

剛開始我在傳遞這些不堪入耳的話語時，覺得好像非得從喉嚨深處掏出巨大硬塊，然而一再反覆這樣的行爲，我的腦袋開始隱隱作痛，漸漸什麼都感覺不到了，我當時好像已經聽不見任何聲音，卻能毫無差錯地完成郵差的任務，現在想想眞是不可思議。

我的嘴成了自動反覆錄音與播放的錄放音機，唯有眼淚無法控制地流個不停。我喜歡爸爸，也喜歡媽媽，我眞的不想說出這些殘酷的話。

吵架持續了大約一個小時。

我很想我們三人再一起坐在沙發上，但不敢說出口，只好在沙發上很害怕地等待著。

爸爸決定洗把臉冷靜一下，走出客廳到浴室。吵到後來爸爸似乎比較鎮定了，神情看上去有點茫然。

而這時媽媽走進客廳來。我很擔心兩人要是又開始吵架該怎麼辦，只好死命盯著媽媽看。媽媽有點不知所措地在我身旁坐下，沙發因爲她的體重凹陷了一些，我的身體突地往她那一側傾斜。

「剛剛眞的很對不起……」

媽媽說完，摸了摸我的頭，接著我便一直盯著爸爸應該會走進來的那扇門，我想監看爸爸回客廳的時間點，想等他一進來便立刻告訴媽媽，然而爸爸遲遲沒走進來。

媽媽起身到廚房。我的視線剛追上媽媽背影的瞬間，身畔傳來了翻雜誌的聲音。

爸爸不知道什麼時候坐在我的右手邊。我明明一直監看著客廳門，卻沒察覺他進來了。爸爸正抽著菸。我很討厭二手菸，一聞到就很不舒服，然而直到發現爸爸在身邊的那一刻之前，我完全沒意識到菸臭，只是很平常地呼吸著空氣。

我一臉不可思議地望著爸爸，只見他皺起眉頭說：

「我剛剛叫了你好幾次，是你連看都不看我一眼的。」

他這麼說，然後就跟媽媽剛才一樣摸了摸我的頭。那手非常溫暖，是確實存在的。眞是不可思議，爲什麼我完全沒注意到爸爸就坐在我身旁呢？

我一邊思索一邊等媽媽回客廳，卻一直不見她從廚房走出來。客廳裡只有我和爸爸，電視正播著歌唱節目。

「你幫我問一下媽媽她明天有什麼事要忙好嗎……？」

才剛吵完架，爸爸的話裡有種試探。我站起身走向媽媽方才進去的廚房。

我打開廚房門找尋媽媽的身影，只見水龍頭一滴滴的水滴落下，廚房裡空無一人。要離開廚房勢必得經過客廳，所以媽媽人不在廚房實在太奇怪了。

我抱著滿腹疑問走回客廳，媽媽卻坐在沙發上，搞不懂我是怎麼跟媽媽錯身而過的，但直到剛剛都沒人在的位置，媽媽卻像是老早就待在那裡似喝著咖啡。

而直到剛才爸爸人應該在那兒的位置，現在卻空空蕩蕩的，菸灰缸、還沒抽完的香菸和滿客廳的煙霧，統統不見了。

我甚至忘了開口發問，只是怔怔地看著媽媽。

「什麼事？怎麼了嗎？」

媽媽偏起頭問我。這麼看來，她早就從廚房回客廳坐著了。

這時我終於瞭解，媽媽從剛才便一直坐在那裡。不，不只是媽媽，他們兩人一直都坐在我的兩側。而我，同一個時間只能看得到他們其中一人了。

於是我試著走出客廳，再走進客廳一看，方才媽媽坐著的位置上空無一人，沙發也沒有凹陷跡象，取而代之的是爸爸在另一個地方出現了。到此，我幾乎可以確定結論。

我坐回沙發上，試著閉上雙眼。在我右手邊還沒抽完的香菸消失，而左手邊出現了原本不該存在的咖啡杯。

而且，我無法同時聽見兩人的聲音。我知道爸爸的世界和媽媽的世界已經開始分離。

只要一方存在，另一方就完全消失。不論是門被對方打開關上或是對方走過眼前的狀況，全都不會發生了。

我不再處於他們兩個世界的重合處，只是在開始背離的兩個世界間來來去去。

我很傷心，那晚幾乎沒和他們兩人說話。我們三人再也不會同坐在那張沙發上了。

一時之間我沒辦法把這件事說出口，媽媽很擔心一直沉默不語的我。她摸著我的頭的時候，我一直在思考終將到來的分離。我勢必得在兩邊選擇一個世界不可了。

隔天，我記得很清楚那天是星期六。外頭天空陰沉沉的，雨似乎隨時會落下。

媽媽不知道出門上哪兒，只有爸爸在沙發上看著報紙，但我不確定媽媽是不是眞的不在家，便試著在家中尋找媽媽的蹤影。因爲如果她和爸爸待在同一個房間裡，我是無法同時看見他們兩人的，說不定其實媽媽就在身邊也說不定。

我在客廳以外的房間找了好一會兒，媽媽眞的不在家，於是我到爸爸身旁坐下。

我想了很久，不知道該怎麼開口。雖然電視正在播我很喜歡的特攝英雄節目，但心神不寧的我根本無心看電視。爸爸血管浮凸的右手刷拉刷拉抹了抹下巴的鬍鬚，翻開報紙。

「我沒辦法一次看到你們兩人了……」

我小心翼翼地試著對爸爸說，爸爸只是把頭轉過來看著我，皺起了眉頭。

「你在講什麼？」

「爸爸和媽媽在一起的時候，我只能看到你們其中一人……」

爸爸像在咀嚼我話中意義似停住好一會，把報紙放到桌上。

「什麼意思？」

爸爸看我的眼神彷彿我是個壞孩子，我大概惹他生氣了，眞想當場逃走。我心裡亂成一團，暗自後悔這件事還是應該繼續隱瞞才對。爸爸即使坐在沙發上，視線仍舊比我高，所以當爸爸嚴厲看著我的時候，我總會有種想兩手遮住頭上整個人蜷成一團的衝動。

「爸爸在的時候，我就看不到媽媽了。」

雖然講得斷斷續續的，我拚了命重複說了好幾次，爸爸好像總算弄懂了我的意思，他突然臉色發青抓住我的肩膀，像要質問似瞪大眼迎面盯著我看。

「是、是眞的啦……」

因爲太害怕，我哭了起來。我想爸爸其實是喜歡媽媽的，他們兩人分離的世界只靠我勉強維繫，所以我忍不住覺得現在無法一次看到兩人是我的責任，我好難過，要是我眞是個好孩子，我們就可以一直過著三人生活。

爸爸嚴厲地不斷質問我，但我只顧著哭根本沒辦法說話，爸爸也忍不住動怒了，他放下搖晃著我肩膀的手，打了我一巴掌，我應聲倒在地上。我不停向爸爸說對不起，我眞是個沒用的孩子，眞想就這麼消失算了，我知道全是我的錯，所以爸爸討厭我了。

我一站起身便跑出客廳。爸爸只是喊了我的名字，沒有追上來，我鞋子也沒穿就這麼衝出了玄關。我走下公寓樓梯，踩著柏油路朝公園方向走。我不能待在家裡了，雖然我好喜歡好喜歡爸爸和那個有沙發的客廳，但臉頰的痛楚讓我曉得我是個沒人要的小孩。腳底好痛，但我忍耐著。

公園裡沒有人。我想是因爲快下雨了，別的孩子一定不會來公園玩。這一天，總是笑聲不絕的溜滑梯和鞦韆成了我的專屬玩具，我卻提不起半點興致。獨自一人待在寬廣的公園裡只覺得寂寞。

我坐在沙堆裡，往沒穿鞋的赤腳上堆起小沙丘。我一直想著爸爸和媽媽，他們一定不喜歡像我這樣的小孩，昨天晚上的吵架也是我的錯，要是我再乖一點、飯菜不弄到衣服上、總是乖乖收好玩具的話，他們就不會吵架了。

天氣很冷，我眼淚都流出來了。濕濕的黑色沙子黏在我的手腳上，摸起來粗粗刺刺的。這時身後有人叫我，回頭一看，媽媽正一臉驚訝望著我，她手上提著購物袋。

「你跟爸爸一起來的嗎？」她微笑地環視公園。

我搖搖頭。媽媽走過來我身邊，似乎嚇了一大跳突地停下腳步。

「你的鞋子在哪裡？還有，你臉頰怎麼紅紅的……」

我用手遮住被打的臉頰，我不想讓媽媽知道我惹爸爸生氣了，怕媽媽也會罵我。媽媽應該是察覺到我的不安，她把購物袋放到地上，靜靜伸出手緊緊抱住我。

「怎麼了？」

媽媽的聲音好溫柔，她身上的味道讓我整個人放心了下來。

「爸爸生我的氣了。」

媽媽問我做了什麼，我什麼都沒說，媽媽只是溫柔摸著我的頭，不知不覺我的眼淚流了出來哭個不停。安靜的公園裡，媽媽一直安慰著我這個愛哭鬼。

「媽媽，妳還記得很久很久以前妳跟我說過的話嗎？」

「哪件事？」

「妳說過，以後我們兩人要一起努力活下去。」

「記得呀。」

媽媽顯得有些困惑，還是點了點頭。不知何時開始下起像霧一般的雨，髮絲都沾了濕氣，媽媽撥開貼在我前額的頭髮。

「我決定要在媽媽的世界裡生活了。」我下定決心說道。

媽媽一臉不可思議地看著我。在媽媽揹我回家的一路上，啜泣始終停不下來。

那天起，我就再也看不到爸爸了。

即使現在已經上了國中，我仍舊清楚記得當時的一切。我曾向許多人說過這個不可思議的經驗，也主動尋求能夠說明這一切的解釋。

我想起在爸爸消失隔天發生的事。記得那天，天空萬里無雲，樹葉的影子一片片映在地面上，我和媽媽手牽手外出，氣氛很溫暖也很快樂。我抬頭朝向天空閉起雙眼，陽光透進眼簾，眼瞼內側變得紅統統的。

我被帶到一個有很多圖畫書和玩具的地方，那裡也有幾個和我差不多年齡的小孩子，有的抱著玩偶玩，有的堆著積木蓋房子。玩了一會兒之後，我被牽著帶進一個房間，房間裡有個男人，我和他面對面坐到椅子上。

男人問我關於爸爸的事，於是我告訴他爸爸因爲電車出意外，已經死掉了。那個人似乎很傷腦筋地環起胳臂。接著，他微微堆起笑問我：

「那麼，小弟弟，在你身後的人是誰呢？」

我回頭看身後，沒半個人，只有媽媽站在我身旁。我回答他，我後面沒有人。

「他好像看不見爸爸了。」媽媽快哭出來似地對男人說：「他聽得到我的聲音，可是好像聽不到他爸爸的……即使他爸爸牽他的手或摸他的頭，他都好像沒感覺。硬把他抱起來或是拉他的手臂，他就瞬間變得全身軟綿綿的，像個面無表情的人偶。」

「狀況我瞭解了。」男人和媽媽談了一陣子，點點頭說道：「也就是說你們夫妻吵了一架，之後就當對方死了繼續過日子，而你們也這麼告訴孩子，讓他在這種狀況中生活下去，結果慢慢他就變成這樣了……」

男人接著望向我的身後，像在和某個人說話似地不時點著頭。我也跟著轉過頭去看，然而背後只是一片空曠的空間。

長大後的現在，我已經可以理解當時媽媽和醫生的對話了，而且我想我知道自己爲什麼會變成這樣。爸爸他人在這裡喔。媽媽說。我試著伸出手。在哪裡？我問媽媽。怎麼不曉得呢？你現在不是正拍著爸爸的身體嗎？媽媽慌得哭了出來，接著她便望向空中的一點開始說話。

自從我變成這樣，爸媽便不再吵架了。雖然我還是看不到爸爸，但唯有媽媽哭泣的時候安慰著她的爸爸身影，我能夠感受得到。他們兩人如今互相扶持一塊過日子。大家都說是因爲爸媽當初的行徑傷害到我幼小的心靈才變成這樣，不過那和我自己內心思考得出的答案有些不同。最近我開始認爲，說不定是我自己希望變成這樣的，原因當然是爲了不讓爸媽分開囉。

寒冷森林的小白屋

我住在馬廄裡，我沒有家。馬廄裡有三匹馬，不斷東一點西一點撒下馬糞。沒有你的話，就可以再養一匹馬了。

伯母總是忿忿這麼說。

馬廄的牆壁下半部是石頭堆砌而成，上半部則是木板。牆裡的石頭並非正方切割的石塊，而是直接將圓圓的石頭隨意堆起來，再用灰泥塡滿縫隙。我總是望著牆壁進入夢鄉。在馬廄裡睡覺若不貼著牆邊睡，會被馬踩死的。我數著眼前石頭的數目，每塊石頭的形狀都不同，每塊看起來都像一張人臉，或像手臂、腳跟，有時候也像胸口或後頸。

空氣中總是瀰漫馬糞的臭味，但我除了這裡無處可去。冬天的夜晚十分寒冷，我睡覺時蓋了稻草在身上，仍無法停止顫抖。

我的工作是在馬廄裡清理馬糞。馬廄後面有一座巨大的肥料山，我雙手抱起滿滿的馬糞搬過去。有時候，我也得把肥料搬去田裡。伯父叫我做什麼我就做什麼，不過伯父絕不會靠近我，他總是捏著鼻子命令我做事。

伯母家有兩個男孩子和一個女孩子，那對兄弟經常來馬廄玩，哥哥會拿棍子打我，弟弟忍著笑，而我則流著血。

最過分的一次是他們拿繩子綁住馬，馬發狂踩到我，我的臉於是凹了下去。兩兄弟慌慌張張逃走了，事後卻裝做什麼都不知道。

我的臉上有些什麼掉下來了。我撿起那塊紅色的東西，走出馬廄，前往主屋打算拜託伯母幫忙。外頭很明亮，沒有混雜馬糞臭味的清風吹拂，整片綠色的草地綿延。臉上有什麼東西不斷滴下來，我只是一逕往前走。

伯母家的院子裡養著雞和狗，我敲了敲主屋的門。我無法發出聲音，手上緊緊握著我臉上掉下來的東西。

伯母打開門走了出來，一看到我便發出尖叫。她不肯讓我進屋去。

現在家裡有客人，你快回馬廄去不要出來亂走，免得客人看到你覺得噁心。

我被趕回馬廄，就這麼待著直到夜深。我用馬喝的水清洗傷口，我是不被允許使用水井裡的淨水的。我痛到昏睡過去好幾次。

兩兄弟似乎不敢再靠近馬廄了。我肚子餓了就吃餵馬的草料充飢。伯母拿剩飯來的時候嚇了一跳。

哎呀，你還活著呀。身子還眞是健壯。

我小心翼翼不碰觸臉過了一個月，但疼痛仍持續了半年。被我撿起來那塊臉頰掉下來的部分已經腐爛變黑，發出臭味。我一直把它放在身邊。馬廄的牆壁是石頭堆成的，石頭看上去像人臉。我有時會將那塊臉上掉下來的東西貼到某塊石頭上，任想像馳騁。我的臉從此凹了一塊，傷口已經不再流出液體了。

伯母家的紅髮女孩有時也會來馬廄，我們會在馬廄裡聊上幾句。她不像伯母或她的兄弟那樣出手打我。紅髮女孩偶爾會帶書來，留在馬廄之後便離去。是紅髮女孩教我識字的，我很快就看得懂書了。

紅髮女孩說：

騙人，怎麼可能那麼輕易看得懂！

爲了證明沒說謊，我朗讀書給她聽。紅髮女孩非常訝異。

我背下了整本書。夜晚的馬廄裡沒有照明，白天，我在馬廄牆壁縫隙透進來的陽光下偷偷看書。紅髮女孩說不能讓人發現這些書。幾乎所有的書，我都只看一遍就背起來了。

紅髮女孩也教我數字，我學會了計算的方法。我讀了裡面有許多算式的書，後來我甚至能比紅髮女孩計算更高等的數學。

你眞的好聰明耶！

紅髮女孩對我說。

我正在馬廄裡看書時，伯母走了進來，我來不及把書藏進稻草堆裡。伯母把書搶走，她說書很貴重不能隨便亂摸，拿起棍子便打我。她覺得很不可思議這裡怎麼會有書。

媽媽，不要打了！

紅髮女孩大叫著衝進馬廄。

這個孩子很聰明，他比哥哥他們還聰明呀！

伯母不相信，紅髮女孩便叫我當場背誦聖經的一節。我照做了。

那又怎樣！

伯母說著狠狠推了我一把，我摔進馬糞裡。

那對兄弟長大後，除了打獵需要會過來牽馬匹之外，再也不靠近馬廄；紅髮女孩去了遠方的寄宿學校，不再出現了。後來終於伯母不拿剩飯來馬廄，伯父則是將田地全賣給了別人。

我被遺忘在馬廄，幾乎沒見任何人，躲在稻草堆中活了好幾年，他們好像一直以爲我早已逃離馬廄不知去向。每天半夜，我持續清理馬糞，一有人靠近馬廄便躲起來。馬廄牆壁上一塊塊的石頭就像一張張緊鄰的人臉，當然也有看起來像手臂或腳跟，而我總是盯著他們進入夢鄉。

有天半夜，當我爬去剩飯坑裡吃東西時，伯母發現了。

哎呀，你還在啊。

她丟了一點錢在地上，要我拿了錢立刻離開這裡。

我去了鎮上。那裡有高聳的建築物，有許多人。人們只要和我對上視線都顯得非常驚恐，因爲我的臉凹陷了一塊。有人直盯著我瞧，也有人別過頭去不想看。

伯母的錢被搶走了。夜晚，我走在小巷，幾個大男人靠近，對我做了很殘忍的事。我想，太接近城鎮是不行的，於是我踏上遠離城鎮的道路，這一路走了好多年好多年。

終於我走進了森林，開始在那裡生活。我過著遠離人群的日子，因爲只要跟人接觸就會發生可怕的事。我得蓋個屋子才行。我想起了馬廄的石牆，我想蓋個一樣的屋子。我徘徊在森林裡，四處尋找像臉或手腳的石頭。這座森林距離城鎮相當遠，幾乎找不到石頭，四下全是樹木，地面則是樹葉厚厚堆積而成的腐葉土。

我尋找石頭的時候，在山路碰到了一名青年。人很可怕，我想乾脆殺了他。於是我殺了他。那個青年的臉孔很像某樣東西。他的臉很像馬廄牆上的某一塊石頭。我把青年的屍體運進森林深處。我終於找到蓋屋子的材料了。

我用屍體蓋屋子，將屍體堆成屋牆。我爲了蒐集屍體而走出森林。

有個女人走在路上，是胸前抱著一個布袋的年輕女人。我躲進路旁草叢裡看著她。女人經過我的眼前，我站起身離開草叢走到她背後。女人聽到腳步聲回頭一看，她的尖叫聲非常響亮。每個看到我臉部凹陷的人不是發怒就是放聲大叫。我掐住女人脖子，她懷裡的布袋掉到地上，裡頭物品散落一地。袋裡裝了蔬菜，掉出來的馬鈴薯敲中了我的腳尖。

頭骨很輕易便折斷了，她的尖叫聲也在那一瞬間消失。她睜大了雙眼直看著我，彷彿想看進我臉上那處凹陷似地睜大了雙眼。我把女人的屍體拖進草叢，拾起掉落一地的糧食帶走。女人冰冷的屍身我想拿來當屋子的地基。我讓屍身躺在冰冷的腐葉土上，打算用來支撐屍體堆成的屋牆。

有個男人正在過橋，他戴著帽子拉著板車。那是一道小小的木橋，河畔長滿了茂盛的雜草，河面映著木橋的影子。我躲到橋邊，等男人拉著板車經過面前的瞬間，我跳上了板車。我沒發出聲音，一開始男人並沒察覺，但身後的板車突然變重，他覺得奇怪而回過頭。我用手裡握著的石頭打破了他的頭，男人哼都沒哼一聲便斷氣了。

我將男人的屍體放到板車上。看來他的工作是把水果運到隔壁城鎮，板車上堆著許多木箱子，上頭烙有標示內容物是水果的文字。我連車帶屍體一道運進了森林深處，把他和其他無數的屍體層層往上堆疊做成屋牆，男人的屍身也成了蓋屋子的材料。

蓋屋子的材料是從各地蒐集而來的。在遠離森林的城鎮裡蒐集建材最不易引起騷動。我每殺一個人，便將他們的屍體先集中到城鎮的某個偏僻角落，蒐集到一定數量，再用板車運回森林深處。我用稻草遮住板車上的人們，待入夜後再推著板車回森林去。

請等一下。

某天深夜，當我推著載有屋子建材的板車回森林的路上，有人從身後叫住我。是個男人的聲音。我立刻遮住自己凹陷的臉頰，萬一被看見又要發生討厭的事了。

這麼晚了，不要在外頭亂晃。聽說這一帶最近有擄人魔出沒喔。

男人拿著燈，大約五十歲上下。他走近我，手放到板車邊上，望著板車上堆疊的稻草一邊對我說。

聽說那個擄人魔，不只在隔壁城鎭出沒，更遠的城鎭也有他的足跡。那些被抓走的人現在不知道怎樣了？聽我孫子說，搞不好都被吃掉了吧？

男人的視線停在伸出稻草的白皙女人腳踝上，他好奇伸手去摸，察覺那是一條不折不扣冷冰冰的人腿，嚇了一大跳。我掐死男人之後，把他堆到板車上。

森林裡非常安靜，這是一個除了樹木還是樹木的森林，樹幹宛如礦物一般硬邦邦的，樹葉因爲寒冷褪了色，幾乎全落在地面。我將一具具的人體排列在落葉上，恰恰擺在屋牆所在的位置。

我蓋的是一棟像四方型箱子般很單純的屋子，屋牆以人堆疊而成，完全沒有縫隙。當中有男有女，有旅人也有村人。我將屍體搬進森林之後，便脫掉他們身上的衣物。他們光著身體，全是白色的。

有的人以躺著的姿勢被封進牆裡，有的維持坐姿；有人抱著膝，還有人的手環上了別人的頸子。這些牆壁並不算薄，因爲只疊一層強度不夠，我特地多堆了幾人份的厚度，一些地方還加入木材做支撐。小屋就快完成了。材料不夠了我就外出尋找建材。屋牆的高度逐漸增加。建材是白色的，所以這是一棟小白屋。

寒冷的日子持續。我倚著即將完工的屋牆入睡。有些人的行李裡有食物，我便以那些食物充飢。等到人堆成的牆壁完成後，下一步就是屋頂了。我在牆上架了無數根粗壯的樹枝，再讓屍體躺在上面，這麼一來還能擋雪。

屋子完成了。寂靜的森林中矗立著一棟白色小屋。屍體的肌膚冰冷，泛著陰慘的白色，當沐浴在月光下，屋子便宛如罩上一層薄膜閃耀著光輝。屋牆下方承受重量的屍體陷入腐葉土之中。

這是一棟高度能容一個人直立走進去的簡單屋子，整體構造只有入口、屋牆和屋頂，即使如此還是能擋風。我進到屋裡，雙手抱膝坐下，環顧四周盡是一張張緊鄰著的人臉。成了屋牆的人體以複雜的姿勢一個接一個堆疊上去，不論哪一個都睜眼看著我。跟馬廄的牆壁很像。牆裡的女人垂著長髮，遮住了堆在下方其他人的臉孔。

我在屋裡度日，日子過得非常寧靜。森林裡連鳥都沒有，只有我的小白屋。不論哪一張臉都睜眼看著我。

牆裡的人們以複雜的姿勢相互交纏。有個男人彎著手肘，緊鄰的人則配合他手肘的彎度扭曲著身體；有個直立於地面的少年以頭部支撐他上方的男女。人們的手腳複雜交纏的模樣，宛如大量的蛇被聚集到一處痛苦地翻攪，而我在他們的環伺之中抱膝入睡。寒冷的夜晚持續。

我經常想起伯母家。一閉上眼，那間馬廄便會浮現。我想起了紅髮女孩，也時常想起和父母一起生活時的事。我們家並不富有，冬天時，父親在又冷又硬的田裡揮鋤耕田，母親則雙手通紅地在旁幫忙。我父母出意外的那天是下雨天。伯母告訴我，路過的馬車翻倒，我父母不幸被捲入車禍喪生了。

伯母收留了我，讓我住在馬廄裡。我絕對不能進他們家主屋。馬廄裡因爲馬糞的關係始終瀰漫著臭味。牆的下半部是以圓圓的石頭堆砌而成，看上去就像一張張緊鄰的人臉。

在森林裡過了好一段時日，有天，一名少女來到小白屋。

我正在屋裡思考事情，突然傳來踩著落葉的腳步聲，我知道有人找到了這棟森林深處的屋子。微弱的太陽在灰色天空中閃耀，陽光射進小屋入口照亮了屋內。沒多久，入口被一個小小的身影遮住，我抬起頭來看，少女一手扶著入口站在那兒。

她還是個小孩子，一臉驚恐，身上衣服是偏黑的深藍色，肌膚透著不健康的慘白，嘴唇發紫。她這副模樣看起來並不是由於飢餓或寒冷，而是因爲不安。

你住在這裡嗎？

少女以顫抖的聲音問我。她縮著脖子，雙手緊握在胸前。

……這是用人蓋起來的屋子呢。

她抬頭望向堆起來的白色人們，一邊繞著小屋走。我跟在她身後，她回頭一看，驚訝地說道：

我仔細看才發現……你的臉上有個洞耶……

她很擔心似地靠近我的臉。

你臉上的洞大到好像小鳥遲早會在裡面築巢哪……裡面好暗，我看不清楚。

少女似乎很在意我臉上的凹陷。

是你把大家抓走的嗎？

少女非常緊張，好像隨時都會昏厥過去。

我一直覺得抓走我弟弟的人就在森林深處。喂，求求你把弟弟還給我。我是爲了找弟弟才到這兒來的。

少女眼看就要掉下淚來，她望向人體堆成的牆壁，白色的屍體層層堆疊。寒冷森林裡，微弱陽光下，牆壁彷彿散發著燐光。

我想我弟弟一定在這裡面。我弟弟有張聰明的臉孔，是個長得很可愛的男孩子喔。

有張聰明臉孔的小孩被我嵌在屋內深處的牆壁裡。他直立在地面上，以頭部支撐上方的屍體。我帶少女走進屋裡，她一看到直立少年的臉孔，立刻喊出弟弟的名字，聲音迴盪在寂靜的森林裡。少女抓住弟弟屍體的肩膀想把他抽出來，我制止了她。要是那孩子被拖了出來，這棟屍體堆成的屋子一定會垮掉的。

可是，我無論如何都想讓弟弟回家呀。

少女哭了出來。

我爸爸疼愛弟弟更勝於我，因爲，他總是露出很恐怖的表情打我啊。自從弟弟不見了，爸爸一直很傷心，他原本很期待和媽媽還有弟弟一起吃飯的。我媽媽現在人在國外出差，我想在她回來之前把弟弟帶回家去。拜託你，把弟弟還給我好不好？

少女跪在枯葉上懇求我。要是把小男孩抽出來屋子會垮掉的，我拒絕了她的請求。哭得雙眼紅腫的少女說道：

不然讓我代替我弟弟吧。

把小男孩從牆壁抽出來的時候必須有東西支撐住牆壁，少女瞬間便鑽進原本埋著小男孩的地方了。被我當成牆壁建材的小男孩仍保持直立不動的姿勢直接倒到地上。少女以和弟弟一模一樣的姿勢不偏不倚地嵌進原來的空隙裡。她仍穿著衣服，在白色屍體之中那是唯一的色彩。

求求你，帶我弟弟回家去……

少女似乎很難受，一邊跟我說明去她家的路。我馬上就記起來了。

你記東西好快呢……

仍嵌在屍牆裡的少女露出了驚訝的表情。我將小男孩的屍體搬到屋外，佯裝要送他回家便離開了小屋。我把小男孩的屍體擺在離小屋不遠處，然後在屍體旁坐下，抱著膝監視小屋入口。我沒打算送小男孩回家去。我在想的是，少女可能會趁我不在家偷偷爬出牆壁逃走吧。

然而等了好一會兒，少女並沒走出來。就這樣一天過去，這段時間已經足以從這裡往返少女家了。我佯裝已將小男孩送回家去，回到了小屋。少女仍嵌在牆裡維持原本的姿勢完全沒動過。

啊，謝謝你送我弟弟回去，爸爸一定會很高興的，回國的媽媽也就不會難過了。

少女開心地這麼說，流下了眼淚。被嵌入白色屍牆中的少女，就這麼直挺挺地站立著，以頭部支撐上方的屍體。

我開始了與少女兩人的生活。少女很健談，小屋裡充滿她的聲音。牆中的屍體們仍舊睜著眼，鋪在牆下方的屍體則日漸變形。

一開始少女總是小心翼翼地說著話，後來漸漸有了笑容。在這棟寂靜森林的寒冷小白屋裡，少女的笑容彷彿散發著光芒。

噯，你臉上的洞是怎麼來的？

少女問，於是我告訴她伯母家的事情。

你好可憐……

少女為我掉下了同情的淚水。她說她也常被父親打，那種時候她總會逃進馬廄裡躲起來。她皺著眉頭說，馬廄裡的馬糞一直發出惡臭。

這棟屋子雖然臭，但馬廄可是臭得不得了喔。

我每天都說故事給少女聽。我從未忘記在伯母家讀過的書。

真是不可思議的日子。在這之前，我只能獨自一人在睜著眼的臉孔包圍之中，抱緊雙膝度過每一天。當時的恐懼如今已漸漸淡去，無聲的寧靜填滿了我的內心。

少女以直立的姿勢睡著了。幾天下來，她的話愈來愈少，臉色也愈見蒼白，漸漸變得和周圍的屍體一樣顏色了。我想她即將因爲寒冷與飢餓死去。

講點什麼給我聽吧。

少女說。於是我開始背誦從前記下來的書。

終於少女停止眨眼，雙眼就這麼睜著，臉上浮現溫柔的微笑。

少女的身體有點變短了。我曉得她是被頭頂上屍體的重量一點一點地壓矮，再者她也只比她弟弟稍微高一些。當少女的臉色也成了寒冷的白色，小屋裡的色彩就只剩下她那件深藍色的衣服。我在屋裡抱著膝一動也不動。在失去說話對象的此刻，聲音也沒有存在的必要，這棟由人堆起來的屋子又回到原先的死寂。我感到很遺憾。

我站了起身，決定前往少女的家。我還沒完成和她的約定，我得把少女的弟弟送回他們家才行。

小男孩仍躺在小屋旁。那個地方曬得到太陽，屍體已經開始腐爛了，一抱起來，屍身便輕柔地崩散。我也想送少女回家，因爲她是如此深愛著她的父母。

我毫不猶豫地將少女從牆裡抽出來。我抓住她單薄的肩膀一扯，屋子便開始傾斜，在我抱著她的屍身踏出入口的瞬間，屍體堆成的白色屋子便崩塌了。被我當成牆壁和屋頂的人們堆成一座山，劇烈的衝撞使得屍體們失去了原形，共同組成一團巨大的肉塊。

在樹幹猶如柱子無邊無際林立的冰冷森林中，有一座安靜的肉塊山。被當成建材的旅人的行李中，有一個兩手環抱的大木箱，裡面原本塞滿了水果，箱蓋上烙有標示內容物是水果的文字。我找出那個木箱，放進少女的屍體，接著將腐爛的少年身體也塞進去。彎曲的少女屍身與木箱的縫隙間，由弟弟的身體流入填滿。我蓋上箱蓋抱起木箱前往少女家。

走了大約半天的時間，我抵達少女家。穿過一個小村莊之後，他們家就位在山坡上。我敲了門，沒人在。我打算將裝有姊弟的木箱留在玄關便離去。

正要離開時，路的另一頭走來一個女人。女人抱著一個大皮箱，正朝少女家走來。我明白那是少女出國的母親回來了。

於是我站在少女家門口，等著女人靠近。終於女人在家門停下腳步，她滿面笑容。

啊，神哪，感謝你。

女人雙手環上肩。

你還活著呀。你的臉都沒變，還是被馬踢到那時的模樣。我聽說你離開我家失去了蹤影，一直很擔心呢。

女人有著一頭紅髮。對了，你再回我家工作吧。我好久沒回來了，眞想趕快和孩子們見面哪。女人低頭望了望門前的木箱，本來想打開箱蓋，突然停了手。

好臭。裡面的水果好像爛掉了，你可以幫我把它丟到肥料山去嗎？

女人指著箱子說完便走進屋內，我抱著箱子走向馬廄後面的肥料山。那是我童年時見過的肥料山，完全沒變，我將少女和少年埋進了馬糞中。我走進馬廄，一切都和從前一模一樣，完全沒變。我把身子挨著牆，進入了夢鄉。

Closet

「大嫂，妳總算來了。之前電話裡提的那件事我想跟妳私下聊聊，進我房裡談吧。」龍二打開房門對美紀說道。龍二的房間位於離屋，打開房門外頭就是庭院。夜晚的冷空氣流進房間裡，室溫下降了一些。

美紀走進門內。她披著薄外套，在十一月的冷空氣裡一路從車站步行而來，看樣子才剛到而已。她把右手提著的紅色大旅行箱放到地上。

「……我連主屋那邊都還沒踏進去呢，眞想休息一下，你們這屋子又蓋在山丘上，爬完坡上來，我的腿都快報廢了。」

「這旅行箱還眞大，妳是眞的打算搬來這棟舊房子住啊？我是無所謂啦，爸媽也會很高興的。還是妳討厭跟丈夫的雙親一起住？」

美紀用腳尖輕輕踢了一下地上的大行李箱。

「我本來想把行李放到一郎房裡，再來找你的。」

她瞅著龍二看，眼神彷彿看著一隻骯髒的動物，然而她的左手緊緊握在胸前，這是她覺得不安時的習慣。龍二笑了笑，讓美紀在沙發坐下。

「我很快就談完了，都已經晚上九點了嘛。」龍二說。這時時鐘響起報時的聲音，響了九次。「我等下還得去找個朋友。大嫂是第二次來我們家嗎？」

「連婚禮那時算進去的話，是第三次。」

「大哥沒給妳添麻煩吧？」

龍二走到房門旁。他個頭不高，走起路來步幅也相當小。

「爲什麼要鎖門？」

「習慣了。這個房間和那個儲藏間裡有很多重要的東西，所以我房門總是上鎖的。」

「不過你的房間還眞髒啊，跟颱風過境一樣。」

美紀環視整個房間。房間很大卻很亂，鋪木地板上滿是衣服和雜誌，角落放了一張生鏽的鐵床，還有一張木質書桌和椅子，桌上放了一臺老舊的打字機，周圍的書本堆積如山。

「你就是在這裡寫作的？」

「嗯，是啊。」

房間中央有一組皮革沙發，沙發椅背上也披了許多脫下來隨手一扔的衣物。沙發圍著一張矮桌，桌上有兩杯喝一半便放著不管的咖啡，杯子不再冒出熱氣，都是冷掉的咖啡。

「那扇門後面就是儲藏間？」

美紀指著靠床牆面的那扇門問道。

「是啊。沒在使用的東西全塞到裡面了。像是我的書呀、還有大哥的畫全塞在那裡頭。要看嗎？那裡面空間大到可以住人喔。」

美紀搖頭說不必了。

房裡只有一扇窗戶，卻是關上的。龍二沒拉上窗簾，夜晚的窗戶宛如一面大鏡子，映著美紀的身影。

「這個木衣櫥和一郎房裡的是一樣的嗎？都是這種兩扇式拉門上面有植物雕刻的衣櫥，我在主屋那邊一郎的房裡看過有印象。」

「曾祖母當年買了成對的衣櫥給我和大哥。這個衣櫥還可以上鎖喔，只是鎖有時候不大順就是了。」

「……不過，總覺得有點恐怖呢，簡直像個巨大的黑色箱子。冬美的房裡也有嗎？」

「沒有。冬美出生的時候曾祖母已經死了。」

這個家有兩個兒子和一個女兒，現在剩次男龍二和雙親在這兒生活，他是一名小說家。

「一郎人呢？他應該早我一天到的呀。」

「他說要去散步。眞可惜，一個小時前他還在這兒的，剛好和大嫂錯過了，我在儲藏間裡看書的時候他就不見了。儲藏間比這房裡乾淨，我在那裡面也比較看得下書囉。我也不曉得大哥什麼時候不見的，結果一直到剛才房門都忘了上鎖呢。」

龍二神經質地一邊咬著指甲一邊確認門已確實上了鎖。他打開音響放音樂，然後在美紀的對面坐下。木頭色澤的喇叭流出音樂，音量有點大，但他不在意，房間位處離屋，稍微吵一點也不會有人說話。美紀似乎有些猶豫，視線在空中游移了一會兒，開口問道：

「龍二，你電話裡說的是眞的嗎？你見到了A？」

「一個月前，我接受某家出版社的採訪，當時來採訪的人就是她。那時候我還不知道她是大嫂從前的朋友，是認識大概一個星期之後，我才得知她是大嫂的大學同學。聽說妳們從前是很要好的朋友吧？不過當她知道妳是我大嫂的時候，可是嚇得臉色發青喔。」

龍二窺探著美紀的表情，美紀只是沉默不語。

「我問了她理由，她不肯告訴我。不過後來我還是曉得了，跟她一道去店裡喝酒的時候知道的。」

「她喝醉說了什麼？」

「她就趴在桌上嘛，然後像是作惡夢似地開始說起那樁車禍。」

美紀嘆了口氣站起身。

「聽說妳們開車撞倒了騎著腳踏車的國中生呀？妳放心，我不會告訴任何人妳們撞人之後逃逸的。」

「……我們當時根本沒想到那孩子會死掉，還一直以爲只是輕傷。」

「隔天妳看報紙得知這件事的時候，心裡是怎麼想的？罪惡感纏身？還是感到恐懼？覺得後悔？那之後一直害怕著警察的大嫂妳，接下來的人生是怎麼度過的？」

龍二從沙發站起身看著美紀，簡直就像個發現寶藏的孩子閃耀著熱切的眼神。

「來吧，全部告訴我如何？」

「你打算告訴一郎嗎？」

「怎麼可能！妳什麼都不懂！我可是作家耶！我要把大嫂妳一直以來所懷抱的祕密和

苦惱昇華成爲藝術啊！」

龍二雙手扭曲宛如鷹爪，彷彿竭盡全力地大聲喊道。接著他大大喘了口氣，疲倦地坐回沙發上。

「……當然，妳不用急著現在答覆我。」

美紀走近音響，轉動揚聲器的音量鈕，喇叭流瀉出來的音樂更大聲了。

「你還沒告訴別人吧？」

「其實我想講得不得了啊。」

「我可不希望你告訴任何人哪。」

美紀拿起置物架上擺飾的石頭菸灰缸，大小剛好是用來敲死小說家的最佳尺寸。龍二深深坐在沙發裡，背對著美紀。

「一郎還不知道這件事對吧……」

「這個嘛。不過反正大哥那種人，就算知道了也不會跟妳離婚吧……再說妳到底是看上大哥哪一點？他腦袋有點怪怪的耶。」

美紀把煙灰缸放回原位。

「你說他怎麼個怪法？」

「就是他那變態的個性啊，所以他的畫才會受歡迎吧。我很怕大哥的畫……妳去看看放在儲藏間裡的那些畫吧……」

美紀轉身朝儲藏間的門正要走去，龍二突然笑了起來。

「殺人凶手和變態組成的夫妻檔嗎……？還眞是絕配啊……」

「……是啊。」

三分鐘後。

菸灰缸從美紀手中滑落，掉到地上發出沉重的聲響。菸灰缸上沾了血。被人從背後以菸灰缸毆打頭部的龍二仍坐在沙發上，上半身由於重力癱軟地倒向前方。美紀提心吊膽地從龍二身後扯了一下他的肩膀，龍二的上半身便整個向後靠回沙發椅背，仰著的頸項露出了喉結。確認龍二已經斷氣，爲了平息慌亂的呼吸，美紀深吸了一口氣，她把兩手手掌攤在眼前，一臉不可思議地望著自己顫抖的十根手指。

突然傳來敲門聲，像是爲了剝蛋殼而輕敲雞蛋的細微聲響。美紀停下所有動作盯著門。

「龍二，在嗎？你在吧？房間外面都聽到音樂了。龍二，編輯部的人打電話找你喔。」

是這個家的母親聲音。美紀沒應聲，轉頭看向喇叭，音樂仍大聲流瀉著。

「龍二，快開門哪。」

外面的人轉動門把似乎想開門進來，但門被這個房間的主人在生前上了鎖。婆婆終於放棄，轉身離去後，美紀不禁吁了口氣，臉上的表情卻是僵硬的。她關掉音響，兩手貼到額上搖了搖頭。

「怎麼會變這樣……」

她看著屍體。

「這下怎麼辦嘛……！」

因爲不能大聲嚷嚷，她的話聲只是沙啞的低喃。

「總之得把他從這兒弄出去才行……」

但這屍體能搬到哪裡去？

「……先暫時藏起來吧。」

她環顧散亂堆置著各種物品的房間。房裡有許多脫下來隨手亂扔的衣物，爲了留出一條行通道，衣物都集中扔置在房間角落。

美紀的視線停在衣櫥上。

「黑色的木衣櫥……大小正好適合裝小說家的屍體啊……」

她走近衣櫥打算看看裡面，門卻拉不開，她想起龍二說他連衣櫥也會上鎖。衣櫥的金色把手下方有個金色鎖孔。

美紀搜一下屍體，在口袋找出數把鑰匙。其中有把金色鑰匙，粗糙的造型帶點古風。

「這把一定就是衣櫥鑰匙了。」

她將鑰匙插入鎖孔，轉動鑰匙。

十分鐘後。

美紀將龍二的屍體藏好了。因爲他個子小，很容易處理。但藏屍體的地方原本被衣物塞得滿滿，爲了空出足以容納龍二的空間，必須把等量內容物清出來堆到房間角落。

走出房間前，美紀回頭看了一眼角落堆積如山的衣物。她不安地咬住下唇，左手緊緊握在胸前。

她關上房門，上鎖的聲響迴盪在四周。美紀將龍二口袋裡所有的鑰匙全部帶走，當中也包括了他房間的鑰匙。房裡只剩下有人在裡面的衣櫥。

隔天早上的餐桌。

美紀坐在桌旁。從窗戶望出去，天空被厚厚的雲層覆蓋，一片灰濛濛的，感覺天似乎還沒亮，即使開了燈也無法照遍屋內，黑暗彷彿怎麼趕也趕不走的小飛蟻籠罩四下。

氣溫比昨天又低了些，美紀縮起肩膀發抖著。大概因爲屋子舊，有些縫隙似乎會灌風進來。只要有人在屋內走動，木頭地板便發出難聽的摩擦聲音。

「媽，我來幫忙。」

「不用了，妳去坐著吧。」

美紀聽婆婆的話坐回椅子上，望著端過來的飯菜。

「大嫂。」

美紀轉頭一看，喚她的是坐在身旁的冬美。

「大嫂，妳昨天幾點到的？我完全沒發現耶。來我們家的路很暗，妳沒迷路吧？這一帶森林那麼廣大，又沒有路燈，會不會覺得自己很像小紅帽呀？」

冬美的唇邊浮起了微笑。她的肌膚是很不健康的慘白色，唯有嘴唇血色鮮紅。

「會呀，我一直很擔心大野狼會來偷襲我呢。」

「哎呀，大嫂，童話裡大野狼襲擊小紅帽的地方是她長途跋涉才走到的外婆家，所以恐怖的不是森林裡，而是家裡喔。」

「……說得也是。」

冬美細長的手指戳了戳餐桌上的盤子，她的手指白皙到病態的程度，不禁讓人懷疑血液是否眞的流經她的手指。

「大嫂，要不要幫妳拿件毛衣來？從剛剛就覺得妳好像很冷呀。」

美紀只穿著薄薄的上衣。

「眞不好意思，我不是沒帶替換衣物過來，只是太輕忽這裡的氣候了。」

「沒想到才一個晚上就冷成這樣吧。」

冬美轉頭看向陳舊的暖爐。那是一個布滿鐵鏽的巨大暖爐，一個人甚至無法搬動，暖爐上放著一個表面好幾處凹陷的水壺，此刻正緩緩地冒出白煙，窗面上結了大量的水滴。

冬美嘆了口氣。

「……龍二哥哥好慢喔，大家都到齊了就缺他一個。我去叫他吧。」

美紀拉住打算起身的冬美。

「我剛剛過來餐廳的時候順道敲了他的房門，但門是鎖著的，他大概還在睡，別吵他比較好，昨天晚上他一定弄到很晚吧。」

一口氣講了一串謊話。

「對了，他昨天的確說晚上要和朋友見面，所以才睡到這麼晚呀？還是他根本沒回來？龍二哥哥房門老是鎖著，搞不清楚他到底在還是不在。」

一家人於是開始用早餐，除了次男龍二以外全員到齊。安靜用著餐的時候，客廳傳來電話鈴聲。婆婆起身離開餐桌，幾分鐘後走了回來。

「媽，誰打來的？」冬美問。

「龍二的朋友，問說爲什麼龍二昨天晚上沒出現，他很擔心。我說龍二好像還在睡，對方就說晚點再打。」

「結果龍二哥哥根本沒出去玩啊？該不會出了意外吧。」冬美意興闌珊地邊吃邊說：「說不定現在這個時候他已經死了呢，發生車禍還是什麼的。」

「怎麼這麼說……」美紀停下了筷子。

冬美偏起頭盯著她瞧。

「有什麼問題嗎？」

「沒事……」

「我去他房間看一下。」

「爸，不用替他操那麼多心啦。」

冬美雖然試圖留住這個家的父親，餐桌旁還是又空了一個位置。

「說去看一下，爸是想拿那門鎖怎麼辦？」

聽到美紀嘟囔著，冬美回她說：

「爸應該有備份鑰匙喔。這個家所有的備鑰都是爸負責保管的。」

「這樣啊……」

「啊，爸回來了。龍二哥哥呢？在嗎？」

「不在耶。我連儲藏間都找過了，沒半個人影。不過他房裡還是老樣子亂成一團啊，衣服都堆到房間角落去了。明明就有個衣櫥在，怎麼不把衣服收進去呢。」

兩小時後。

美紀進到龍二房間把門鎖上，從房間內部不用鑰匙也能上鎖。她環視四周，房內和昨晚她離開時一模一樣，仍是亂七八糟的。

她走近先前屍體坐著的那張沙發。美紀閉上眼睛，手指壓按著額頭彷彿告訴自己這一切都是惡夢。深呼吸之後她睜開眼，仔仔細細地檢查沙發周圍。

桌面沾到了一點一點飛散的血跡，看來公公進房間的時候應該是沒留意到。沾到血跡的地方只有這裡，出乎意外地龍二並沒流太多血。美紀用指甲摳了摳，一滴乾掉的血跡便弄了下來，正想繼續摳下其他血跡，有人敲門了。

「大嫂，妳在裡面嗎？我看見妳進房裡去了喔，我也要進去。」

是冬美。美紀猶豫了一會兒，撿起龍二掉在一旁的襯衫遮住桌面的紅色斑點。這樣可以先擋一下了。一開門冬美走了進來，一逕環顧著室內。

「只有妳一個人哪，我還以為龍二哥哥回來了呢。大嫂，妳進這房間有什麼事嗎？」

「……一郎說想看龍二的書，我來幫他借書的。」

「是喔。一郎哥哥人呢？」

「好像去散步了，他說吃午飯的時候會回來。」

美紀走向龍二放書的儲藏間。剛才那一番說詞，冬美似乎沒起疑心。

「一郎哥哥經常跟我說起大嫂的事。因為他說得實在太詳細了，妳們結婚前我第一次見到大嫂時，一點也不覺得是初次見面呢。」

「妳這麼說真是不好意思。」

「聽說妳娘家很有錢啊，我好羨慕令尊是醫師喔。」

「沒那回事。我父親只是很普通的小診所醫生，家境也只是小康而已。」

「一郎哥哥很愛乾淨的，所以大嫂妳整理家裡特別辛苦吧。可是妳看龍二哥哥的房間卻是這副模樣，所以他才結不了婚啦。既然進房裡來了，我就幫他整理一下吧。」

冬美抓起堆在房間角落的大量衣物，能抱多少就抱多少，一口氣搬到衣櫥前。

「等等！冬美！」美紀走出儲藏間叫住冬美。

她追上冬美將她抱著的衣物拿走。

「大嫂，怎麼了？只要統統塞進衣櫥，房裡看起來就會乾淨得多……」

「可是那個衣櫥打不開喔，鎖壞了。不，是鎖住了所以打不開的，一定是鎖住了啦。」

美紀不覺提高了聲調。冬美微微皺起眉頭，慘白的手指拉了拉衣櫥門把。

「咦？眞的像大嫂說的打不開耶。龍二哥哥一定連鑰匙也一併帶出門去了，虧我還想幫他整理呢。」

冬美說完，一把抓起桌上的龍二襯衫便丟到房間角落去。

「還扔在這種地方，眞是的。」

桌面的紅色斑點大剌剌地露了出來。

「大嫂，妳怎麼了？臉色好難看。」

冬美沒留意到血跡。美紀把搶回來的衣物又再堆回房間角落。

「沒事沒事。走了，我們出去吧。」美紀說。

趁冬美還沒發現血斑，美紀趕緊拉著她離開了房間。十分鐘後，她又回來處理掉血跡，順便進儲藏間帶走了一本書。

時鐘響起正午的鐘聲，美紀來到餐桌旁。除了她和龍二，大家都在餐桌旁坐定了。

看到冬美和婆婆母女倆緊靠著不知在商量什麼事，美紀停下了腳步。

「怎麼了嗎？」

「大嫂，妳看，信箱裡放著這封奇怪的信耶。」

美紀過去餐桌，接過冬美遞給她的白色信紙。看完內容，她不禁臉色發青。

「那張白紙上打了字喔，寫著：『荻島龍二　被殺了　在　自己的　房間　裡　被人打死了』。」

冬美雙手環在胸前，站了起身。

「到底是誰寫的？媽，妳跟外人說了龍二哥哥不在家的事情嗎？還是把信丟進信箱的這個人一直在監視我們家？居然還寫『被殺了』，眞是太變態了。」

美紀似乎覺得很噁心，把信紙放到桌上。

「……眞是讓人不舒服啊。」

冬美將白得猶如死人般的手搭到美紀肩上。一瞬間彷彿冰塊抵在脖子上，美紀的肩膀顫了一下。

「這封信沒貼郵票，看來是有人直接丟進信箱裡的。哥哥在房裡被殺……龍二哥哥的房間在一樓的離屋，凶手的確可能不被家裡人發覺進到他房間。對了大嫂，待會兒我們兩個私下聊聊吧，就我們兩個人，在哪裡談都可以。這樣吧，不如就在妳房裡，也就是一郎哥哥的房間囉。那我們先約一小時後，可以吧？」

一小時後。

冬美走進房裡，迅速望了室內一圈。

「我好久沒進來一郎哥哥房間了。這裡跟龍二哥哥房間一樣，也有個很大的黑色木衣櫥呢，我小時候一直好羨慕他們有這個衣櫥喔。」

「不好意思，房裡這麼亂。」

衣物和旅行箱都堆在房間角落。

「跟龍二哥哥房間比起來，這裡乾淨太多了，不用在意啦。」

冬美看了好一會兒掛在房裡的畫，終於拉了張椅子坐下來。她從口袋掏出方才在餐桌那邊拿給美紀看的白色信紙。

「寫這封信的人，不知道是不是認真的啊？說什麼龍二哥哥被殺了……」

「……那封信，真的是在信箱裡發現的嗎？」

「……妳是說是我自己寫的？」

「不，我不是那個意思……」

「眞的是丟在信箱裡的喔，發現的人是我。不過比起這個，有件事更有趣。昨天晚上，編輯部的人打電話來找龍二哥哥，媽媽在昨晚九點多的時候敲了他的房門，房門是上鎖的，也不見人來應門，但是房裡卻傳出音樂聲喔。妳覺得呢？」

「我覺得……？什麼意思……？」

「信上寫著『在自己的房間裡被人打死了』對吧，我是這麼想的：媽媽敲房門的時候，龍二哥哥其實是在房裡的。雖然沒有證據，不過會有人開著音響不管便出門去嗎？」

多美站起來，在房裡來回踱步。

「假設那封信上寫的是眞的，那麼凶手殺了龍二哥哥之後，應該是沒關音樂就扛著屍體離開了房間。一郎哥哥說他到昨天晚上八點爲止都待在龍二哥哥房裡，兩人聊了一下他就離開了。所以就我調查到的，最後一個看到龍二哥哥的人應該是一郎哥哥。」

「妳是想說，一郎是凶手嗎？」

「不是。我只是很在意龍二哥哥習慣鎖房門這件事。要突然闖進他房間殺了他，可不是件容易的事，首先得破壞門鎖才進得了他房間。但是據一郎哥哥說，他沒跟龍二哥哥打招呼就離開了，所以不知道自己離開之後，龍二哥哥有沒有把門鎖上。也就是說從一郎哥哥離開房間的晚上八點，到媽媽去敲門的九點多之間，搞不好那個房間是沒上鎖的，這麼一來，不就誰都可以自由進出了嗎？話說大嫂，妳今天上午不是進了龍二哥哥房間嗎？記得妳是說要去那邊幫一郎哥哥借小說來著。然後妳和我一起走出房間，過了十多分鐘妳想起書的事，又折回龍二哥哥房裡，對吧？」

美紀點頭。那時候她把桌上的血跡處理掉了。

「那妳從儲藏間拿出來的書在哪裡？我很想知道大嫂挑了什麼書，龍二哥哥的書，好看的也有難看的也有喔。」

「那本書……奇怪，我給放哪兒去了……？」

「怎麼呀？不見了嗎？」

「不，我眞的帶回房裡了喔。對，我記得放進衣櫥裡了。」

美紀走到衣櫥旁，一邊摸索著口袋。這個和龍二房裡那個一樣古老的傢俱果然也是上了鎖的。美紀拿出古色古香的金色鑰匙插入鎖孔一轉。

「怎麼了嗎？」

看美紀老半天打不開衣櫥門，冬美問道。

「沒事，只是……這衣櫥鎖好像壞了。明明鎖已經開了，門卻拉不開。」

美紀用手指鉤住門把試著拉門，拉不開。

「該不會……」

冬美欲言又止。她雙眼圓睜，簡直就像目睹了可怕的殺人場面。

「怎麼了？」

「沒事……」

冬美站起身，然後像是閃避美紀般離開了房間。這天晚上，美紀也沒能處理龍二的屍體。

龍二死後的第二天早上，早餐餐桌上這個家的人幾乎全到齊了。美紀從冬美那裡得知今天早上又收到第二封信。沒有寄件者名字，和昨天一樣直接丟進信箱裡。

「龍二　是　被人　用菸灰缸　殺死的」

信紙上排列著打字機打出的字。

吃完飯後，美紀夫妻倆一道走回房間，途中經過走廊，發現冬美拿著望遠鏡站在二樓走廊，正在觀察窗外。

「妳在看什麼？」

美紀好奇地走近冬美，冬美豎起食指靠近唇邊要她不要出聲。

「我正在找送那封信來的人，我想對方一定在附近監視著這棟屋子。」

她一臉認眞說道，視線沒離開望遠鏡。

窗外隨時都會下雨的雲與黯淡的森林無止境延伸，刺骨的冷風拂動美紀的長髮。她摩娑著凍得紅紅的鼻子下方，眼淚都快掉出來了。

「冬美妳完全把那封信當眞了耶。」

「我也不是完全信以爲眞呀。以圓形圖來表示的話，大概是一百二十度吧。」

「不過，寫那封信的人爲什麼會知道龍二是在房裡被殺的？居然連凶器是菸灰缸這種事都……」

「龍二哥哥房裡不是有窗戶嗎，透過那扇窗戶一定看得到房裡的。寄信的人在黑暗的森林裡走著，看到了亮著燈的窗戶。那是一扇蓋在山丘上的老房子離屋的窗戶，當他有意無意望著那扇窗的時候，看到一個男人被人用菸灰缸打死……這一連串的情景簡直就在我眼前上演哪。對了大嫂，妳會不會也覺得有時候身邊好像有一道討厭的視線？總覺得好像一直被監視著……」

「視線？」

美紀搖搖頭。

「是嗎？……一定是我多心了吧。」

「……冬美，我在想，寫那封信的人，會不會就是這家裡的某個人哪……？」

「這家裡的某個人嗎……？」

「對，而且我覺得殺了龍二的凶手正是那個寫信的人。當然這是建立在龍二已經被殺的前提之下啦。」

冬美笑了起來。

「我覺得我跟大嫂應該可以合作愉快呢。但問題是那名眞凶爲什麼要送信來揭露自己的罪行？更何況若根據大嫂妳的猜測，殺害龍二哥哥的人就在這個家裡頭啊。」

美紀彷彿無話可說地沉默了。或許是不知該怎麼解釋，或許是覺得困惑。她目前的處境，實在離現實太過遙遠。一滴汗水浮現她白皙的額頭。

「大嫂，我雖然不知道寫那封信人的是誰，但我大概知道是誰殺了龍二哥哥喔。」冬美把臉湊近美紀，微笑地說：「妳也知道吧？」

午餐。

全員圍著餐桌談到那封信。

「眞是令人不舒服，我想還是報警吧。」

「媽，報警太誇張了啦，又還沒出現屍體。」

「可是，信上說什麼龍二被殺了……明天早上又收到信的話我們就報警吧。」

「對了爸，我們全家的備鑰都是爸負責保管的對吧？你有龍二哥哥衣櫥的備鑰嗎？」

冬美邊問邊瞄了美紀一眼，唇邊露出淺笑。

「沒有啊，衣櫥本來就沒有打備鑰。對了，既然提到就順便講一下。冬美後來自己搬出去住了所以不曉得這件事吧，其他房間的備鑰在半年前就全部搞丟了喔。」

美紀暗地一驚，從旁插嘴問道：

「所以龍二房間的鑰匙也不見了嗎？」

「是啊，他的房間現在沒有備鑰。我不小心給弄丟了。」

「那昨天早上，爸你又沒有備鑰，怎麼曉得龍二哥哥不在房裡？」

「那天早上龍二的房間沒有上鎖喔，我就直接走進去看他在不在呀。」

接下來好一段時間，美紀只是沉默地吃著飯。用完餐後她對冬美說：

「冬美，我有話對妳說。兩點在龍二房裡見，就我們兩個。可以吧？」

冬美挑釁似地點了點頭。

「剛好，我也有很重要的事要對大嫂說。」

一點五十八分。

離約定時間還有兩分鐘，美紀走進位於離屋的龍二房間。和發生殺人事件那晚一樣，她在沙發上坐下，偶或朝衣櫥那邊看個幾眼。十一月的氣溫很低，房裡沒開暖氣，每次呼吸吐出的氣息都成了白色的霧氣。

兩點整冬美出現了，後面跟著兩名身穿綠色制服的男子。看到他們，美紀有些退怯。

「這兩位是？」

「他們是我學弟，剛好在搬家公司打工。我跟他們說今天有大型垃圾要處理，他們就來幫忙了。」

「大型垃圾？」

冬美點了點頭，一名男子立刻走到衣櫥前，伸開雙臂測量衣櫥寬度；另一名男子則指著衣櫥問了冬美幾句。

「對，沒錯，就是這個。麻煩你們幫我搬到卡車上。」

「妳要做什麼？」

冬美蒼白的臉上露出了大膽的微笑。

「我借來的小卡車停在門口，我請他們把東西搬到車上去。」

兩名男子抬起衣櫥的兩端。其中一人對冬美說了些什麼。

「什麼？這衣櫥很重？簡直就像有人在裡面那麼重？對啊，沒錯，應該是這樣吧。請你們小心一點搬喔，不要太粗魯，千萬不要翻倒了還是倒栽蔥喔。」

衣櫥被搬到外頭，兩個女人也跟著走了出來。

「好了，這就是我想說的話了。大嫂，妳就是凶手吧。妳知道我在說什麼吧。」

「妳誤會了！」

「我沒有誤會。妳就把一切經過老實說出來吧。」

龍二的房間位於離屋，衣櫥搬出房門之後便來到了庭院。前方不遠的空地上停著一輛小卡車。

「妳把衣櫥搬上車要載去哪裡？」

「如果我說要把它放在警察局前面，妳覺得如何？」

衣櫥大大地晃了一下。

「請當心點搬！」

美紀猛地大喊。

「大嫂，妳還記得我們昨天在一郎哥哥房裡的談話嗎？妳去開衣櫥的時候，門卻拉不開，妳曉得是為什麼嗎？」

「妳認為是什麼原因呢？」

「大嫂那時候是說鎖壞掉打不開吧。」

「今天早上我又檢查了一遍，那鎖真的壞了，鎖鉤連螺絲整個都鬆脫了。」

美紀的說法聽起來像辯解，冬美只是哼笑了一聲。

「但在那個時候鎖一定還沒壞。今天早上鎖之所以是壞的，是因為大嫂妳發現了自己的失誤，為了不穿幫便真的把鎖給弄壞了。」

「我的失誤？」

「妳不可能還沒發現吧？那個時候，妳插進鎖孔的鑰匙並不是一郎哥哥房裡的衣櫥鑰匙，而是龍二哥哥房裡的吧？他們兩人房間裡的衣櫥一模一樣，鑰匙也都是一把古色古香的金色鑰匙，我小時候兩個哥哥都讓我看過他們的鑰匙，所以我曉得的。只不過，這兩把鑰匙雖然外表相似，除了完全契合的鎖以外是無法打開別的衣櫥的。」

那個關鍵的古老傢俱此刻正被兩名男子扛著準備搬上車。抬得高高的衣櫥前方，美紀和冬美面對面站著。

「當時大嫂沒發現自己拿錯了這兩把鑰匙，拿著龍二哥哥衣櫥的鑰匙就想打開一郎哥哥房裡的衣櫥。那時看妳打不開衣櫥，我心裡就有個模糊的想法。一定是受了那封信的影響吧，之後我一直在想，為什麼大嫂手裡會有龍二哥哥房裡衣櫥的鑰匙呢？最後在我的想像中，得出了一個非常恐怖的結論喔。」

兩名男子用繩索將衣櫥固定到卡車上。

「……大嫂將某樣東西藏進龍二哥哥房裡的這個傢俱裡，為了不讓任何人發現，妳便鎖上了衣櫥，然後將龍二哥哥的房間鑰匙和衣櫥鑰匙一併帶走，之後一直都收在自己的口袋裡。」

冬美回頭對兩名男子說道：

「謝謝你們囉，幫了我大忙。之後我自己來就可以了。」

冬美道過謝後，兩名男子點個頭致意便默默離開了。衣櫥前方只剩下冬美和美紀。

「好啦，現在只剩我跟大嫂兩個人了。」冬美雙手環在胸前說道。

美紀卻搖了搖頭。

「……不，是三個人喔。」

冬美像是冷不防被偷襲似地，有那麼一瞬間內心動搖了，但旋即換上無畏的笑容。

「妳果然殺了龍二哥哥，然後將屍體藏在這裡面對吧。妳打算在還沒找到機會處理屍體之前，就讓屍體一直留在那個房間裡對吧。」

「不是我！妳誤會了！我承認前天晚上我的確去了龍二房間，但我並沒有殺他呀。」

「我才不信。」

「啊啊，氣死我了！到底爲什麼會發生這種事嘛！那個晚上好死不死讓凶手成功逃走了，結果我就變成嫌疑最大的人了呀！當然我就只能想辦法藏好龍二的屍體啊！」

美紀大喊著。

「那天晚上，龍二說要跟我聊以前的事情，要我去他房裡。當時音樂開得有點大聲，龍二告訴我儲藏間裡也放了一郎的畫，我便走進去看，大概在那裡面待了三分鐘左右，等我走出儲藏間，一回到有沙發和衣櫥的房裡，就發現龍二頭被打破，人已經死了。」

「……就是信上說的用菸灰缸砸嗎？」

「是啊。那個沾著血跡的菸灰缸就放在桌上，我一個不留神拿起菸灰缸，指紋就沾上去了。那時菸灰缸從我手中一滑，掉到地上還發出好大的聲音哪……」

「妳的意思是，龍二哥哥是在妳去儲藏間的這段時間裡被殺的？」

「因爲音樂蓋掉了很多聲音，我才沒留意儲藏間外有異狀。正當我站在屍體旁不知道怎麼辦時，媽媽突然來敲門，還試圖開門進來，但當時門是鎖著的，媽媽打不開。」

「妳說當時無法進房間？如果相信大嫂妳所說的……當然我還是完全無法相信……但如果妳說的是眞的，那麼凶手就是握有龍二哥哥房間鑰匙的人了……那個人趁大嫂去儲藏間的時候悄悄開門進房間，拿菸灰缸打死哥哥之後便離開房間，然後，從外面將房門上了鎖。能這麼做的人就是凶手了。」

「但是房間鑰匙在龍司口袋裡，也就是說，凶手是握有備鑰的人。我本來是這麼以爲的。那個人把我跟屍體一起留在房間裡，我想了就恨他。但我又不想報警……」美紀說到這裡沉默了。

冬美偏著頭問：

「爲什麼呢？如果大嫂說的是眞的，老實跟警察說不就好了。」

美紀雙手掩面說道：

「這是懲罰啊。事到如今跟警方那邊更開不了口了，我只能自己痛苦著……這一定是神給我的懲罰，是神殺了龍二，然後爲了讓我痛苦不堪，便寫了那種信……」

「大嫂？妳還好吧？」

「……對不起，我沒事……總有一天，我會把理由告訴妳的……」

美紀哽咽地說。她的雙眼通紅，不過仍堅定地望著冬美。

「……我們回正題吧。當我聽到爸爸握有備鑰，其實我最初是懷疑他的……」

「懷疑爸爸？……說得也是啦，我之前告訴過大嫂爸爸手裡有備鑰的。可是，爸爸半年前把備鑰弄丟了，他有沒有可能是爲了洗脫嫌疑而說謊呢？總之凶手還是想辦法把備鑰弄到手了。」

「可是，這麼一來，就有地方說不通了。昨天早上，龍二左等右等都沒出現，爸爸便去房間叫他對吧。但我前天晚上離開龍二房間的時候，用他口袋裡的鑰匙把房門鎖上了，所以爸爸如果沒有備鑰，是不可能開門進去確認房裡狀況的。當然，直到今天早上我都還是這麼想的，但是爸爸已經弄丟備鑰的話……爸爸說昨天早上龍二的房門沒鎖，可是我的確鎖上了，怎麼會到隔天早上就沒鎖了呢……」

「如果爸爸手上其實是握有備鑰……不對，就算握有備鑰的人不是爸爸，爲什麼會需要在三更半夜把門鎖打開呢？難道是趁半夜溜進龍二哥哥房間湮滅殺人證據？然後又忘記上鎖就離開……」

「有更簡單的答案。也就是說根本打從一開始就沒有備鑰。備鑰被爸爸弄丟了以後，直到現在還是掉在某個沒人知道的地方。凶手從一開始手上就沒有備鑰。」

「什麼？」

「我被龍二叫去的時候，凶手當時也在現場啊，就在同一個房間裡。然後他看準我進去儲藏間的時候殺掉了龍二，接著他並沒離開，仍舊躲在房間裡。事情只是這麼單純。」

「妳是說凶手一直留在房裡等大嫂離開房間嗎……？」

「沒錯。我離開房間的時候用龍二的鑰匙鎖上房門了，但凶手走出房門後無法鎖上門，所以就任門鎖這麼開著。」

「可、可是……凶手躲在龍二哥哥房間的哪裡？」

美紀默默地望向衣櫥。冬美一開始還摸不著頭腦，過一會兒才終於搞懂似地說：

「啊？怎麼可能！」

「那個房間能躲人的地方就只有那裡了。那個人一直躲在裡頭，我一進儲藏間他便出來房裡，拿起架上的菸灰缸打死龍二，再躲回衣櫥裡。凶手就是這麼幹的。」

「……我一直以為是龍二哥哥的屍體被藏在裡面。」

「我原本也是打算這麼做的，可是，門怎麼都拉不開。我把鑰匙插進去轉開來，門仍然像被什麼東西鉤住似地拉不開。剛開始我以為是鎖壞了，因為龍二也說那個鎖有時候不大順，因此我誤以為他是說就算鑰匙轉開了也拉不開門的意思。但其實他說不順的意思應該是，就算用鑰匙去鎖那扇門也是鎖不上的。恐怕那天晚上，某個人為了讓門無法打開，而從衣櫥裡面用什麼東西把門固定死了。我因為打不開衣櫥，只好放棄將龍二藏在裡面。結果我看了看四周，看到我提來的旅行箱。因為龍二個頭小，我突然想到，他應該是塞得進去的。」

「凶器也一起放進去了？」

「因為沾到我的指紋了嘛。不過旅行箱裡面裝滿我的衣服，沒有空間塞屍體，我只好把旅行箱裡的衣服清出來好放屍體，而那些清出來的衣物就留在龍二房裡了。」

「這麼說那些女生衣服全是大嫂的囉。」

「對啊，所以不能被發現，一定會啓人疑竇的嘛。我看了整個房間一圈，發現角落剛好積了一堆衣服，我就把我的衣物塞進去藏了起來。本來打算趁大家睡著之後去龍二房裡拿回來的，但那天晚上還是沒去成。」

「所以隔天早上明明很冷，妳還穿那麼薄的衣服，是因爲沒有換洗衣物吧。那麼妳後來進去龍二哥哥房間並不是爲了拿書而是爲了拿衣服。我想把那堆亂扔一氣的衣服塞進衣櫥的時候，大嫂妳連忙把我手裡的衣服拖走了對吧，那時候我就有點在意大嫂的舉動了。大嫂會那麼慌張，是因爲我抱著的衣物是女性的，也就是大嫂妳的對吧？」

「妳抱著的那堆衣服裡面夾了我的胸罩，還晾在那兒晃來晃去呢。」

「那麼凶手究竟是誰啊？」

「我不知道。那天晚上，從一郎離開龍二房間到我進去爲止的那段時間，房間好像是沒上鎖的，所以在那段空檔裡，誰都可以潛進龍二的房間。」

「等等，大嫂，等一下。我跟妳在一郎哥哥房裡談話的時候，大嫂並沒有搞錯兩個衣櫥的鑰匙嗎？」

美紀點頭。

「所以我才以爲鎖壞了，但實際上根本沒壞。當時那個人正躲在裡面固定住衣櫥的門。我把正確的鑰匙插入鑰匙孔轉動了鑰匙，當然我是想打開門才這麼做的，但其實這麼一來我反而是把衣櫥門給鎖上了，於是躲在衣櫥裡的人就被關在裡頭，勢必得把鎖弄壞才出得來。一郎衣櫥的鎖會突然壞掉，一定就是這個原因。那個凶手總是躲在衣櫥裡偷聽我和妳的對話……妳看，衣櫥的兩扇門之間有個小小的縫隙對吧？那個人就是把一隻眼睛湊到縫隙上頭，一直盯著我們看哪。」

冬美似乎明白了什麼。

「對了，一定是這樣。那個人一定不知道大嫂已經發現這件事了，所以今天大嫂才故意在大家面前說有話要跟我說，連地點和時間都指定了。」

「因爲我想，這麼一來那個人一定會躲進衣櫥裡的。」

美紀伸出手掌拍了拍衣櫥。

「現在在這裡面的不是屍體，而是那個人。那個想要偷聽我和冬美談話的人一定在這裡面囉。」

砰。冬美拍了衣櫥一下。

「眞的在裡面嗎？在的話就應個聲吧。從裡面敲一敲出個聲也行。」

冬美和美紀環起胳臂，抬頭望著固定在卡車的衣櫥。接下來幾秒鐘，四下靜謐無聲。

砰。衣櫥傳出了聲音。兩人面面相覷。

「剛剛聽到的是衣櫥裡面傳出來的沒錯吧，是有人在裡面敲衣櫥發出的聲音啊。」冬美驚訝地說道。

「是你殺了龍二嗎？是的話就敲衣櫥門兩次，不是的話就敲一次。」美紀發問。

敲了兩次。代表肯定。

「寄信的人是你嗎？」冬美問。

肯定。

「你寫那封信是想讓屍體被發現，然後陷害我成爲凶手嗎？」美紀問。

否定。

「你是事先計畫好要殺人的嗎？」冬美問。

否定。

「……是因爲我的過去嗎？」美紀似乎很痛苦地問道。

肯定。

「是龍二告訴你的？」美紀問。

肯定。

「你把知道我祕密的龍二殺了，還想進一步懲罰我？」美紀追問。

肯定。

「打開看裡面是誰吧。」冬美說。

於是她緩緩地拉開門，下一秒鐘便和全身大汗、透過衣櫥縫隙一直瞪大眼窺視外頭的我對上了視線。妹妹與妻子兩人的臉上失去了血色，慘白得宛如死人。

神的話語

我的媽媽頭腦很好。她從少女時代便開始讀艱澀的書籍，後來進了有名的大學；她的個性很好，積極參與各種義工活動深受當地居民喜愛；她總是抬頭挺胸，那站姿宛如冬季湖畔靜靜佇立的白鶴；在她不染一絲塵埃的透明眼鏡底下是一對充滿知性的眼眸。

要說她唯一的缺點，就是她分不清貓和仙人掌。因爲這樣，前陣子她將我們家養的貓一把抓起來種進花盆裡，蓋上土還澆了水，接著將仙人掌誤以爲是貓抱起來在臉上磨蹭，弄得臉頰血肉模糊。

爸爸和弟弟看不下去媽媽的詭異行徑，皺著眉問她爲什麼要這麼做，但是聰明的媽媽只是打開貓罐頭放在動也不動的仙人掌前面，對家人的話充耳不聞。

這一切都是我的錯，我很後悔自己幹下的事。

我從小就在周遭的人稱讚「你的聲音眞好聽」下長大成人，每次中元節或是過年回媽媽娘家時，平常幾乎不見面的親戚便圍著我。我其實很不擅長與人交際，但我總是笑著附和喝了酒的舅舅們說的話，佯裝聽得懂他們很難理解的鄉音。

「你眞是個討人喜歡的孩子呢。」

每當舅媽這麼說，我便露出笑臉給她看，然而實際上根本不是這樣，我的內心一直是冷淡而枯燥的，我只是裝個樣子給別人看而已。親戚的話語從未感動過我的心，也不曾令我感到愉快。而且豈只如此，因爲實在太無趣，我都很想當場逃走，但要是眞這麼做，名爲「我」的這支股票馬上暴跌，反而從這些親戚包圍之下逃走是更可怕的。因此就算我心裡想的是另一回事，我仍不得不裝出很有興致、討人喜歡的模樣聽著親戚們的談話，無止境附和他們。

這種時候，我對自己的厭惡總是占滿內心，只爲了被認爲是好孩子而露出空虛笑容的自己是多麼膚淺。

「你的聲音好清澈，簡直像音樂一樣呢。」

某個親戚姊姊還曾這麼對我說。但我的聲音聽在自己耳裡，只覺得既醜陋又扭曲，宛如僞裝成人類的動物在學人說話。

我是在小學一年級的時候，第一次有意識地使用聲音的力量。當時，教室旁的水泥地擺滿了大家上課時種植的牽牛花盆栽。我的牽牛花長得很健康，綠色的藤蔓緊緊攀附著支撐的木棍朝天空伸展，大片葉子上的細毛沾著清晨露水接受陽光的照射，輕薄柔軟的花瓣染上半透明的紫紅色。

然而我種的牽牛花並不是全班最好的，更大更美的牽牛花是另一個人的。

坐在我前面第三個位置是一個跑得很快的男孩子，叫做祐一。他的個性很活潑、口齒伶俐，講話時表情生動是他最大的特徵。我常和他說話，不過比起談話內容，更引起我興趣的是他的表情變化，我甚至覺得他在班上會這麼受歡迎，祕訣就在於他的表情。和他面對面時，我總是以觀察的視線望著他的臉，當然那是因爲我想讓自己也學會他那種充滿活力、豐富生動的表情變化。

但，他似乎並不像我是爲了被認爲是可愛的小孩而有意識地露出那樣的表情，這正證明了我自身個性的陰暗與身爲人類的渺小，令我悔恨不已。雖然我自己當時沒察覺到，對於祐一，我一直抱著不爲人知的自卑感。

當祐一親暱地向我搭話，我搞笑的回答總會引得班上其他人發笑，祐一很喜歡這樣，後來動不動就會「喂、喂」地找我說話，然而我並沒當他是朋友，我只是露出虛僞的笑容回給他出乎意料的回應罷了。

這個祐一的牽牛花正是全班最大株最漂亮的。有次他的花被老師稱讚，頓時我又陷入那可恥的情緒裡，住在我體內某種骯髒的動物彷彿就要穿破皮膚大叫出聲，而那隻動物，不折不扣正是我的本性。

那天早上，我比平常早到學校，無人的教室十分安靜，我可以輕易地脫下平日臉上的面具。

我立刻就找到哪株是祐一的花，它比其他牽牛花要高出一個頭。我蹲在花盆前，定睛凝視著即將綻開的花蕾，接著集中全力在腹中那塊烏黑的部分，開始念誦：

「枯死吧——……爛光吧——……」

我緊握雙手，宛如使盡全身力氣發出聲音。鼻子深處傳來一股奇妙的異樣感，發覺時自己已經在流鼻血了。血滴落在水泥地上，留下像是噴濺水彩顏料弄出的紅色斑點。

撲通。花莖折斷了，花蕾就像頭掉下來一般滾落地上。幾小時後，祐一的牽牛花開始枯萎腐爛，慢慢變成灰暗的棕色，但祐一仍不肯丟掉它，牽牛花開始發出惡臭吸引壞蟲前來，大量的蛆在花盆裡扭動，老師決定將牽牛花丟掉，祐一難過地哭了出來。這也代表，我的牽牛花成了班上最美的一株牽牛花了。

但我的好心情只持續了幾十分鐘，在那之後，我變得無法正視牽牛花那一區，即使有人稱讚我的花我也只想塞住耳朵。

因爲，打從我對著祐一的花盆低聲詛咒的那一刻開始，牽牛花就成了一面鏡子，映照出我內心潛藏那隻慘不忍睹的動物。

我無法很清楚說明爲什麼透過我的聲音能讓祐一的牽牛花突然枯萎。當時的我雖然只是小學一年級生，也已經隱約察覺到自己的聲音裡隱藏著某種近乎魔法的力量。即使是氣得火冒三丈的孩子，只要我拚命安撫說服，不知怎的對方也能冷靜下來；不服氣的時候，只要我開口要求對方道歉，就算對方是大人也得向我這個小孩低頭。

假設有隻蜻蜓停在大半埋進草叢的欄杆上好了。平常如果想捉住蜻蜓，手一伸出去，蜻蜓便會拍動半透明的翅膀逃走。但我只要開口對牠下達一句「不准動。」的命令，蜻蜓就會像昏死一般，即使扯掉牠的翅膀或腳也絕對動都不動一下。

讓牽牛花腐爛是我第一次有意識地使用「話語」，從那之後，我便時常對其他人施以聲音的力量。

小學高年級時，附近鄰居養了一隻狗非常愛叫，那隻狗總是將巨大的身體藏在門後，一有人經過家門前，便放鞭炮似大聲狂吠。牠會在身上沉重的狗鍊允許範圍內死命朝獵物衝過去，即使項圈已深深嵌入脖子，牠仍會對著經過的人齜牙咧嘴。不曉得是不是有皮膚病，牠沾了泥土的身上好幾處掉了毛，然而眼瞳中仍燃燒著熊熊的鬥爭之心。這隻狗在附近的孩子圈中十分有名，大家經常拿敢靠牠多近來當測量勇敢程度的指標。

有一天，我站在門外望著那隻狗。牠一發現我，立刻發出宛如地底傳來的低沉吼聲威嚇，於是我動用那具有力量的聲音開口了：

「不准對我叫——……」

狗像是嚇了一跳動了動耳朵，沾著眼屎的雙眼圓睜，沉默了下來。

「服從我——……你必須服從我——……服從吧——……」

當我感到腦中火花迸散的瞬間，柏油路面已經留下一灘從我鼻子流出來的紅色液體。是我內在的虛榮心驅使我這麼做的，我只是想在朋友面前操控這隻巨大恐怖的狗以贏得些許的尊敬。

這個愚蠢的計畫輕易成功，那隻狗非常聽我的話，握手、轉圈，不管我說什麼都照做，我也因此成了班上的風雲人物。

一開始我還覺得有趣，但慢慢地罪惡感逐漸侵蝕我的內心。我明明毫無馴服動物的勇氣，卻擺出一副大英雄的姿態。欺騙他人的罪惡意識朝我襲來。

最令我害怕的是那隻狗的眼睛。那隻狗不再露出我對牠施以「話語」之前那滾燙的眼神，如今總是畏懼地看著我，因爲我剝奪了牠名爲鬥爭之心的美麗獠牙。每當那隻昔日的猛犬以小動物般的眼神望著我，我總有種受到譴責的感覺。

聲音的力量近乎萬能，但似乎也有法則存在，好比施以「話語」力量的對象一定得是生命體才行。對植物或昆蟲作用沒問題，但對石頭或塑膠，就算集中精神喃喃念誦也是無效的。

此外，一旦被我下達了「話語」，就再也無法回復原本的狀態。有天我和媽媽起了一些小摩擦，結果就是我低聲唸著：

「妳——將再也分不出貓跟仙人掌的差別——……」

我一時失去了理性，當下我完全不知道自己幹了什麼事，我只是很氣媽媽擅自進我房間打掃，把我心愛的仙人掌花盆摔破了。我想讓媽媽明白我有多寶貝這盆仙人掌，我希望媽媽也能像重視她養的貓一樣重視仙人掌。

當媽媽把貓誤以爲是仙人掌塞進花盆的時候，我後悔得不得了。我應該要忍下來的，就算有事情不順我的意，使用聲音的力量胡亂操縱他人腦中的意識就是罪孽深重的行爲。我總是很後悔，但爲時已晚。

爲了讓媽媽能夠重新分得出貓和仙人掌，我嘗試再次動用「話語」低喃著，然而媽媽卻再也無法理解貓和仙人掌之間的距離。

聲音的力量不但能影響他人腦內的運作，也能招致肉體上的變化。就像我能讓牽牛花枯萎一樣，我也能任意操縱動物的身體。

升上高中，我仍然持續著沒出息地諂媚大人的生存方式。之所以會無法迴避自身這種惡劣的特質，完全是由於我的謹慎。我對於自己和他人往來交集所產生的漣漪懷有恐懼，總是戰戰兢兢地留心著絕對不允許自己身價跌落。無論和誰說話，即等同對方在觀察我，恐怕他正在我不知道的地方偷偷與第三者針對我品頭論足嘲笑我，這令我恐懼到極點。也就因爲這樣，我一直覺得露出虛假笑臉隱藏本意的自己眞的非常沒用。

我的爸爸是一名大學講師，思想十分嚴格且冷漠，宛如一座寸草不生的石頭山。他經常高高在上地對兩個兒子說話；我總是仰望著爸爸，彷彿他是遠如天邊的存在。爸爸對所有事情都非常嚴厲，不中意的事物便當即捨棄。只要讓爸爸失望過一次，之後就算人進到他的視線範圍，他也只當那是小飛蟻還是什麼飛過眼前，完全不予理會。

我瞞著這樣的爸爸買了一臺掌上型遊戲機。那是連小學生也買得起的便宜貨，大小恰好可以收進手心裡。爸爸平常對電腦遊戲就沒什麼好感，要是他發現我買了這個，一定會覺得想不到自己的大兒子終究還是背叛他而失望透頂的。那情景我光是想像都覺得恐怖。

相較之下，我弟弟總是隨心所欲做自己想做的事情。他是想打電動就去電玩中心、不想念書就索性把鉛筆折斷的那種人。雖然代價是必須忍耐父母親對他的失望，但我弟弟和也似乎原本就過著無所謂失望不失望的人生。但我不一樣，爲了讓爸爸喜歡我，我用功念書談吐有禮五育健全，別人談到我都說我是個清爽、開朗的好青年。然而那不過是外表的金色毛皮，裡頭包覆的其實是一團黏糊糊的紅黑色塊狀物。

有一天，我在自己房間裡偷偷打電動，爸爸連門都沒敲突然開了門進來，簡直就像闖進犯罪現場的警察。他從我手裡搶過電動，冷冷地低頭望著我。

「你居然在玩這種東西！」爸爸不屑地說道。

和也就算打電動，看在爸爸眼中也只像個沒用的擺設，爸爸他早已經放棄將二兒子教育成自己理想中的完美兒子了，也正因如此，他對身爲哥哥的我有著更大的期望。我偷打電動一事引起他憤怒的程度，似乎比我想像中要嚴重得多。

若是平常的我，或許會當場落淚請求他的原諒，但在那個瞬間，一方面爸爸氣成這樣帶給我很大的衝擊，更令我覺得不合理的是，弟弟總是過得自由自在，只有我必須一直受到如此的束縛。我覺得非常氣憤，自己不過是打個電動，卻連整個人格都遭到否定。

等我回過神來，自己正死命地想搶回爸爸握在左手的遊戲機。平常總是戴著順從面具的我，生平第一次反抗爸爸。爸爸一直緊握著左手，就是不肯把遊戲機還給我。於是我集中全力開口了：

「把這手指頭——弄走——……」

我和爸爸之間僅存的空間承受聲波震動著，我曉得我鼻腔深處的血管爆開了，遊戲機掉到地上發出乾硬的聲音，接著爸爸左手的手指頭一根一根脫落，滾到我腳邊。五根手指頭都乾乾淨淨地自根部截斷，噴出來的血染紅了四周，我的鼻子也不斷冒出血液。

爸爸放聲慘叫，我命令他到我說「好了。」爲止都得閉上嘴，他立刻靜了下來，但這麼一來他只是不能出聲，好像還是感受得到痛楚和恐懼，只見爸爸睜大雙眼盯著手指消失的左手。

雖然覺得噁心，我還是吞下了從鼻子冒出來的大量血液。我轉動快失去知覺的腦袋思考接下來該怎麼辦。爸爸的手指頭應該是無法恢復原狀了，因爲「話語」造成的改變是無法回復的。

沒辦法，我只好命令爸爸「到我發出指示之前昏過去。」先剝奪他的意識。截至目前爲止的經驗裡我發現，聲音的力量即使對睡眠中的人也是有效的。被爸爸一直盯著的狀況下還要我集中全力念誦我會很膽怯，不如先讓他昏過去我心理壓力比較小。

我貼近爸爸耳邊說道：「你左手的傷口全都好了。」以及「你醒來後將忘記所有在我房裡發生的事。」不一會兒工夫，他左手曾經長著指頭的部分長出了一層薄薄的皮膚，血也漸漸止住了。

我必須讓爸爸深信他的左手沒有手指是再自然不過的事，也必須讓看到爸爸左手的人不會感到怪異。

我思考著該怎麼做才能達成這種狀態。我可以確定的是我能讓聽到我說話的對象發生變化，然而，未曾實際聽到我聲音的人，看到沒有指頭的手也能不覺奇怪嗎？

我做出決定，以下述這段內容下達了「話語」。

「當你醒過來，你看到自己沒有指頭的左手，會深信這再自然不過了。而且你的左手，將會使得所有看到你左手的人都覺得這是理所當然的狀態。」

我並不是將力量作用在我沒對他開口的人身上，我所做的事說穿了只是對著爸爸的左手下達「給所有人自然的印象」的命令。

我清理滿是血的房間，撿起爸爸的手指用面紙包一包放進抽屜。爸爸的衣服也沾到了血，我決定直接對家裡其他人下達「不在意衣服上的血跡」的「話語」。

我攙著爸爸走出房間，剛好跟弟弟和也擦肩而過，他臉上閃過一絲訝異，因爲我竟然會攙扶著爸爸，實在太難得了。我房門仍開著，和也瞟了我房裡一眼，遊戲機還掉在地上。我覺得他似乎哼笑了一聲看了看我。

晚餐時爸爸以一種非常不順的姿勢用著餐，沒有手指的左手無法端起飯碗，但他的姿勢太過自然，連我都差點忘記手指之所以消失的來龍去脈了，彷彿從小就見慣爸爸那隻沒有手指光滑而圓統統的左手，而且不只看在我眼中是如此，恐怕看在家裡其他人眼中，也都是這麼理所當然。

我總覺得弟弟和也暗地裡一直瞧不起我。他很清楚，這個世界某種程度是能夠笑著默許個人的任性。我們差一個學年，上同一所高中，但我沒辦法像他那樣生存下去。

在學校，弟弟和朋友似乎很開心地一路打打鬧鬧穿過走廊。看著他們那種親密摯友般的互動，我只感到獨剩一人的孤寂。我總是以與生俱來的醜陋心機逗班上同學開心營造開朗氣氛，雖然受到學校老師的好評，但相反地，我從不曾交到稱得上是摯友的朋友。我認識的人當中，有許多會自動湊過來親暱地找我談話的，或許對方是把我當成摯友吧，但在我的定義裡根本沒有一個能敞開心房的對象。不知不覺，我連和這些認識的人相處時也以觀察某種稀奇事物的眼光看他們。

但弟弟卻是不必那麼做也能活得相當好的人，不必像我得拚命露出虛偽笑容掩飾內心潛藏的那隻「想要表現良好」的動物，他應該大可以暢所欲言地告訴摯友自己眞正的想法吧。從這點看來，他比我要來得健全太多了。

然而不可思議的是，在世人一般的評價裡，似乎一直認爲我比弟弟有出息，原因當然還是貼在我臉上那張名爲順從的無聊面具。如果因爲這樣使得弟弟對我抱有自卑意識，那我的確對他做了很過分的事。我想向和也道歉，但我跟他之間並不像他和他朋友那樣無話不談，我們即使在學校偶然對上了視線也會別開頭去，其實是非常悲哀的兄弟關係。

而錯都在我身上。或許應該說，因爲他內心一直都曉得我身體裡那個醜陋的壞心眼。聽父母的話、照老師的話行動、賺取好評價、取得周圍人們的信任，我這些膚淺的行徑他一直都曉得的，所以他才會露出和你說話都嫌髒的眼神無言地責備我。

正當我想討某人歡心以確保自己的安身之地，和也剛好路過，於是我看見了那不屑的眼神，他正嘲笑著我滑稽的模樣，我的世界彷彿綻開一道裂縫，一切聲響都像隔了一層膜。

學校的自動販賣機前，幾名學生正在談笑，看那樣子沒打算買飲料只是站著聊天。我想買販賣機的飲料，又不想推開他們，便在附近等著他們自行離開。其實我可能只要過去開個口請他們稍微讓一讓就可以解決事情，但萬一他們拒絕，反而賞我個冷眼怎麼辦，我怕的是這個。我完全無法挨近他人，結果我只好站在離自動販賣機有一段距離的地方望著我毫無興趣的海報看。

這時和也出現了，他毫不猶豫地擠開自動販賣機前的那群人，把硬幣投進販賣機裡。握著飲料罐的和也，無意間發現站在一旁的我。他似乎看穿我盯著海報的原因，帶著意味深長的微笑離開了。

他果然還是發現了。這個算是有人緣、懂得待人接物、大家都認爲是個用功學生的哥哥，根本全是裝出來的假象。他很清楚我只是爲了討好所有人而露出虛假笑容的膚淺，也很明白我連對自動販賣機前那群人開口都辦不到的那幾近病態的謹愼。

不知道何時開始，在家也是，在學校也一樣，只要和弟弟擦身而過我便冷汗直冒。我很害怕看穿我眞面目的和也，恐怕在他眼中映出的我並不是身爲哥哥的身影，一定是個令人瞧不起、甚至想朝我吐口水的醜陋泥人偶。

我沒什麼機會跟和也說上話，但每天早上只要和他坐到同一張餐桌旁，我的胃便開始痛。他那無聲的鄙夷眼神灼燒著我；我的手心滲出了汗，連筷子都握不好。即使如此，一切還是如同一齣喜劇，我露出笑臉向父母道早安，非常美味似地吃著早餐。一直以來我持續這樣的生活，到現在，我幾乎吃下去的東西到最後全都吐出來了。

每天晚上我都痛苦得無法入眠，從沒作過一場安心的夢。一閉上眼，眼瞼內側便浮現好幾個人的臉孔，他們都跟弟弟一樣鄙夷地看著我，我總是一邊哭一邊念經似地反覆求他們原諒。連我醒來模模糊糊想著事情，甚至還會有好幾雙眼睛密密麻麻地浮現房裡一起責備我。那種時候，我眞的好想死。

乾脆讓這世界只剩我一人，是不是就不會這麼痛苦了？我非常恐懼所謂的「他人」，我忍不住覺得自己之所以會採取討好他人的骯髒舉止，原因就出在這裡。被討厭、被瞧不起、被鄙視都是極爲難熬的苦痛，而爲了逃開這一切，我在心中飼養著醜陋的動物。如果世界上沒有所謂的「他人」，只有我自己一人的話，那該有多輕鬆啊。

不行，我不能讓自己的模樣映在他人眼中，不能讓他人對著我苦笑或感到失望。要怎麼做才能讓我的身影從世上所有人的眼前消失呢？我思考著。

這麼做如何？

「一分鐘之後，你的眼中將看不見我的身影。」我對誰說都好，總之就是讓某個人聽見這段具有力量的「話語」。接著，再繼續下達這段「話語」：

「和你這雙看不見我的眼睛對上的所有人，都將一絲不差地感染你被下達的『話語』。」

也就是說，受到聲音力量的作用從此看不見我的第一號人物，只要和某個人對上視線，這第二號人物的眼裡也將永遠抹去我的存在。接下來只要第二號人物再跟某個人互望，這第三號人物的視網膜上便再也不會映出我的身影。這種事情一直連鎖發生下去，每當視覺有了變化的人和他人對上視線，我的透明度就又上升了一些。假使全世界的人都看不見我，我便徹底成爲一個透明人，這麼一來我是否就能獲得永恆的平靜？

不過在那之前，我必須先想出一句「話語」將我自己從那一串「看不見我的身影」的鎖鏈中排除開來，不然我即使照鏡子也看不到自己的模樣就慘了。

這時，我忽然驚覺自己居然很愉快地思考著這麼可怕的事情，不禁打了個寒顫。

一天晚上，狗死了。就是那頭我小學時爲了無聊的虛榮心而對牠行使「話語」的狗。我一直很在意那頭唯有看到我會露出恐懼眼神的狗。

我從爸媽口中聽到那頭狗死了的消息便前往飼主家。飼主本來就認得我，他讓我探望狗的屍體。那頭原本巨大又猙獰的狗躺在水泥地上動也不動，我抱著牠哭了，沒來由的強烈悲傷襲來，飼主很體貼地先行離開讓我和狗獨處。

我用盡全身力氣從腹部深處發出顫抖的聲音命令狗活過來，然而，狗並沒有死而復生，只見牠身上好幾處稀疏的毛暴露在夜晚的寒冷空氣裡。我能夠滿足自己醜陋的表現欲而行使「話語」的力量，卻連讓狗復活都辦不到。

而且不只如此。此刻我想讓狗復活的舉動也不是出於眞心爲牠難過，我想，我應該是希望多少減輕一點自己的罪惡感才這麼做的。

我再次看了狗的臉。彷彿終於放下肩上一切重擔，牠安詳地閉著雙眼。我不禁羨慕起牠透過死亡得以從一切解脫的神情。

……

有天晚上，當我意識到時，我正一手緊握著雕刻刀站在自己房間正中央一直哭。我全身冷汗，不停喃喃念著對不起對不起。恐怕我是在握著雕刻刀打算割腕的最後關頭清醒過來吧。一看我的木頭書桌，上面有一道雕刻刀的刻痕，削下來的捲曲木片落在我腳邊，桌面還留有幾灘像是淚水積成的小水窪。我想仔細看看桌面，沒想到一湊近桌子便聞到一股很濃的腐臭味，像生肉壞掉的味道。

我拉開抽屜，發現揉成一團的面紙裡包著五根已經開始腐爛的手指，肉色發黑，一看就知道放在抽屜裡很久了。看到手指上隱約可見的汗毛，我才想起這是爸爸的手指。那天我因爲不知道怎麼處理散落房裡的手指，情急之下將它們塞進抽屜之後就忘了這件事，因爲爸爸的左手彷彿開天闢地以來就注定沒有指頭，那麼理所當然，結果我根本忘了還有掉下來的指頭。

我把逐漸腐爛的指頭深深埋進院子，但之後抽屜的臭味並沒有消失，反而覺得那氣味一天比一天重，簡直像是抽屜深處連結到某個異世界，從那黑暗深處不停飄來腐臭味。

而且我還發現，不知道什麼時候桌上的刻痕變多了。剛開始只有一道，幾天之後變成兩道，幾個星期後已經有將近十道的刻痕出現在桌面，然而我卻完全沒有自己曾經拿雕刻刀劃傷桌子的記憶。

……早上醒來，又是同樣痛苦的開始。

替家人和仙人掌準備早餐的人；爲了不讓報紙被風吹翻頁而以沒有指頭的左手壓著報紙的人；總覺得大家都不像人類而像會動的人偶。上學途中、搭電車時、檢查我月票的人、坐我旁邊的人、在學校走廊擦身而過的人，每個人都不像是生物，彷彿不具思考能力，愈來愈覺得大家都像撞球檯上的球一撞到球檯邊框便反彈回來似地，只是做著一連串既定的反應，我不禁懷疑他們只是有著巧奪天工的皮膚，體內其實全是由人工零件組成的聚合物。

即使如此，我還是爲了不讓自己遭到拋棄而面帶微笑地與他們交際。對於爲我準備早餐的人，我總是誠懇地表現出我理解妳的辛苦的模樣，一點也不剩地吃光盤裡的食物並滿足地告訴她謝謝很好吃；搭電車的時候，我也表現出自己是從不逃票的完美模範乘客總是將我的月票清清楚楚地亮給站員檢查；在學校裡，我總是爲了讓大家明白我是班上必要的存在，所以拜託請不要排擠我而每天默默地更換教室花瓶裡的花朵，當然這時我也不忘表現出這是我與生俱來的好性格使然，絕對不讓他人發現我更換妝點教室的花朵其實是經過心機計算的結果。

臉上愈是貼附著開朗的笑容，我愈覺得內心漸趨荒蕪，然後愈來愈恐懼弟弟的存在。即使我已漸漸無法想像世上的人類，在那小小的頭蓋骨內部是如何進行著各式各樣的思考生活下去，然而不知爲什麼，唯有和也一直令我恐懼不已。我逐漸聽不見其他人類的呼吸聲，相反地和也這抹陰影的濃度卻愈來愈高。

雖然和也從不曾明講，但他有時浮現脣邊的冷笑，一定是衝著我這滑稽的人格而來，那正是這世上我最害怕的事，總是像亡靈一般緊緊纏著我責備著我。像那種時候，即使是正在學校一邊走上樓梯，只要身旁沒人，我甚至會爲了讓內心平靜下來而用力抓扯頭髮，不斷以頭撞牆。與其說我深深地憎恨弟弟，不如說是我強烈地難以原諒自己。

即使如此，我還是覺得讓我痛苦到這種地步的元凶正是和也。換句話說，我想殺了他正是由於這個原因。

我按下卡式錄放音機的停止鈕，將錄音帶倒回最開頭。反芻著剛剛聽到錄音帶的內容，我止不住身體的顫抖。淚眼模糊中，我握住雕刻刀用力地在桌上刻下一刀。這樣桌面就又增加了一道痕跡。

我流著汗，惡臭令我皺起了眉頭。我在腦中想像著：窗外那片廣大無垠的無聲世界；狂風吹進來的腐臭味；細菌腐化了肉，散出惡臭，逐步侵蝕。

我無法克制內心翻攪的情緒，坐到床緣，手中仍緊握雕刻刀，我將臉孔埋進手裡哭了起來。

……

回過神時，我發現自己仍握著雕刻刀坐在床緣。我像要甩落身上毛蟲似地扔開了雕刻刀，刀子滾落地板。我往桌面一看，不知不覺間刻痕又增殖了，總數已超過二十道。

是我自己刻的嗎？但我毫無印象。

我覺得自己似乎忘記了什麼重要的事情，感覺很差，自己的記憶好像被誰動了手腳操控著。我不安地望向地上的雕刻刀，刀刃尖端彷彿帶著引人發狂的不祥妖氣。

那是晚飯後發生的事情。

和也躺在客廳地毯上看職棒轉播。他一手支著頭一手抓零食，伸長了雙腿每隔數分鐘便重複屈伸運動，每次呼吸胸口一帶便隨之起伏。

殺了他吧。我茫然地想著。我關在自己房間裡坐在椅子上等待深夜來臨。桌子仍持續飄出惡臭，簡直像是我把寵物屍體塞在抽屜深處。我交握的兩手無法停止顫抖。

我告訴自己，殺害弟弟一事不能有遲疑，因爲不這麼做我就完了，他那看穿一切的視線貫穿我的肉體，嘴邊浮現的嘲笑糾纏著我的鼓膜揮之不去。就算我緊緊閉上眼用盡全身的力氣遮住耳朵，只要和也伸手一指，便能戳破我醜陋的內心將其公諸於世。

爲了取得內心平靜，我只有兩條路可走。一是我前往沒有任何人的世界，二是將他從我的世界裡排除掉。

幾個小時經過，時針潛入深夜的懷抱。我走出自己房間，一邊在意著走廊地板發出的聲響一邊朝弟弟的房間走去。我在門前站定，走廊上的燈光映出我的影子，就在自己眼前，看到那影子呈現的仍是人類的形狀，心情更是五味雜陳。

我將耳朵貼到房門上確認他已經睡著，握住冰冷的門把一轉，房門打開了一道縫，我屏住呼吸溜進房裡。我讓房門開著，因爲房裡很暗但我不想開燈，便藉著走廊上的燈光保持能見度。

床上隆起的被子代表弟弟正睡在裡面。我悄悄靠近床邊，低頭俯視閉眼熟睡的他。我的身體遮住了照進房門的燈光，在和也的臉上落下影子。我把頭靠近他耳邊打算對他低聲唸誦有關「死亡」的「話語」。

就在這時，他突然翻了個身，床發出吱吱嘎嘎的聲響，從深沉的睡眠中一下子被拉回來的和也發出輕微的呻吟，雙眼微微睜開。

他先看到的是敞開的房門以及外頭照進來的燈光，之後才發現站在床邊的我。

「哥哥，怎麼了？」

他稍稍偏起頭，微笑著溫柔地對我說。我兩手掐住和也的脖子，他一驚之下，宛如女孩子的細瘦肩膀整個彈了起來。我集中全身的力量發出聲音：

「你——去死吧——！」

他纖細的手指求救似地在虛空中亂抓，雙眼由於恐懼睜得大大的。但我仍覺得，有哪裡不對勁。每當我行使「話語」時鼻腔深處總會感受到的小爆炸不知為何遲遲沒發作，我的鼻子並沒有滴落紅色的濃稠液體。

我的手離開了弟弟的脖子。奇怪的是他並沒有咳嗽，也沒斥責我，一切簡直像是一場夢境，和也彷彿什麼也沒發生似地閉上眼睛。他那和平常沒兩樣的模樣讓我覺得很怪異。走出弟弟房間時，我回頭一看，他已經發出安穩的鼻息再度入睡。

啪嚓。我的頭蓋骨內部有什麼爆裂開來，彷彿被開啓了某道開關，我走回自己房間，一看桌上，發現上頭放著一臺我直到剛才都沒發現的卡式錄放音機。那是小型的便宜貨，旁邊放著大量備用的乾電池，看來這臺錄放音機不是透過插電而是靠電池在運轉的。但我怎麼可能一直都沒看見這些東西？我壓根沒察覺到它們的存在實在太詭異了。

卡式錄放音機裡插有一卷錄音帶，不知道為什麼我覺得自己非播放這卷錄音帶不可，彷彿腦袋深處被植入命令，我無法阻止自己的手指擅自按下播放鈕。

從透明的塑膠小窗看得見開始轉動的錄音帶，接著從喇叭傳出我緊張顫抖的話聲。

＊　＊　＊

事情變得有點複雜。

這是第幾次播放這卷錄音帶了？這對正錄下這些聲音的我來說，是完全無法想像的。正在聽這卷錄音帶的你，是距離現在幾天之後、還是幾年之後的我呢？

總之剛按下播放鍵的你，早就忘記發生了什麼事情吧。因爲我想要在這卷錄音帶裡錄下必要的「話語」，然後忘卻一切，從此不在意任何事情，開始我新的生活。

我錄下這卷錄音帶的理由不爲別的，我只是想讓忘卻了一切過著日常生活的未來的我，知道過去的自己幹了些什麼事。

你會有一種非播放這卷錄音帶不可的衝動是很合理的，因爲我事先在這卷錄音帶的最後錄下了以下這段「話語」：

「當你想要殺掉誰、或是打算自殺的時候，你將會發現桌上出現一臺一直沒注意到的卡式錄放音機，接著你會想要播放裡面的錄音帶。」

我不知道正在聽這卷錄音帶的你是想殺了誰，或是正打算用什麼方法自殺。

但是你現在正在聽這卷錄音帶，表示符合了上述兩項的其中一項條件吧。這麼一想，播放錄音帶正證明了自己並沒有過著平靜的日子，還眞是遺憾。

然而我一定得讓你知道一件事。不管你是想殺誰還是想自殺，都沒有必要了。理由很簡單，因爲幾乎所有的人老早就無法動彈了，爸爸、媽媽、弟弟、同學、老師，你從未謀面的人們，所有人都已經不是活著的，我想恐怕還活在這個世上的人除了你，只剩極少數的一群人了吧。

是什麼時候開始的呢，我在思考如何才能讓世上所有人的眼裡都看不見我的身影。這件事你應該還記得吧。

那隻狗死掉的隔天早上，我一如往常掛著醜陋的虛僞笑臉在餐桌邊吃著早餐。剛起床的和也邊揉眼睛邊走來餐桌旁，媽媽端來盛著荷包蛋的盤子，而爸爸正皺著眉看報紙，他翻頁時，報紙的紙邊不愼觸到坐在一旁的我的手臂。開著的電視正在播放一則洋溢著清潔感的洗衣粉廣告，我突然再也忍無可忍，決定殺掉所有人。

也就是說，我下達了下述的「話語」：

「一小時後，你們的腦袋都會掉下來。」

緊接著我又下了這樣的命令。

「你掉在地上的頭，會讓所有看到這顆頭的人都一絲不差地感染你被下達的『話語』。」

當然我也不忘附加一段「話語」讓我自己免疫，同時對家人的記憶動手腳，換句話說，他們將會忘記聽過我聲音這件事並離家而去。

當我對家人下達「話語」的一個小時之後，我人已經在學校了。這時和也教室那邊突然傳出騷動，過去一看，弟弟的頭掉在地上，而圍繞著那灘紅色血池的老師和學生全都臉色鐵青。

那是顆會讓看到的人在一小時後死亡的惡魔首級。我推開發出尖叫的人們和看熱鬧的人群，悄悄地離開了現場。這當兒，在爸媽的周圍一定也發生了相同的事情。

又再過了一小時。當著聚集到學校的巡邏警車和附近居民的面，方才曾經看見和也掉下的頭的幾十個人，他們的頭也一齊砰砰砰地掉了下來。沒有任何慘叫，只是人頭大的重物唐突地滾落地面，而比掉下來的人頭要多出近百倍的人們，目擊了這個光景。

為數眾多的人們因為恐怖和混亂引發暴動，終於電視攝影機也來了，開始轉播這些一小時後便會失去性命的眾多人頭，這個瞬間，我的「話語」便乘著電波散播出去，取下一批又一批的人頭。

那天黃昏，整座城鎮非常安靜，鴉雀無聲的空氣中，西沉的太陽照出了長長的影子。我走在散發紅色血腥味的城鎮裡，看著地上躺著無數安靜的人們。奇怪的是，我的「話語」似乎對動物和昆蟲也生效，沒有頭部的貓、狗、螳螂和蒼蠅紛紛掉落地上。

大概很多地方都發生了事故，到處可見黑色濃煙。幾乎所有的電視頻道都沒有畫面了，只有偶爾還出現沒有頭的主播直直趴在主播臺上的畫面。

不久，全城同時停了電，應該是發電廠失去負責操縱儀器的人，造成過大的負荷而無法順利供電吧，而且恐怕全世界都已經發生了同樣的事。

我很確定除了自己，已經沒有其他生物存活了。我在城裡信步走著，每寸土地都躺著人，不論哪裡的柏油路面都非常髒。

我看見一輛撞了車冒著煙的車子，駕駛座上有個動也不動的人，他的頭還好好連在脖子上。我猜這人大概是在看到別人掉落的頭之前，就因爲車禍死了。

我坐在天橋上，抬頭眺望寂靜的星空。不可思議的是，在她朝我走來之前，我完全沒感覺到那猶如海嘯般襲來的良心苛責。

正當我眺望著星空，突然不知從何處傳來細碎的腳步聲和尋人的喊聲。我往天橋下一看，一輛車子出了車禍仍在燃燒，火光映出一名腳步踉蹌的年輕女性。我難以置信地出聲喚了她。

她露出鬆了一口氣的神情，似乎很久很久沒聽到活人的聲音了。她望向我這邊。

一瞬間我理解了爲什麼她的頭還好好連在脖子上。因爲她是瞎的。

她運氣還眞是差啊。我打了個寒噤便逃開了。絕對的罪惡感開始滋生，鋪天蓋地蒙上了我的心，然而世界已經無法恢復原狀了。

我痛苦了好長一段時間。看著一動也不動的人們掩埋整個世界逐漸腐爛，我覺得，我再也無法忍受這個世界了。

所以我決定忘掉一切；我決定不去意識現在的狀況，我要讓自己活在大地被死亡包圍之前的錯覺中。於是我打算在這卷錄音帶的最後，錄下接下來這段「話語」：

「每當你用雕刻刀在桌上劃下刻痕，你就會認爲自己是活在一如往昔的日常世界裡。你實際上的確是吃了東西也睡了覺保持健康持續著生命活動，然而那些都不會影響你的意識核心，你只是一昧地深信自己一直是過著一如往昔的每一天。」

順帶提一件事，我在考慮單單把自己房裡的那張書桌從上述條件裡抽離。「你的所有感官將無法欺騙你的書桌。」也就是說，即使你過著與平常無異的每一天，唯獨這張桌子是連接著現實世界的。

你現在一定很後悔聽這卷錄音帶吧。你或許又會想要忘掉一切、又想回到聽錄音帶之前的自己吧。若你現在的確是這麼想，那你不妨，就再往桌上刻下一刀吧。

這張桌子並不是你的幻覺。因此你聽了這卷錄音帶之後抹消記憶的次數將忠實地以刻痕的形式留在這張桌子上。現在，桌面的刻痕已經有幾道了呢？

＊　＊　＊

後面仍持續著我的獨白。看來，過去的我透過錄音帶，對我自己下達「話語」操控了自己的記憶。我一湊近桌子就聞到一股臭味，或許是發散自雕刻刀劃傷的一道道刻痕，或許是從抽屜深處那個光線無法抵達的洞穴的彼方飄散過來的異樣腐臭。那一端的現實世界，唯有臭味通過我桌子的抽屜不斷流入現在的我眼中的世界。

我坐在床邊想像著。在這個被腐肉覆蓋表層的世界，只有我一個人穿著制服去上學；而爲了表明我不會逃票，我對著無人的剪票口出示我的月票；我深信是電車在搖晃，其實只是我沿著鐵軌一路走去學校吧；我踩著地面上各式各樣柔軟的東西，靜靜地走進校門；爲了討所有人歡心，我露出虛假的笑容走進永遠無人打掃的教室；我夢見教室裡同學們吵吵鬧鬧的，而老師大吼要大家安靜，實際上只是我一個人一直坐在死寂的教室裡罷了。我的頭髮長了，眼神空洞，還是拚命裝出笑臉，這樣的我與其說是人類更像是動物吧。

有人敲我的房門。我應了聲，抱著仙人掌的媽媽開了門。

「還沒睡啊？早點睡吧。」媽媽面無表情地說。

這個人也只是看起來像是活的，其實早就死在某個地方了吧。

這世界只剩我一個人了。一想到這裡，我終究無法壓抑內心湧起的某種情緒。

「你怎麼手一邊抖一邊在哭呢？哪裡不舒服嗎？」

我搖搖頭，在心裡喃喃說著對不起。我會哭不是身體不舒服的關係喔，因爲我終於放下心了；因爲我曾經夢寐以求唯有自己一人的世界終於來臨，我的心終於得到平靜了呀。

Z
O
O

照片和電影的差異，很類似俳句和小說的關係。

不只俳句，短歌、詩也是同樣道理，一般來說，它們的字數都遠少於小說，那正是它們的特徵，在這一連串短短的文字中，擷取內心某個剎那的感動將其封印。作者便是在體驗這個世界之後，將其內心感動以短短的文字描寫出來。

而小說的感動則是連續的。不但對於內心狀態的描寫是連續的，隨著行數的增加，其形態也有所變化。根據小說內發生的種種事情，登場人物的心情並不會始終保持在同一狀態。若從中單單抽出一段短文，那便是描寫；然而若讓短文接連下去，便是描寫「變化」了。登場人物的內心會從第一頁變化到最後一頁，最終成爲不同的形貌，整個變化過程可用波狀曲線來表示，而那正是故事的眞面目。這其實是數學。將小說微分，便成了俳句或詩；將故事微分，便成了描寫。

而照片正是描寫。它切取剎那的風景收入框框中，描寫孩子正在哭泣的臉龐，其實很接近俳句或詩。雖然文字並不等同畫面，但不論哪一方，都是抽出某個重要時刻，讓其停留在永恆的嘗試。

那麼，假設我們將幾十張、幾百張的照片接續起來呢？這數張拿來接續排列的照片並不是指內容一模一樣的照片，但也不是指被攝體完全相異的照片，而是比前一張照片只晚了剎那拍下後一張照片，然後按其拍攝時間順序接連排列下去。將這疊照片一張接一張高速切換的話，由於殘像現象，從這一整疊照片中便生出了時間。好比說，照片裡一開始在哭泣的孩子，到最後露出了笑臉。不同於單張的照片，這疊接續排列的照片並非各自單獨的存在，它們是連續的，當中存在著從哭泣的臉到笑臉的整個變化過程。換句話說，內心的變化是看得見的了。當然，連接起好幾個「剎那」自然會得出「時間」，如此一來，我們終於得以描繪所謂的「變化」，而那正代表了編織故事這件事是可行的。那就是所謂的電影。我是這麼認爲的。

今天早上，信箱裡又出現了照片。這是第幾次了？同樣的狀況已經持續上百天，即使如此，我仍然無法習慣這種事。在清晨的酷寒中，每當打開公寓生鏽的信箱，看到裡面又躺著一張照片，頭暈與目眩與嫌惡與絕望同時襲來，我只能緊緊捏住照片，呆立原地一動也不能動。每天早上，都是這樣。

照片並不是裝入信封郵遞過來的，而是直接投進我的信箱。被攝體是一具女性屍體。曾經是我戀人的她，被埋在某處地面掘出的坑裡，相機以俯角正面拍攝屍體的上半身，然而那已經不是她原本的模樣了，腐爛的臉孔完全看不出她生前的面貌。

和昨天在信箱裡發現的照片相比，屍體似乎又多腐化了一點，但差別非常微小，很難看出來。我之所以能夠一眼就肯定屍體持續在腐化，不過是根據她身上爬動的蟲子所在的位置和昨天的照片不同罷了。

我拿著照片回到自己房間，將照片掃描進電腦。這些日子以來我所收到的照片全都保存在電腦裡，每一張都編上了號碼。現在此刻，她正以大量影像資料的型態存在著。

最開始發現的第一張照片裡，她還是人類的模樣；第二天收到的照片，除了臉色微微發黑之外並沒有其他明顯的差別。但隨著日子經過，一張張投入信箱的照片上的她，與人類的形貌漸行漸遠。

我沒有告訴任何人照片的事，知道她已經被殺的人只有我。在世間的認定裡，她的消失被當作行蹤不明處理。

我非常愛她。我想起我們一起看《ZOO》那部電影的事。雖然是部看不大懂的電影，但身旁的她始終一臉認真地盯著銀幕。

銀幕上正以快速播放蔬菜或動物逐漸腐化的畫面。蘋果和蝦子逐漸變黑，潰散，被細菌覆蓋，發臭。配合麥可．尼曼（註）輕快的音樂，一具具動物的屍體轉眼失去原形，整段過程極富動感，彷彿巨浪襲來、退去，腐壞席捲了一切。影片主角將各式各樣東西腐化的過程都拍進膠卷裡，是一部這樣的電影。

走出電影院，我和她繞道去了一趟動物園。當時我正開著車，坐在副駕駛座的她偶然看到道路前方的看板。

你看那個，也太湊巧了吧。

看板上寫著「前方200尺左轉．動物園」。

日文字下方同時標有英文版的指路說明，一連串的英文字母裡，唯有「ZOO」這個單字格外鮮明地緊緊黏在腦海揮之不去。

我方向盤一打，左彎開進了動物園的停車場。園裡幾乎沒有遊客，可能因爲是隆冬最冷的時期吧。雪倒是沒下，但天空堆著厚厚的雲，四下一片昏暗。在帶有稻草氣味的動物臭味瀰漫之中，我和她並肩走著。她穿了大衣，還是不抵寒冷，單薄的肩膀始終顫抖著。

眞的都沒有人呢。我聽過一個傳聞，聽說現在大家都不來這種地方了，全國的動物園和遊樂園將會一間接一間關門喲。她的聲音化成白色，融化在空中。我們走過一間又一間彷彿鐵製格子籠的獸欄。可能是太冷的關係，動物們都沒什麼活力，眼神也空空洞洞的，然而不知爲什麼，只見醜陋的猴子精力充沛地在獸欄中不斷來回走動。我們停下了腳步，好一會兒，只是盯著那隻猴子看。那是一隻身上多處掉毛、看上去有點髒的猿猴。獸欄裡只有牠一隻動物，在水泥打造的狹小空間裡，一直一直繞著圈走個不停。

她是我疲憊至極的人生中第一個對我好的女性。和她兩人一起去動物園的那天，已經像是好久以前的事。她失去蹤影，是在深秋的季節。

我不斷向周遭所有人求助說，她可能捲入了某個案件，然而警方卻不肯正式展開調查，完全不考慮發生刑事案件的可能，只以離家出走個案處理。而她的家人也接受了，因

註：麥克・尼曼（Michael Nyman、1944—）：英國現代作曲家、鋼琴家、音樂評論家，為將「簡約主義」（minimalism）應用於音樂的先驅，最為人廣知的作品為電影《The Piano（鋼琴師和她的情人）》的配樂。

爲她給人的印象原本就是那種會突然搞失蹤的個性。

將照片掃進電腦裡轉成影像資料之後，我便把在信箱發現的屍體照片收進抽屜裡。抽屜裡面已經塞滿了上百張她的照片。

我移動螢幕上的滑鼠，啓動某知名的影片播放軟體，這個軟體也可用來編輯影像。我按下「開啓影像序列」，選取當初第一張躺在信箱裡的照片，然後在「影像序列設定」的地方，設定「每秒十二張影格」。

這樣一來，存放在電腦裡的她的靜止影像，便按著號碼順序接連播放成了動畫。一秒十二張，她的靜止影像一張換過一張。這個功能原本是用來製作動畫用的。

只要按下播放，就能明白她日漸腐化的過程。蟲子們一齊湧上來覆滿她的身軀，終於在飽餐一頓之後退散離去，看上去就像浪潮一樣。

每當早晨來臨，我發現信箱裡的照片，動畫的長度就又增加了十二分之一秒。我看著照片喃喃說道：

「我要揪出凶手……」

一定是拍下屍體照片的人殺了她，這再清楚不過。

「我一定要他償命……」

當警方決定停止搜索她的行蹤的時候，我這麼起了誓。

只是，有個唯一的問題，而這個決定性的問題，很可能會毀壞我的人格，因此我一直對這個問題點視而不見。

「可惡！凶手究竟在哪裡！」

我的每句話都是臺詞，都是我的演技。在我的內心，其實一直思考著完全不同的事情。但不這麼持續演下去，太過痛苦的現實只會讓我崩潰。

也就是說我只是一直裝作不知道自己的事情。我忽略那一塊，然後信誓旦旦地宣稱要找出殺害她的凶手。不過我是絕對不可能抓到凶手的吧。因爲，殺了她的人正是我。

失去她之後，我持續著幾乎滴食不進的生活。自己映在鏡中的臉孔，兩頰消瘦，眼眶凹陷。

我知道是自己殺了她。明明知道仍打定主意要找到凶手，眞是矛盾的舉動吧。不過，我並非雙重人格。

我打從心裡愛著她，並不想認爲是自己這雙手殺了她，所以，我決定從那個眞正的事實逃開。

其實在某個地方存在一名不是我的殺人犯，是那傢伙殺了她。只要這麼想，我會輕鬆許多，如此一來我就能夠從是自己殺了她的自責意識中解脫。

「是誰把照片放進信箱的！」

「爲什麼要讓我看這些照片！」

「到底是誰殺了她！」

全是我的獨角戲。我佯裝不知道眞相，扮演一個打從心裡憎恨凶手、甚至持有殺意的自己。

說起來，本來不讓警方看這些照片就是爲了保護我自己，然而我換了個想法來解釋這個行爲——我要憑一己之力把凶手找出來給你們看。我試著讓這番說詞成爲我隱瞞照片的理由。以結果來看，至今警方仍深信她是下落不明，而我也得以陶醉在這個不靠警方協助、獨力爲戀人報仇的自己之中。

這樣持續演下去，時間久了，我也曾想過其實我並沒有殺害她吧？殺了她的是別人吧？我是無罪的吧？

但遺憾的是，每天早上信箱裡的照片，妨礙了我完美逃進上述那些妄想的世界。照片告發了我，她的確是我殺死的。

警方決定停止搜索是在她消失一個月之後，時序剛進入十一月。從那時開始，我打算親手揪出凶手而辭去了工作。當然，我不過是在扮演被凶手殺害的她的戀人罷了，一個憎恨凶手、爲了報仇挺身而出的悲劇男主角。

首先，我從拜訪認識她的人開始。她的公司同事、家人、常去的便利商店的店員等等，所有跟她有關連的人我全問過了。「是啊，還沒找到她。警方一直認爲她只是離家出走，但我不相信啊，太扯了，她怎麼可能離家出走……所以我才會像這樣到處問她身邊的人，您願意幫助我嗎？謝謝。請問您最後一次見到她是什麼時候呢？當時的她看起來有什麼異狀嗎？好比招人怨恨或是住家附近有奇怪的人走動等等，她曾經跟您提過這一類的事情嗎？她從沒跟我提過這種事……您說她平日戴的那個戒指嗎？對，那是我送她的訂婚戒指……拜託，不要用那種眼神看我，我已經受夠大家的同情了……」

沒人發現是我殺了她。在他們眼裡，我似乎是個因爲戀人突然消失而不知所措的可憐男子。看來我的演技相當逼眞，甚至還有人不是爲她而是爲我流下了淚。這世界是不是哪裡瘋了？殺了她的人是我，但爲什麼沒有半個人出面指摘我？既然我自己無法承認這個事實，周圍的人更應該替我指出眞相才對啊。

我的內心深處總是渴望著那個救贖，我等待有誰指著我說：「你就是凶手。」然而就連職責所在的警察都完全沒來揭發我的罪行。

……我一直是這麼想的。我想趕快解脫，我想和盤托出一切俯首認罪，不然我就得一直演下去了不是嗎？然而，我卻一直無法跨過那條線向警方自首。我很害怕，無法正視問題。我選擇僞裝自己。

開始演出自己單槍匹馬搜查凶手的戲碼過了一星期，我已經問遍所有能問的人，之後我彷彿鑽入死胡同的老鼠。

「查不到凶手的線索！都沒有新的情報了嗎！」

我一個人關在房裡一邊自言自語一邊看著電腦，我一再重複播放她腐爛過程的動畫，直盯著那些影像看。當影片播放結束，腐爛殆盡的她成了細菌的食物，那應該說是某種非人類的、從未見過且無法形容的東西。

說老實話，我覺得那很噁心。我並不想看人類逐漸腐爛的過程，更何況那還是我所愛的人。但我非看不可。我要藉著看那段影片，告訴自己她是我殺的，暗示自己趕快去自首說出一切。然而，暗示總是以失敗收場。

「我不能一直待在家裡！不能放過任何一點蛛絲馬跡！搜查是靠腳走出來的！」

我把視線從她腐爛過程的影片上移開，站起身帶著她的照片出門去，佯裝找尋凶手徘徊在街頭。

我帶在身上的照片拍的並不是腐爛的她，而是她生前的美麗模樣。她的身後是斑馬的獸欄，拍攝地點就是那間動物園。那天，她很突然地買了一臺即可拍，我們在園裡邊逛邊拍照，一張張拍的全是眼神空洞身上帶著臭味的動物。剩下最後幾張，我對著她按下了快門。她站在斑馬前方，那似乎瞪著人的表情就這樣被切取下來永遠地留在底片上。

我走在街頭，把那張照片拿給路上的行人看，向他們打聽線索。走在人行道上卻突然有人塞了張照片過來，想必很困擾吧。我很清楚這一點，可是不這麼做我靜不下心來。在旁人眼裡，我一定和流浪漢沒兩樣，但我顧不了那麼多。

我已經失去工作也失去了生存意義，存款也快用完了，不久就會被趕出公寓吧。沒關係，睡車裡就好；要是沒東西吃，去搶劫就好；犯罪也無所謂，只要抓得到殺害她的凶手，那些都無所謂。只要我徹頭徹尾演出這樣的一個人，怎樣都無所謂。

白天，我流連街上四處問人。

「您認得這張照片上的人嗎？您見過她嗎？請幫幫忙，請幫幫忙……」

以前，我曾經在同一個地點持續了好幾個鐘頭這樣的行爲，附近商家的人便去派出所報案。有過那次的經驗，後來我在某個地點徘徊一陣子之後，便開車轉往其他城鎮繼續做同樣的事。

我好幾次被年輕人找麻煩，還曾在巷子裡被痛毆一頓，我一抵抗，對方便亮出匕首。然而我多希望他賞我心臟一刀，這樣就結束了，一切的一切都結束了，我就可以在不承認自己殺了她的狀態下死去，我的人生就能夠以被害者而非殺人凶手的身分劃下句點。那對我來說是保全自己尊嚴的舉動，是我唯一能從自己的罪行徹底逃開的逃亡路徑，這麼一來我就不必拿著她的照片追查不存在的凶手，也不必打聽不可能存在的情報而徘徊街頭了。

然而那個年輕人卻沒有賞我一刀。於是我抓住他握著刀的手，硬是把刀壓向我自己的胸口，接下來只要那傢伙使勁將刀子刺進來就結束了，可是他卻全身顫抖開始向我道歉，一旁的同夥也都臉色鐵青。這時警察突然出現，一夥人拋下我一哄而散，我眞想對他們大喊：等等我啊！帶我一起走！

叫警察來的是個髒兮兮的老太婆，好像是偶然看到我被帶進小巷子裡。那個老婆婆個子非常小，畏畏縮縮站在警察身後。她一身襤褸，不論身上穿的、腳上踩的，都不像是現代日本人會用的東西，恐怕一直是過著非常貧窮的日子，而平常就睡在小便臭味充斥的隧道裡吧。老婆婆臉上的皺紋很深，還積了汙垢，頭髮也很髒，脖子下方垂掛著一塊類似木板的東西。一開始我以爲她是靠著幫柏青哥店掛宣傳牌子來勉強餬口，然而並非如此。

在那塊似乎是從垃圾場撿來的骯髒木板上，有一行很醜的筆跡寫著：「我在找人」，文字下方還貼了一張照片。那是一張年輕男子的照片，比起我手上那張女友的照片要舊得太多了。一問之下，老婆婆說她的獨生子失蹤了，她已經佇立街角找了他二十年。她那雙滿是皺紋的手，輕輕擱到脖子下方的木板上，老婆婆一面撫著那張破舊不堪的照片，一面很困擾似地夾雜著我聽不大懂的方言喃喃說道，這張照片一直跟著她在外頭風吹日曬都已經破破爛爛了，但她只有兒子這唯一一張照片，該怎麼辦啊。

我在老婆婆的腳邊伏著臉跪了下來，額頭摩著地面，淚水與哽咽怎麼都止不住。老婆婆和一旁的警察試著安慰我，但我只是一逕搖著頭。

在一間看來像是無主的山中小屋裡，我和她吵了一架。就像看到「ZOO」的看板便臨時決定前往動物園一樣，她的行動總是來得很突然。那個時候也是。我們在兜風時，發現了一條似乎多年沒有車子往來的岔路，她便臨時起意要我彎進去看看。是因爲突然非常想知道那條路的前方有些什麼吧，我很喜歡她這種任性的地方。

路的盡頭是一間山中小屋。說是小屋，其實看起來更像是老舊木板湊合著搭起來的。

我停了車，和她一道走進屋裡。

有一股很濃的霉味。她抬頭望向隨時都會掉下來的天花板，整個眼神都亮起來，我拿起拍立得相機拍下她那個表情。自從在動物園用過即可拍，我對相機開始產生了興趣。

閃光燈讓她皺起眉頭。很刺眼耶。她口氣強硬，接著便把我手上拍立得相機吐出的照片搶走揉成一團。我討厭這樣。接著她說，把我忘了吧。我問她這話是什麼意思，她便開始說明意思就是她現在對我已經沒有愛的感覺了。

她在這個人世間成爲行蹤不明的人，就是從那天開始。她和我出去兜風的前一天明明還去公司上班的，然而那天之後，她不曾出現在任何人眼前。那是當然的，因爲她一直沒走出那間山中小屋。

她似乎沒告訴身邊的人那天出門是和我碰面。若是她曾經告訴了誰，我應該會被警方盤問而早就認罪了吧。但實際上卻是，她母親打電話來問我知不知道她去哪裡了，只是這樣而已。她母親是個沒什麼母愛的人，似乎不大在意她的失蹤。

緊裹著棉被發抖的我，接到電話聽到她失蹤時，本來想老實承認是自己殺了她的。

「您說什麼?她不見了……報警了嗎?請等我一下，我現在立刻過去您那邊!」

但我只說得出完全違背內心的話。這就是我漫長而毫無意義的獨角戲的序幕。

我去了她家，和她母親談過之後，向警方要求展開搜索。我裝出一副我是眞心想要知道她下落的模樣，打造了一個瘋狂尋找她行蹤的虛假的自己。

那是我拿著她的照片徘徊街頭之後的事。一天將結束，太陽逐漸西沉，我回到停車場的車子旁，抬頭望向周圍高聳的大樓群。高樓背負著夕陽，巨大的柱子彷彿化成一道道黑影覆蓋四下。

「今天仍然一無所獲啊……」我試著喃喃自語。

冬天的寒氣爲吐出的氣息抹上白色，我從皺巴巴的破外套裡拿出她的照片來看。我手指由於割傷癒合而變硬的皮膚，輕輕撫著照片中她的臉孔。

整個停車場只停了我這輛車，附近不見行人。我的影子映在水泥地面拉得長長的。

「明天一定要揪出凶手……」

四處奔走讓我疲累不堪，幾乎一個閃神就要昏過去。我打開車門坐進駕駛座，這時，我注意到有個東西掉在副駕駛座下面。

「這是什麼……？」

似乎是個紙團。撿起來一看，是一張照片。我攤開來好確認上面拍了什麼。

「這到底是……」

是她。照片中的她微微抬起頭，露出無意間被偷拍的可愛表情。背景是木板拼湊的牆面，右下角有拍照日期。

「這是怎麼回事！這不是她消失的那一天嗎！」

我演出非常困惑的神情。這是她那天一氣之下揉爛的那張照片。

「爲什麼我車上會有這種照片?眞是太不可思議了，我完全無法理解。這張照片上的她還沒死呀……對了，一定是凶手把這張照片丟進車裡來的，只能這麼解釋了……」

我打開儀表板旁的置物抽屜，正打算把照片塞進去，發現裡面有張紙片。

「這又是什麼?」

是加油站的收據。

「……這張收據上的日期，不正是她消失的那天嗎!上面還印了加油站的住址!怎麼可能，我那天根本沒去這種地方啊，我一直在家沒出門的……難道是……」

我假裝自己推導出某個重大結論。

「……這麼說是凶手開著這輛車綁架她?沒錯，所以她才會這麼輕易被凶手帶走。她一定是看到這輛車，以爲車上的人是我，才會失去警覺心的!」

我發動引擎驅車前進，我知道我該去哪裡。我應該去收據上寫的住址。

「加油站的人那天可能看見了開車的人!不過他們究竟記不記得還是個問題。」

我一邊自言自語一邊開車。我轉動方向盤，穿過兩旁大樓林立的馬路朝郊外駛去。沿路的建築物愈來愈少，道路兩旁並排的民宅之間夾雜著荒地，逐漸西沉的夕陽，紅色光芒透過擋風玻璃照在我身上。往身後流逝的風景之中，夕陽持續追著我。

到達加油站時周圍已是一片漆黑。我打開車燈開進加油站，一位似乎是老闆的中年男人走了過來，他一身工作服，一邊以毛巾擦拭沾滿油汙的雙手。我拉下車窗，拿出她的照片問他：

「喂，你看過這張照片上的……」

我才開口，他便露出不耐煩的神情回答道：

「你說她是吧，很久以前來過喔，說要往西邊去。」

「往西邊？那她坐的是什麼樣的車？」

「當然就是你現在開的這輛車啊。」

「我就知道！」

「開車的人也是你啊。喂，這樣可以了嗎？我的臺詞講得夠完美了吧。你每天都這麼來一下，也眞辛苦，一天到晚做一樣的事情不嫌煩嗎？從開始陪你玩這個遊戲到今天，已經第幾個月了啊？雖然說你是常客，也不好不配合你啦。」

「你不要淨講些莫名其妙的話。不說這個，你說當時開車的人是我？怎麼可能……」

我演出受到打擊的神情。

「你說那天她坐的那輛車，是我開的……？」

加油站老闆揮了揮手比出趕我走的動作。我踩下油門，往西邊前進。

「可惡！到底是怎麼回事，我愈來愈搞不懂了！」

我忿忿地敲著方向盤。

「那個加油站老闆說開車的人是我……可是，我那天明明一整天都待在家裡啊……？究竟發生了什麼事！到底哪些是現實？哪些又是幻想？」

那是我開始懷疑自己的瞬間，是我對於自己的絕對信任開始感到動搖的瞬間。在加油站的那段對話告訴了我事情的眞相。我打起精神，爲接下來即將發生的事做好心理準備。

不知什麼時候周圍變成一片雜樹林，交纏的樹枝掩蓋道路兩端，車頭燈照出一條岔路，道路在一片漆黑相互交纏的樹叢中往前延伸，我緊急踩了煞車。

「……這個景色……我曾經見過。怎麼可能！我明明從沒來過這個地方啊。」

我方向盤一轉，開進那條岔路，路的寬度恰好容一輛車勉強通過。不久車子來到一片開闊的地方，車燈劃破正前方的漆黑，浮現在白色光線中的是一棟陳舊的木頭小屋。

「我認得這棟小屋……我……」

我走出車子環顧四周。沒有人，寂靜的森林充滿冰冷的空氣。我從後車箱取出手電筒往小屋走去。小屋的門是敞開的，我走了進去。

一陣霉味撲鼻而來，似乎每一呼吸，就有討厭的東西跑進肺裡。手電筒的光照出了小屋內部，屋裡並不寬敞，首先映入眼簾的是靜靜佇立黑暗中的三腳架和相機。那是一臺拍立得。

小屋地面的土是掘開的，有個坑，相機的鏡頭對準坑裡面。我走過去，拿手電筒照向那個宛如積水一般被黑暗淹滿的坑。

於是，我看見了那個。我雙腳一軟跪到地上。

「我剛……想起來了……。怎麼可能……」

我繼續演著戲。這是一場獨角戲。演員是我，而觀眾也是我……

「是我殺了她啊……」

我當場哭了起來，淚水滑過臉頰，滴落乾燥的地面吸入深處。她就在我身旁的坑裡。腐爛殆盡、變得乾燥、連蟲子都不再靠近的她，整個人縮得小小的。

「是我……是我殺了她……然後封閉了這段記憶……」

一切都是我想好的臺詞，我根本從未忘記過，我都記得一清二楚。但，這齣戲碼就是這樣的劇情。

「我這段時日以來一直追查殺害她的凶手……，然而，我才是那個凶手……因爲我恨她對我說了那麼殘酷的話，結果我一時衝動……」

我哽咽著喃喃自語，聲音在唯有我一人的小屋裡迴盪，掉在地上的手電筒是照出四下的唯一光源。

我雙手撐著冰冷的地面站了起來，全身上下彷彿被疲憊碾了過去。我走到坑邊俯視著她。躺在坑內深處的她不再是人類的模樣，屍身被沙塵覆蓋，半埋在地底下。

「……我必須告訴警察這件事……我必須去自首。」

我下定決心道。當然這是臺詞，但也是我真正的想法，我一直打從心底這麼希望。

「……我有那個勇氣嗎？」我自問自答。

我的拳頭顫抖。

「……我下得了決心嗎？」

然而，非這麼做不可，我不能從殺人的罪業逃開，我必須接受自己這雙手殺害了心愛的人的事實。

「那太困難了……要承認這件事，實在太困難了……」

我拚命搖頭，害怕地流下眼淚。到底該怎麼做，我才有辦法去自首？才能夠告白我所犯下的罪行？

「到了明天，我很可能又會失去現在的心情，忘記這個事實。我說不定會再次封印這段記憶，又開始尋找根本不存在的凶手……我……好亂……」

我掩住臉孔，雙肩顫抖，然後，演出突然想起某件事的樣子。

「對了……我只要設計一個可以告發自己的方法不就好了！就是照片啊！只要拍下她的照片，我就不會忘記自己的罪行了吧！」

我走近拍立得相機，按下了快門。在坑的深處腐化殆盡的她，瞬間浮現在閃光燈劃破的黑暗中。相機發出聲音，吐出了照片。

「只要看了這張照片，我就會想起自己的罪行。就算我想逃避現實，也會被迫正視自己的所作所爲……我不再逃離贖罪的命運……」

顫抖的聲音中，我下定了決心。我帶著照片離開了小屋。

「去找警察吧……然後讓他們看這張照片，告訴他們我殺了她……」

我把手電筒放回後車箱，坐進車裡，將開始浮現畫面的拍立得照片放到副駕駛座上，發動了車子。

我在黑暗中奔馳，踩到底的油門下方傳來引擎的震動。穿過雜樹林之後是一整片連綿的寂寥荒地，車燈下，唯有路面的白線浮現眼前，而黑色柏油路的周圍是更深沉的黑暗。

副駕駛座上的照片，此刻正漸漸浮現腐爛的她的模樣。我沒開車內燈所以看得不是很清楚，但藉著車子儀表板等發出的光線，多少能得知照片的狀況。

「我去自首，我去找警察，向他們認罪。我不會逃走。我不能逃走。她是我殺的。那是不該發生的事情，但，事實上發生了，的的確確發生了……我不想承認，那不是我幹的，因爲我愛她啊。但是，我的確殺了她……」

像要說服自己，我反覆著這些話語。

可是，我很清楚，我很清楚接下來的發展。雖然嘴裡唸著那些臺詞，但我很清楚自己不會去找警察的。不，不是不去，而是不敢去。其實我很想承認一切落個爽快，可是，我很清楚自己的決心到最後都會消失無蹤。

這是每一天、每個夜晚都會重來一遍的事。不只今天，這是每天結束之際反覆上演的獨角戲。當太陽開始西沉，我就會坐在車內，撿起被捏爛的她的照片，展開對自己產生懷疑的戲碼。接著我前往加油站，與協助演出的加油站老闆對話。我幾乎每天都在同樣的時間出現，說著同樣的臺詞。我將演出自己發現小屋，看見她的屍體，想起自己幹下的事。

然後，我下定決心去找警察……這部分雖然是演戲，但也是我的眞心期望。

但我就是辦不到。如果我的決心沒有半途而廢，自己現在早已成爲階下囚過著內心平靜的日子了吧……

車子經過前來小屋途中曾繞去的加油站前。加油站已經打烊了，站內一片漆黑。再往前開一會兒，就會出現某個看板。我的決心總是在看到那個看板的瞬間崩壞，消失無蹤。我知道的，因爲這是每一天、每個夜晚都會重複的事情。

「前方２００公尺左轉．動物園」

光線中，看板上應該寫了這樣的內容，而那行字下方標示的三個英文字母，將會深深烙印在開車的我的眼裡。

「ＺＯＯ」

看到那三個字母的瞬間，我的腦內將浮現她的種種。我們一起去看電影、去動物園、拍照、我們的初次相遇、我向她坦白自己是在孤兒院長大的事、平常不大笑的她第一次露出笑容，那些事情將一口氣浮上我的大腦表層。當看板在黑暗中浮現，我的車駛過看板旁的瞬間，她將會坐在我身旁的副駕駛座上。現實中她並沒有眞的坐在那裡，但那張屍體的照片將會化成她的模樣，轉頭望著我，輕輕伸手撫摸我的頭髮。最後總是如此。

然後我又會再次半途而廢吧。我辦不到。我怎麼可能殺了她……我一定會這麼想吧。然後再稍微往前開一點，我就會在路中間停下來，像個孩子似地嚎啕大哭。等我車開回公寓，便會將副駕駛座上的照片丟進信箱，祈禱著至少讓明天的自己能夠因爲看到照片而下定決心；或是那增長了十二分之一秒的影像，能帶給我徹底的覺悟。我會將她死前親手揉成一團的照片和加油站的收據放在車內的固定位置，爲明天傍晚的演出做好準備。這就是我每天反覆上演戲碼的最終幕。

就是這麼回事。結果，什麼都沒改變。一天過去，我仍舊無法承認自己殺了她。毫無變化，就和那間動物園的獸欄裡反覆繞圈走個不停的醜陋猴子一樣，總是重複著相同的每一天。一到早上，我就會發現信箱裡的照片然後呆立原地。雖然很遺憾，但事情一定會變成這樣。

車子在黑暗中前進，這是我每天晚上都得走上一遭的道路。我已經在這條路上奔走幾個月了呢？而還得走上幾個月呢？馬上就看得到看板了，那個將我和她的回憶緊緊釘在我身上的看板。我緊握方向盤，等待那逐漸來臨的瞬間。

「是我……殺了她……我……把她……」

我喃喃唸著，想要堅定自己的決心，然而心中也同時存在反正終究會徒勞無功的念頭。即使如此，我內心某處仍持續祈禱自己能有所突破，像相信有神一樣，我祈禱自己終能帶著決心通過字母「ZOO」的前方。

車燈下，白線無止盡地延伸，乾枯的雜草以高速往車子後方流逝遠離。馬上就到了，看板就要出現了，那個我的決心總會半途而廢的地點。

我屏住呼吸。車子通過那個地點，宛如時間停止的瞬間降臨；黑暗裡，車子彷彿浮在半空中、彷彿停在宇宙裡的那一刹那到來。

我讓車子繼續往前滑行了一會兒，然後在馬路正中央停下。我沒拔下車鑰匙便走出車外，連手煞車都忘了拉起來。冷風吹著我滿身的大汗，我回頭望向那片壓倒性的黑暗。

我想起方才見到擋風玻璃另一端的事物。不，不該說看到，因爲我根本沒看到那個。我聽過一個傳聞，聽說現在大家都不來這種地方了，全國的動物園和遊樂園將會一間接一間關門喲。

她的確曾經在動物園裡這麼說過……的確，有過動物園倒閉的傳聞。

到昨晚都還在的那個「ZOO」看板，消失了。取而代之的是無盡的空虛。我什麼都沒看見地通過了那個地點。過去的她的幻影沒有出現。她沒坐在副駕駛座上，我就這麼駛過了那條路。我沒想起她的事情，這讓我產生了對她的罪惡感，另一方面我也覺得，她是以不再現身的方式，做爲對我無言的告發。

回到駕駛座，我靜靜地禱告著。那是對著神的禱告，還是對著被我殺害的她的禱告，我不知道。但我知道，我已經不需要演戲了。我等一下終於能夠去找警察了吧，我終於能夠坦白自己的罪行了吧。此刻唯有平靜填滿了我的內心。

SEVEN ROOMS

第一天．星期六

在那間房裡醒來的時候，我不知道自己身在何處，非常害怕。睜開眼首先看到的是一盞朦朧的燈泡，發出昏黃微弱的光線照著黑暗。四周是水泥砌的灰色牆壁，我躺在地上，看樣子是有人趁我昏迷不醒把我帶進這個沒有窗戶、四四方方的狹小房間裡。

我撐起上半身，貼著地面的手掌傳來水泥冷酷的堅硬觸感。我想看看四周，然而一轉頭便覺頭痛欲裂。

背後傳來呻吟。姊姊倒在身邊，和我一樣正按著頭部。

「姊，妳沒事吧？」

我搖了搖姊姊，仍躺在地上的她睜開眼看著我。姊姊直起身子，和我以一樣的姿勢望著四周。

「這裡是哪裡？」

不知道。我搖了搖頭。

除了那盞垂吊的燈泡，這是什麼也沒有的昏暗房間。我們完全想不起來自己怎麼進到這裡。

最後有記憶的是，在郊外某間百貨公司附近，我和姊姊走在林蔭步道上。媽媽買完東西之前，姊姊都得負責照顧我，這對我們兩人來說都是百般不願的事情。我已經十歲了，不用別人照顧；而姊姊似乎也不想管我，自顧自玩，可是媽媽不准我們分開行動。

於是我們兩人大眼瞪小眼，毫無交談走在散步道上。步道地面的四方紅磚排出裝飾圖案，兩旁行道樹伸展著長長的樹枝搭出天棚。

「你為什麼不待在家裡啊。」

「怎樣啦，小氣鬼！」

我和姊姊有時會這樣對罵。姊姊明明都要升高中了，鬥起嘴來水準卻跟我差不多程度，還眞怪。

走著走著，身後的樹叢突然傳出聲響，我們連回頭確認的時間都沒有，只覺得頭部一陣劇烈疼痛竄過，然後不知什麼時候我們就在這個房間裡了。

「有人從背後打了我們，趁我們昏迷的時候把我們帶到這裡……」

姊姊邊說邊起身，看了看手表。

「已經星期六了……現在大概是半夜三點吧。」

那只手表是指針式的，姊姊非常喜歡它，根本不讓我碰。銀色的表面上有個小小的視窗，標示著今天是星期幾。

這個房間的長寬高都將近三公尺，剛好形成一個立方體。燈泡光線為毫無裝飾的灰色堅硬表面淡淡地抹上陰影。

房間只有一道鐵門，門上沒有任何把手，看上去只是一塊沉重的鐵板嵌在水泥牆裡。

門下有一道五公分左右的縫隙，另一邊似乎有光，光線反射在縫隙處的地面。我跪到地上，看能不能透過那道縫隙看到什麼。

「外面有什麼？」

面對姊姊滿臉期待的詢問，我搖了搖頭。

周圍牆壁和地面都還算乾淨，似乎剛有人打掃過不久，沒什麼灰塵。我不禁覺得，我們很像被關進一個寒冷的灰色箱子裡。

唯一的光源就是從天花板中央垂吊的燈泡，我和姊姊在房間裡只要一走動，兩道影子便在四面牆壁上來回游移。燈泡的光線很微弱，拂不去的黑暗沉積在房間角落。

這個方方正正的房間只有一個特殊處。

房間地面有一道寬約五十公分的水溝。若將有門的那面牆視爲正面，水溝恰巧從左手邊的牆壁下方，直直貫穿房間地面中央，延續到右手邊的牆壁下方。水溝裡白濁的水從左往右流去，散發出強烈的惡臭，接觸到水的水泥部分都成了噁心的顏色。

姊姊用力敲門，大聲喊著：

「有人嗎！」

沒有回應。那道門相當厚實，怎麼敲都文風不動，唯有敲擊沉重鐵塊的聲響彷彿訴說著以人類的力量是無法破壞這道門的，那絕對而無情的聲響在房間裡迴盪。我覺得很難過，卻只能呆立原地。我們什麼時候才能從這裡出去呢？姊姊的背包也不見了，她雖然有手機卻放在背包裡，我們無法聯絡到媽媽。

姊姊臉頰貼著地面，朝門下方的縫隙大喊。她全身顫抖、混身是汗，從身體深處發出吶喊求救。

這次，遠處傳來了很像是人聲的聲音。我和姊姊對望了一眼。

除了我們，附近還有人在。但那聲音非常模糊，內容也聽不清楚。即使如此，還是令我鬆了口氣。

我們繼續對著門又踢又打了好一陣子，一樣沒用。終於我跟姊姊都累了，兩人疲倦地依偎著睡去。

早上八點左右，我們醒了過來。

我們睡著的時候，門下方的縫隙塞進來一片吐司和一個裝著乾淨水的盤子。姊姊將吐司撕成兩半，一半給我。

姊姊很在意把麵包塞進房間的人。不用說，那個人肯定就是把我們關在這裡的人了。

貫穿房間中央的水溝水在我們睡著時仍持續流動，不斷飄散出腐爛的臭味，我開始覺得噁心。蟲的屍體和殘羹剩飯漂在水面，橫越房間流走。

我想上廁所。姊姊只是看了鐵門一眼，搖了搖頭說：

「看樣子是不會放我們出去的。你就在那條水溝解決吧。」

我和姊姊等待著能離開這裡的那一刻，但不論再怎麼等，那道門就是不開。

「到底是誰，爲了什麼目的把我們關在這裡呢？」

姊姊坐在房間角落喃喃自語。隔著水溝，我也以同樣的姿勢坐著。灰色的水泥牆上交錯著燈泡帶來的光與影。姊姊疲憊的神情讓我好難過，眞想趕快離開這裡。

姊姊對著門下的縫隙大喊，而從某處傳來了人的應聲。

「果然有人在。」

然而回聲太重，聽不出對方說了什麼。

好像只有早上會給我們食物，那天後來就再也沒送吃的過來給我們了。我跟姊姊說我肚子餓，卻被姊姊罵，她說不過是少吃一餐忍一下好嗎。

雖然沒有窗戶我不是很確定，看了一下手表，現在應該是傍晚六點左右，門的另一側傳來朝這裡走來的腳步聲。

一直坐在房間角落的姊姊突地抬起頭，我則是稍稍退離門邊。

腳步聲愈來愈近。我心想，終於有人要過來這個囚禁我們的房間了，那個人一定會跟我們解釋爲什麼要把我們關在這裡。我和姊姊屏住呼吸，等待房門開啓的瞬間。

然而與我們的預期相反，腳步聲通過了房間前面。一臉錯愕的姊姊靠過去門邊，朝著門下的縫隙大喊：

「等一下！」

然而腳步聲的主人卻無視姊姊的叫聲，逕自走遠了。

「……那個人該不會……沒打算放我們出去吧？」我問。

我覺得很害怕。

「不會啦……」

姊姊雖然這麼說，但看她臉上的表情，我知道她不過是嘴上逞強罷了。

從我們在這個房間裡醒來，已經過了整整一天。

這一天內，從縫隙的另一側曾傳來開關厚重的門的聲響、機械聲響、很像是人發出的聲音以及腳步聲等等，但是那些聲音全都受到牆壁回聲的干擾聽不清楚，每個聲響聽起來都只是像巨大動物的呻吟震動著空氣。

我和姊姊所在的這個房間，房門連一次都沒打開過。我們再次依偎著進入夢鄉。

第二天・星期天

睜開眼，門下的縫隙擺著一片吐司，卻不見盛清水的盤子。昨天塞進來的盤子還在房間裡，姊姊猜想應該是因爲我們沒把盤子推出去才不給我們水喝。

「可惡！」

姊姊顯得非常懊惱，一把舉起了盤子。她原本打算摔盤子的，卻停了手。大概是想到，要是打破盤子可能就再也不給我們水了。

「得想個辦法離開這裡才行。」

「可是，要怎麼做……？」我怯懦地問。

姊姊直直望著我，接著視線移到橫貫房間地面的水溝。

「這條水溝，一定是給我們充當廁所用的……」

水溝寬約五十公分，深約三十公分，從一邊的牆壁下方冒出來，又從另一面牆壁下方彷彿被吸進去似地消失。

「這條水溝對我來說太小了鑽不過去。」

但，如果是你的話一定鑽得過去的。姊姊這麼對我說。

姊姊手腕上的手表顯示現在約是中午時分。

最後決定依姊姊所說，由我潛入水溝到房間外面去。姊姊的想法是，如果能夠離開這棟建築物，就一定能向外面的人求救；就算無法出去到外頭，只要能摸索出周遭環境的任何蛛絲馬跡都好。

但我實在很難提得起勁來。

爲了鑽進水溝，我脫到剩一件內褲，但我畢竟還是退縮了，想到自己非得泡進這麼渾濁骯髒的水裡，眞的很難受。姊姊似乎察覺了我的心情。

「求求你，忍耐一下就好！」

我猶豫著，一邊把腳伸進水溝裡。水溝很淺，我的腳掌立刻觸到了溝底，底面黏黏滑滑的，一不小心就會滑倒。水深還不及我的膝蓋。

開在牆面的水溝口是細長的橫向長方形，那是一個黑暗的洞穴，洞口雖然小，我應該穿得過去，因爲我是班上個子最小的。

水溝進到牆壁裡仍像一條長方開口的隧道往前延伸而去。我把臉貼近水面想看看前方，然而才一湊近水面，立刻有股惡臭竄入鼻中，看不清楚水溝前方的狀況，看來非得潛進去一探究竟了。

萬一不小心卡在牆壁隧道裡回不來就糟了，所以姊姊把我的外衣外褲和兩人的皮帶繫成一條繩子，尾端以鞋帶綁在我的一腳上。我們的計畫是，一旦危急的時候就拉繩子把我救回來。

「我該去哪一邊？」

我張望著左右兩邊的牆壁問姊姊。上下游的兩個水溝口分別開在左右兩面牆壁的中央下方。

「隨你選吧。不過，你只要覺得前方一直過去都是隧道，就馬上回頭喔。」

我先選了上游。換句話說，若將有門的牆壁視爲正面，位在左手邊的長方形洞穴就是上游入口。我走近牆壁，把身體浸到水溝裡，骯髒的水溝水從我的腳踝緩緩覆上全身，宛如細小的蟲子爬滿全身啃蝕著我。

我屏住呼吸，緊緊閉上眼，一頭鑽進冒出水流的長方形洞穴。隧道裡面很窄，高度很淺，趴在水裡匍匐前進的我，後腦杓撞到了隧道頂面。

我的身體勉強鑽得過這個水泥長方隧道，像是把線穿過針眼一樣。水流速度並不快，可以很輕易逆流而上。

幸好，在流著水的隧道裡爬行大約兩公尺之後，一直壓迫我背上和頭上的隧道頂面觸感就消失了。我想水溝可能來到一個比較大的空間，便從水裡抬起頭站了起來。

這時我聽到尖叫聲。

雖然我很不想讓髒水跑進眼睛，還是睜開了眼。一時之間，我以爲又回到了原來的房間。這是一間和剛剛的房間一模一樣、四周被灰色水泥牆包圍住的狹小房間，而且水溝仍筆直穿過房間中央而去。我以爲我是鑽進水溝上游的隧道，然後從下游的隧道鑽出來了。

不過並非如此。在房間裡的不是姊姊，而是別人。她是看起來比姊姊年長一點的年輕女子，我沒見過她。

「你是誰？」

她尖叫著，一臉恐懼地往後退。

從我和姊姊所在的房間沿著水溝往上游前進，來到一間構造完全相同的房間，同樣有人被關在裡面。兩個房間的每個角落都一模一樣，水溝也依舊往前延伸而去。而且，上游不只存在這一間房間。

我向這名困惑不已的女子說明我和姊姊被關在下游的房間裡，接著我解開腳上的繩子，決定繼續往上游方向前進，結果在上游還有兩間構造完全相同的房間。

也就是說，從我和姊姊所在的房間沿著水溝往上游算，還有三間房間。

每間房裡都關了一個人。

第一間房間是年輕女子。

再過去一間是長頭髮的女生。

最上游的房間，則是一個染了一頭紅髮的女子。

大家都莫名其妙被關進來。除了我和姊姊，其他被抓的都是大人。先不考慮姊姊，可能因爲我體格還小，所以才和姊姊兩人一組被關到一起。我沒被當成一名大人計算。

紅髮女子房間的水溝上游隧道口裝有柵欄，沒辦法再往前進，於是我回原來的房間，向姊姊說明了所有的狀況。

我身上就算乾了還是很臭，又沒水可洗，這麼一來房間更臭了，但姊姊沒有抱怨。

「也就是說，我們的房間是從上游數過來第四間嗎？」

姊姊喃喃自語地思考著什麼。

有好幾個房間連在一起，而且每一間都關了人，這令我訝異不已，然而同時覺得不那麼害怕了，知道有那麼多人和自己處在相同狀況，多少讓我感到安慰一些。

而且，大家剛開始第一眼看到我的時候都覺得很困惑，但不久表情就亮了起來。看來大家被關到現在，都沒見到任何人，門也不曾打開過，根本無法掌握自己現在處於什麼狀況，也不曉得牆壁的另一頭有些什麼。因爲大家的體型都不夠嬌小到能鑽過水溝，一點辦法也沒有。

當我潛入水溝打算離開房間，每個人都拜託我一定要再回來告訴她們我看到了什麼。大家都不知道究竟是誰將自己關進來的，所以，大家都很想知道自己被關在什麼樣的地方，什麼時候才能出去。

我跟姊姊報告完上游的狀況，接著便往下游方向潛去，結果下游也和上游一樣，是一間接連一間的水泥昏暗房間

下游方向的第一間房間，和其他房間都一樣。

一名和姊姊差不多年紀的女生被關在裡面，看到我的瞬間，她先是露出驚訝的表情，聽完我的說明，整張臉便亮了起來。她也和大家一樣被關在同樣構造的房間裡，一樣是莫名其妙被關進來。

我繼續朝更下游的房間前進。

鑽出水溝，又來到一間方方正正的房間，然而這次不大一樣。房間的內部構造雖然和其他房間一模一樣，但房裡沒有人。空蕩蕩的房間裡，只有燈泡的光線微弱地照著這個灰色箱子。因爲到目前爲止我看到的房間都必定有人在，這個空無一人的房間給我一種很不

可思議的感覺。

水溝依舊向前延伸。

我離開空房間繼續前進。雖然沒人幫我拉住腳上的繩子，不過我並不擔心，反正下游一定也是一間連一間的小房間，所以我將繩子留在姊姊的房間便出發了。

從我和姊姊的房間朝下游方向數來第三個房間裡，有一個看上去和媽媽差不多年紀的女人。

她看到從水溝裡冒出來的我，反應並不大，我立刻發現她不大對勁。

她非常憔悴，蹲在房間角落不停發抖。我本來以爲她和媽媽年紀差不多，但我可能誤會了，或許她實際年齡還要年輕一點。

我看向水溝下游，牆壁下方的長方形隧道口裝了柵欄，沒辦法再前進了，看樣子這裡就是下游的終點。

「那個……妳還好嗎……？」

我有些擔心，開口問了她。她雙肩抖個不停，驚懼的眼神盯著全身不停滴水的我。

「……你是誰？」

她的聲音彷彿靈魂出竅，無力沙啞。

她和其他房間的人很不一樣，頭髮亂成一團，水泥地上到處是她掉落的髮絲，臉和手被汗水弄得髒兮兮的，雙眼和臉頰凹陷，宛如一副骷髏。

我向她說明自己是誰和我在做什麼之後，她陰鬱的眼瞳似乎閃現了一絲光芒。

「這麼說，在這條水溝的上游，還有活著的人對吧？」

活著的人？我不大懂她的意思。

「你也看到了吧？不可能沒看見的！每天，一到傍晚六點，這道水溝就會有屍體流過來啊……！」

我回到姊姊身邊，首先告訴她水溝前方的狀況。

「總共七間房間連在一起呀……」

聽到姊姊這麼說，我為了方便說明起見，便替每個房間編上了號碼。從上游按照順序數過來的話，我和姊姊的房間是四號，而最後一個女人所在的房間便成了七號。

我猶豫著該不該告訴姊姊七號房女人講的事情。要是我把那個女人的話當眞，說不定會被姊姊當成笨蛋。就在我決定不下的時候，姊姊似乎察覺到了。

「還有什麼狀況嗎？」

我戰戰兢兢地告訴姊姊七號房女人講的事情。

根據那個面容憔悴的女人所說，每天傍晚一到固定的時刻，水溝就會漂來屍體。據說屍體會從上游到下游，乘著水流緩緩漂過每一個房間。

那麼，那些屍體為什麼鑽得過水溝狹窄的隧道呢？我愈聽愈覺得不可思議，更何況七號房的水溝下游出口還裝了柵欄無法繼續前進，要是屍體從上游漂下來，最後勢必會卡在柵欄口的。

然而那個憔悴的女生是這麼說的：

那些流下來的屍體，每一具都被細細切碎成足以通過柵欄縫隙的大小，因此只有偶爾一些碎片會被柵欄卡住，絕大部分都能順利通過房間的水溝流走。她說她打從被關進房間裡的那一天開始，每天一到傍晚就會看到屍體的碎片浮在水中流過房間中央而去。

姊姊聽著我的轉述，眼睛愈睜愈大。

「她說她昨天晚上也看到了？」

「嗯……」

昨天，我們並沒察覺有屍體流過了水溝。不，是我們沒察覺到嗎？昨天傍晚六點我們確實都還醒著，而且那道水溝不論待在房間哪個位置都看得到，如果眞有什麼奇怪的東西漂在水上，我們不可能沒察覺異狀的。

「上游三個房間的人也都提到這件事嗎？」

我搖搖頭。提到屍體的人，只有七號房那個憔悴的女生。難道唯有她看到了幻覺還是什麼？

然而我無法忘記她的臉孔。雙頰削瘦，眼睛下方是深深的黑眼圈，眼神彷彿死人般黯淡，那是打從心裡害怕著什麼的表情。那個憔悴的女人和被關在其他房間的人有某種決定性的相異點，我覺得她一定正處於某種極爲惡劣的煎熬當中。

「你覺得，她說的是眞的嗎？」姊姊問我。

我搖了搖頭，我不知道。此刻我只覺得深深的不安。

「……我們再等一下，一定就曉得了。」

我和姊姊靠著牆壁席地而坐，等待姊姊手腕上的手表顯示傍晚六點。終於，手表的長針短針排成一直線，連接了數字「12」與「6」。銀色的指針反射著房裡電燈泡的光線，告訴我們時間到了。我和姊姊屏住呼吸，緊盯著水溝。

門外似乎有人在走動，聽到那聲響我和姊姊更是冷靜不下來。門外的腳步聲和現在這個時刻，兩者莫非有什麼關連？不過，可能是認爲就算出聲喊也沒用吧，姊姊沒有透過門下縫隙叫住門外走動的那個人。

從遙遠的某處傳來機械低鳴的響聲，然而水溝裡並沒有什麼屍體漂過來，只有無數死掉的飛蟻漂浮在渾濁的水面上。

第三天．星期一

我醒來的時候是早上七點。門下的縫隙旁擺著塞進來的吐司麵包。昨天，我們事先把用過第一餐之後就一直放在房間裡的水盤塞過縫隙放到門外，可能這樣做是正確的吧，今天就有水喝了。把我們關在這裡的那個人大概在分配早餐吐司的時候，一手還提著裝了水的水壺，每將一片吐司塞進縫隙，就順便往門外的盤子裡倒清水。我想像著那個相貌不明的人穿梭於七道門前的光景。

姊姊將吐司撕成兩半，把比較大的那一半給了我。

「我有事要拜託你。」姊姊說。

她希望我再鑽進水溝裡去問大家一些事。我雖然很不想再進到那個水溝裡，但姊姊說不願意的話就把吐司還給她，我只好答應了。

「我要你問大家兩件事情：第一是幾天前被關進來的？第二是曾經看到屍體流過水溝嗎？去幫我問一趟回來吧。」

我照做了。

首先我前往上游的三個房間。

大家看到我，都露出鬆了一口氣的表情。我把姊姊交代的問題問了每個人。

我本來以爲，被關在沒有窗戶的房間裡，應該很難知道自己被關了多久，沒想到大家都很清楚自己被關進來幾天了。雖然不是每個人都有手表，不過因爲一天只送一次食物，只要數送來的次數就知道了。

接著我往下游出發，那邊卻變了。

五號房和昨天一樣，那個年輕的女生還在。

但是，昨天還是空蕩蕩的六號房，今天卻出現一個我初次見面的女生。她一看到從水溝裡冒出來的我便發出慘叫，嚇得大哭大喊，她大概以為我是什麼怪物吧，跟她說明整個狀況花了我好一番功夫，我說我也是被關在這裡的人，因為我體型小所以能在水溝裡來去，她才終於懂了。

她說她昨天一醒過來就發現自己在這個房間裡。她原本在堤防上慢跑，經過一輛停在路旁的白色旅行車瞬間，突然被什麼東西打到頭，失去了意識。大概是被打的部位還在痛，她跟我說話的時候一直按著頭。

我前往七號房，但在那裡又見到出乎我意料的事情。

昨天在這個房裡的是那名憔悴的女人，她告訴我水溝上游會有屍體流下來，然而，今天她卻不見了，房裡不見她的蹤影，只剩水泥砌成無機而寒冷的空間，燈泡照著虛空。

而且不可思議的是，我發現這個房間比昨天我進來的時候要乾淨許多，不大感覺得出來曾經有人被關在這裡面。牆壁和地面都非常乾淨，平板的灰色表面上唯有燈泡照出的明暗區隔。

昨天我在這裡看到的女人是我的錯覺嗎？還是我弄錯房間了？

我回到四號房，告訴姊姊我問到和看到的所有事情。

姊姊交代我問的第一個問題，每個人的回答都不一樣。

一號房的染髮女子說今天是她被關進來的第六天，食物送來了六次，絕對錯不了。

二號房的女生是第五天，三號房的女子是第四天，而四號房的我和姊姊則是在這個房裡醒來之後的第三天。

還有，下游五號房的女生是第二天，然後是昨天晚上在水泥房間醒過來的女生，因爲她今天早上第一次拿到食物，所以是第一天。

那麼七號房的那個人被關了幾天呢？然而她在我開口問她之前便消失了蹤影。

「……她被放出去了嗎？」姊姊問。

我說我不知道。

至於第二個問題——「曾經看到水溝裡有屍體流過嗎？」大家的回應都是搖頭，沒人見過水溝裡有屍體漂流，而且不只如此，每個人在聽到這個問題時都露出了不安的表情。

「爲什麼這麼問呢？」

每個房間的女生都反問我，似乎認爲我應該是聽到了什麼特別的消息才會這麼問，實際上也正是如此。因爲大家無法像我一樣得知其他房間的現狀，一切只得憑空猜測；大家待在封閉的空間裡，胡亂想像著牆壁的另一側搞不好是電視臺還是遊樂園來打發時間。

「我之後再跟妳解釋……」

我想趕緊問完所有人，都很快結束談話。

「不行，此路不通喔。你該不會是把我關在這裡的人的同夥吧？你說還有其他的房間也關了人，都是騙我的吧？」

只有被關在一號房的她這麼說，當時我正準備離開，她踩進水溝站到下游側擋在牆壁前，腳剛好堵住水溝的隧道口，這麼一來我就回不去了。

沒辦法，我只好把昨天在七號房聽到的事，以及姊姊要我問大家這兩個問題的事情全告訴了她。她蒼白著臉說怎麼可能，不可能有這種事的，便讓出水溝了。

沒有任何人曾看到屍體漂流，果然是七號房的人在作夢嗎？要是這樣就好。我心想。最開頭是那個七號房的憔悴女人說每天只要時間一到，就會有屍體從上游流下來，但是，已經在這裡被關了好幾天的上游的人卻都說沒看過。完全搞不懂。

我嘆了口氣，拿起之前做的繩子擦拭被水溝水弄髒的身體。我的上衣和褲子都拿去做繩子了，後來繩子也沒拆掉，所以我到現在都只穿著一條內褲，還好房裡還算暖和，我才沒感冒，而早已沒有用處的繩子就一直扔在房間角落，偶爾充當我擦身體的毛巾。

我抱著膝直接躺到粗糙的水泥地上，肋骨碰觸堅硬的地面，躺在地上其實很痛，但這也是沒辦法的事。

我在想，就算是這樣不確定又詭異的消息，也應該告訴其他房間裡的人吧，大家能確定的都只有自己眼前看得到範圍內的事情，心裡一定很害怕。

可是，一想到說不定大家聽了這些話反而心裡更混亂，我不禁猶豫了起來。

坐在房間角落的姊姊一直凝視著牆壁和地板的接線。突然，她伸手捏起了什麼。

「有一根頭髮掉在這裡耶。」姊姊似乎相當驚訝。

她用指尖捏起那根長頭髮的一端讓它垂著。我不明白姊姊爲什麼要特別在意這種事。

「你看，這個長度！」

姊姊站起身，然後像是要確定撿到髮絲的長度，抓住兩端拉直給我看。那根頭髮有五十公分長。

我終於弄懂姊姊的意思了，我和姊姊的頭髮都沒有那麼長，這也就表示，掉在地上的髮絲是屬於我們倆以外的人的。

「所以這個房間在關我們之前也關過別的人嗎？」

姊姊臉色發青，呻吟似地一字一句說道：

「一定……不、大概是……這或許是很蠢的猜測……你也注意到了吧？上游的人被關的時間都比較長，而且，往上游算去每移一個房間就多被關一天。也就是說，是從最旁邊的房間開始把人關進去的。」姊姊再次把思考焦點放在每個房間裡的人被關的天數差異上，「這樣的話，在之前又是什麼狀況呢？」

「妳是指關人進來之前？不就是空蕩蕩的嗎？」

「沒錯，是空蕩蕩的喔。那麼在那之前呢？」

「空蕩蕩的之前，當然也是空蕩蕩的啊。」

姊姊搖搖頭，開始在房間裡踱起圈子。

「你想想看昨天。昨天那個時點，是我們在這房間醒來之後的第二天。而對下游隔壁五號房的人來說是第一天。六號房我們想成是第零天，房裡是空的。但對七號房的人而言呢？按照這個順序思考的話，對關在七號房的人來說應該算是第負一天對吧？小學教過負數了嗎？」

「那個我知道啦。」

但是，姊姊講的事太複雜，我聽不大懂。

「聽好了，那個被抓來關到第負一天的人不見了喔。雖然這是我胡亂推想的，不過我想在昨天那個時點，應該是她被帶來這裡的第六天。她在一號房的人被關進來的前一天，被帶到這裡來了。」

「那她現在人到哪裡去了？」

姊姊停止踱步，欲言又止地望著我。她猶豫了一會兒對我說，那個人恐怕已經不在這個世上了。

昨天還在的人消失，而空房間裡突然有了人。我將我穿梭於水溝看到每個房間的相異處，對照著姊姊的話思考。

「每過一天，無人的房間就依序往下游方向順移一間。而等輪過了最下游的那間，就又從上游的第一個房間重新來過。七個房間代表了一個星期……」

每一天都輪到一個人在房間裡被殺死，屍體被扔進水溝流走，其隔壁的空房則有人被關進去。

按照順序殺人，同時補人進去。

昨天，六號房並沒有人，今天卻有了。有人被抓來，補進那個房間。

昨天，七號房裡還有人，今天卻消失了。被殺了，丟進水溝裡流走了。

姊姊咬著右手大拇指，彷彿喃喃唸著某種可怕的咒語，眼神渙散。

「所以，七號房的人才會看到屍體流過水溝。因爲如果按這個順序抓人來關，就算把屍體扔進水溝流走，位在這個房間上游的人是看不到屍體的。這麼一想七號房女人說的話，並不是幻覺或作夢，換句話說她看見的，正是在她之前被關進其他房間的人屍體。」

姊姊向我說明，在昨天那個時點，看得到屍體流過水溝的人就只有七號房的女生。因爲內容太複雜了我聽不大懂，但我想姊姊說得沒錯。

「我們是在星期五被帶來這裡的。那一天是五號房的人被殺掉，屍體扔水溝。過了一個晚上，星期六那天是六號房的人被殺，五號房裡又有人被抓進來。所以你之前看到的空房間其實是關在裡面的人被殺掉之後的狀況。接著星期天，七號房的人被殺了，而就算我們在這裡監視水溝也不可能看到屍體的，因爲她的屍體並不會往上游流過來。然後今天……是星期一……」

一號房的人會被殺。

我旋即前往一號房。

我把姊姊的推測告訴了染髮女子，但她不相信。她皺著眉說，想也知道不可能發生這種事吧。

「只怕萬一呀，妳得趕快想個辦法逃走才行……」

然而該怎麼逃走，誰也答不出來。

「我才不信！」她生氣地對我大吼：「這個鬼房間，到底算什麼嘛！」

我穿過水溝回姊姊身邊，而途中勢必得經過兩個房間。兩個房間的人都問我發生了什麼事，可是我不知道該不該告訴她們，結果我什麼都沒講，只跟她們說我馬上回來，便回姊姊所在的房間了。

姊姊在房間角落抱著膝。我剛從水溝起身，姊姊便對我招了招手。她一點都不在意我被水溝水弄髒的身體，只是緊緊地抱著我。

姊姊的手表顯示傍晚六點。

水溝裡流著的水摻進了紅色，我和姊姊不發一語只是緊盯著水溝看。從水溝上游的長方形洞口漂來一個白色光滑的小小物體，一開始我們不知道那是什麼，等它在水面轉了半圈，我們看見並排的牙齒，才曉得那是下顎的一部分。那東西在水中載浮載沉地橫越房間，被吸進下游的洞穴裡。不久，耳朵、手指頭、碎肉和骨頭陸續流過來。一截被切斷的手指上，仍戴著金色戒指。

一團染過的頭髮流了過來。仔細一看，我發現那不只是頭髮，還連著一塊頭皮一起流過來。

是一號房的人。我想。乘著汙濁的水流過來無數的身體碎片，怎麼看都看不出曾經是人類的形體，我心裡湧上一股很怪的感覺。

姊姊摀著嘴呻吟。她在房間角落吐過了，但吐的幾乎都是胃液。我喚了她，但她沒理會我，彷彿靈魂出竅一般始終沉默不語。

這個幽暗陰鬱方方正正的房間把我們這些人一個一個隔離開來，讓我們充分品嘗孤獨的滋味之後，奪走我們的生命。

「這個鬼房間，到底算什麼嘛！」

一號房的人那時這麼喊著，她顫抖的吶喊在我腦海揮之不去。我不禁覺得，這個緊緊閉鎖的房間所代表的意義，不僅是關住我們這麼單純，它把更重大的、像是我們的人生或靈魂之類的東西全部監禁起來，孤立我們，奪走我們的光明，這裡根本就是靈魂的牢獄。這個房間告訴了我這輩子從未見過也未曾體驗過的真正的孤寂，也讓我知道我們已經沒有未來了，活著一事毫無意義。

姊姊抱著膝蓋縮起身子痛哭失聲。我想，或許那正是我們出生之前遙遠遙遠的從前，早在歷史尚未開始之時人類真正的形體，在黑暗溫濕的箱子裡哭泣著，就像此刻哭泣的姊姊一樣。

我扳起手指頭數著。我和姊姊被殺的時間，將會在被關進來的第六天——也就是星期四的傍晚六點。

第四天．星期二

過了好幾個小時，水溝裡的紅色消失了。在紅色褪去前，漂浮水面流過來的是肥皂泡泡，我想搞不好有人正在打掃上游房間。把人殺掉一定會流很多血，所以是在滅跡吧。

姊姊的手表顯示過了午夜十二點，我們被帶進來的第四天——星期二來臨了。

我潛進水溝，朝上游一號房前進。

途中兩間房裡的人都逼問我流過水溝的那些東西是怎麼回事，我只對她們說等等再講，急忙前往一號房。

不出所料，昨天還在的那個女子消失了，整個房間像是用水刷洗過，非常乾淨，應該是如我猜想有人打掃過了吧。我不知道是誰刷的地，但肯定是將我們關進來的那個人。

姊姊在房裡發現的長髮絲，果然是我們被帶來之前在那間房裡被殺的女生的頭髮，而在事後清掃的時候，偶然地在房間角落留下了唯一一根沒被肥皂水沖走的髮絲。

把我們帶來這裡一一殺掉的究竟是什麼樣的人？誰都沒見過那個人的長相，有時門外傳來的腳步聲，一定就是那個人。

那個人一天在一間房間裡殺掉一個人，他享受著把人關了六天之後再分屍切碎。

我還沒見過那個人，聲音也不曾聽過，但那個人的確存在，他在門的另一邊走動著，每天將麵包和水和死亡送進房間。是他設計這七個房間，並想出按順序殺人的法則嗎？

或許是因爲不曾親眼見過那個人，對他，我有種難以名狀的厭惡。不久後我和姊姊也會被那個人殺死，而我開始覺得，我們恐怕得到被殺的前一刻，才能清楚看見他的模樣。

這麼說來，那個人根本就是死神啊。我和姊姊還有其他人，都被監禁在那個人所設計的無可動搖規則中，而且早已被判了死刑。

我前往二號房，把姊姊昨天整理出來的想法告訴那個被關到第六天的長髮女生，她並沒有駁斥那是愚蠢的推測，因爲她也親眼目睹從上游流下來的一號房女生屍體，然後大概也隱約察覺到自己再也不可能走出這間房了。她聽完我的話，和姊姊一樣陷入沉默。

「……我會再來的。」

說完我便前往三號房，也做了同樣的說明。

三號房的女子，將會在明天被殺掉。在這之前她完全不知道自己到底還要在這個房間裡關多久，自己究竟會發生什麼事。然而如今，她清清楚楚地被告知自己的未來。

三號房的女子摀著嘴，眼淚撲簌簌地掉個不停。

是知道自己何時會被殺好？還是不知道比較好？我不是很確定。說不定，沒被預告死亡時間，每天只是盯著流過眼前的屍體惶惶不安地度過，直到有天門突然打開，某個素不相識的人衝進來把自己殺掉反而好。

看著眼前哭泣的女子，我想起七號房那個憔悴的女人。大家都露出和她相同的表情。絕望。已經連續這麼多天被監禁在這個四四方方的水泥房間裡，實在很難想像這單純只是某人的遊戲。但就算不願意知道，我們還是透過某種方式被告知死亡眞的會降臨在自己身上。

之前在七號房的那個女人，是否每天望著水溝裡流過不認識的人的屍體碎片，猜想著下次就輪到自己呢？她甚至連自己何時會被殺都無從得知。一想起她恐懼的表情，我的心就好痛。

我向二號、三號房的人說明了狀況，也向五號、六號房的人解釋過一遍。

然後七號房，裡面住進了新的人。她一看到從水溝裡冒出來的我便放聲尖叫。

我回到四號房的姊姊身邊。

我很擔心姊姊的狀況。她坐在房間角落一動也不動，只是貼著眼前的手表看。

早上六點。

此時，門的另一側響起腳步聲，門下的縫隙塞進來一片吐司，門外傳來清水注入盤裡的聲音。

門下的縫隙常會透光進來，只有那一帶的灰色水泥地面呈現一方朦朧的白色。而現在在那兒，正映出一個晃動的人影。有人站在門前。

隔著門的另一側，正站著殺了許多人、而現在仍將我們關在這裡的那個人。一想到這裡，那個人身上繚繞的黑暗殘酷壓迫力便穿透了門，沉甸甸地壓上我的胸口，幾乎讓我喘不過氣。

姊姊突然整個人彈了起來。

「等一下！」

她像要衝進門下縫隙似地緊貼縫隙大聲喊叫，拚命將手塞進縫隙裡，但只有手掌伸得出去，到手腕就卡住了。

「求求你！聽我說！你到底是誰？」

姊姊拚命叫住對方，然而門外的人完全無視姊姊的存在逕自離去。腳步聲逐漸消失。

「可惡……可惡……」

姊姊一邊喃喃自語，靠到門邊牆壁上。

鐵門沒有把手，從合葉的設置來看，這扇門是往內推開的。下次這扇門打開的時候，就是房裡的我們被殺的時候吧。

自己會死。我思考著這件事。被關進來之後，我曾經爲了回不了家哭過好幾次，還不曾因爲會被殺死而哭泣。

所謂被殺死是怎麼一回事？我毫無眞實感。

我會被誰殺死呢？

那一定很痛。然後死了之後，又會變成怎麼樣呢？好恐怖。然而現下最令我害怕的是，姊姊比我還要恐慌。看著全身縮成一團的姊姊不安環顧四方房間的各個角落，我不知道該怎麼辦，自己也冷靜不下來。

「姊……」

我不安地站在原地，出聲喚了她。姊姊抱著膝，空虛的眼神望向我。

「你把七個房間的法則告訴大家了嗎？」

我不知所措地點了點頭。

「你做了好殘忍的事哪……」

可是我不知道那是不該說的……我這麼辯解，但姊姊似乎沒聽進去。

我前往二號房。

二號房的女生一看見我，露出鬆了一口氣的表情。

「我一直擔心你如果不回來了怎麼辦呢……」

她露出虛弱的笑容，我卻感到心中一陣暖意。在除了水泥還是水泥的空間中，我已經好久不曾見到別人的笑容了，因此眼前她溫柔的神情彷彿伴隨著光明與溫暖。

可是，已經知道自己今天會死了，爲什麼還能露出這種表情呢？我覺得很不可思議。

「剛剛在大喊的人是你姊姊嗎？」

「嗯，是啊。妳聽見了？」

「我聽不清楚她說了什麼，但我猜想應該是她吧。」

接著她告訴我她故鄉的事情。她說我長得很像她的外甥；她被關進這裡之前，從事的是事務性質的工作；假日常去看電影。

「你出去外面以後，請幫我把這個交給我的家人。」

她解下自己脖子上的項鍊，掛到了我的脖子上，銀色的鍊子上掛著一個小小的十字架。她說那是她的護身符，自從被關進來，每天她都握著十字架祈禱。

那天，在一天中，我和她成了好朋友。我們並肩坐在房間角落，背靠著牆，兩腿隨意伸展著，有時站起來邊比劃邊說話，天花板垂吊而下的燈泡在牆上映出巨大的影子。

除了我們談話聲，房間裡只有水流動的聲響。望著水溝，我突然想起自己總在水溝裡來來去去，全身一定臭得教人忍不住皺起眉頭。我移了一下位置，稍微坐離她遠一點。

「爲什麼要坐那麼遠呢？我也好幾天沒洗澡了喔，鼻子早就麻痺了啦……如果能離開這裡，我第一件想做的事情就是趕緊把全身洗乾淨。」

她微笑地說道。

她在說話當中，也經常露出笑容。我只覺得非常不可思議。

「……爲什麼……妳明知道自己會被殺，卻沒有大哭大叫呢？」

我的表情一定顯得十分困惑。她想了一下說，因爲我已經接受這個既定事實了。簡直像是教會的女神雕像一般，她的神情既寂寞又溫柔。

道別的時候，她緊緊握住我的手好一陣子。

「好暖和呢。」她說。

六點前，我回到了四號房。

我跟姊姊解釋自己脖子上掛著的項鍊是怎麼來的，姊姊緊緊抱住我。

不久水溝開始變紅，到剛剛都還在我眼前的眼睛和頭髮在水溝裡漂流，穿過了房間。

我走近水溝，將漂在髒水上流過來的她的手指頭，輕輕地捧了起來。那是她最後緊握著我的手指頭，已經失去溫度，變成小小的碎片。

我的胸口痛了起來，腦袋和水溝水一樣染上一片通紅，世界的一切全成了血紅、發著高熱，我什麼都無法思考。

回過神時，發現自己靠在姊姊的懷裡哭泣，姊姊撫著黏在我額上乾掉的頭髮，被髒水弄濕的頭髮乾了之後變得硬硬脆脆的。

「好想回家呢。」姊姊喃喃地說。

她的聲音非常溫柔，一點都不適合這個灰色水泥包圍的房間。

聽她這麼說，我點了點頭。

第五天·星期三

有殺人者，當然也有被殺者。這七個房間的規矩是無可撼動的絕對存在。本來，那是一個唯有殺人者才知道的規矩，站在被殺者立場的我們是不可能知道的。

然而，出現了例外。

把大家帶來這裡關起來的那個人，把個頭還小的我和姊姊關進同一個房間。因爲我還是小孩子，沒被當成一人計算吧；或是因爲姊姊也不算成人，所以把我們姊弟視爲一組也說不定。

由於我體型小，能夠遊走於水溝把自己房間以外的狀況掌握得一清二楚，並依此推測出殺人者定下的規矩。但我們已經知道殺人行程的這件事，殺人者並不知道。

殺人者和被殺者雙方的立場是絕對不可能逆轉的。在這七個房間裡，這是宛如神的法則一樣絕對的存在。

不過，我和姊姊已經開始在思考活下來的方法。

第四天結束，第五天的星期三來臨。二號房的人消失，一號房又有新人被關進去。這七個房間的法則就是這樣的循環，不知道從多久以前就是如此了。水溝裡已經流過多少人的屍體了呢？

我在水溝隧道中來去，和所有人說話，當然，每個人都是一臉毫無生氣的表情，然而當我要離去時，每個人也都表示希望我再去她們房間。大家都被迫單獨一個人留在房間裡，被迫品嘗孤獨，那肯定是難以忍受的。

「只有你逃得出去喔。只要像這樣持續在各個房間之間移動，就可以避開凶手了……」我正要潛進水溝，姊姊說：「因爲把我們關在這裡的那個人，一定不知道你能在各個房間移動，所以明天，就算在這個房裡的我被殺，你也能逃去別的房間。只要像這樣一直逃，就不會被殺了。」

「……可是，我會愈長愈大，總有一天鑽不過隧道。更何況，凶手一定還記得這個房間關了兩個人，要是我人不見，他一定會到處找我的。」

「但這樣你至少可以多活一陣子啊。」

姊姊似乎是被逼得走投無路了，建議我明天就這麼辦吧，然而，我覺得那只是稍微拖延時間而已。但姊姊考慮的似乎是，說不定在那段時間裡就有逃走的機會出現哪。

不可能有那種機會的。我心想。想要逃出這裡，根本是不可能的事。

三號房的年輕女子，直到死前都一直和我說話。她的名字有點怪，光聽發音我不知道該怎麼寫，她便從口袋拿出記事本，在微弱的燈光下寫給我看。那本記事本附有一支小小的鉛筆。把大家關進來的那個人大概沒拿走她的記事本，她說她一直帶在口袋裡。

鉛筆的尖端上有無數的齒痕，筆心笨拙地露了出來。她似乎是爲了讓已經寫鈍的筆心露出來，而用牙齒把尖端的木頭部分咬掉。

「我爸媽常常會寄吃的東西給在都市獨居的我喔。我是獨生女，所以他們特別擔心吧。宅配的人都會送來一紙箱的馬鈴薯或小黃瓜，可是我常待在公司，老是收不到呢。」

她到現在仍然很擔心宅配的先生會不會抱著父母寄來的包裹站在自己公寓玄關前癡癡等待。一邊說話的她，一直望著漂著整團蛆的渾濁水面。

「我小時候，常在我家旁邊的小溪玩耍喔。」

據她說那是一條連溪底石頭都看得到的清澈溪流。我聽著她的故事，想像著猶如夢幻世界的那條小溪。搖搖晃晃的水面反射著太陽光，細碎崩散的光芒閃耀，那是一個非常明亮的世界，頭頂上方萬里無雲，青空沒有盡頭，彷彿自己的身體違反了重力不斷往上再往上被吸進去似地無邊無際。

我好像開始習慣被關在這個陰鬱狹窄的水泥房間、從水溝飄來的腐臭、以及燈泡光線下反而突顯的黑暗；我開始忘記進來這裡以前所待的普通世界了。想起外面吹拂著風的世界，我不禁難過起來。

我想看天空。我從未有過如此強烈的渴望。我在被關進來之前，爲什麼沒有多花些時間好好眺望雲朵呢？

如同昨天我與二號房的女生一般，我也和她並肩坐在地上聊天。

她也同樣沒有放聲大哭或是對這個不講理的情況感到憤怒，我們只是很平常地、像是坐在午後的公園長椅上聊著天，這能讓我們暫時忘記自己是身處這個灰色堅硬牆壁包圍的房間之中。

我們兩人一邊唱著歌，我突然浮現了一個疑問：爲什麼現在我眼前的這個人會被殺呢？接著我想起自己也同樣會遭到殺害。

我試著思考我們被殺的理由，但到最後，只得出同一個結論——因爲把我們帶來這裡的那個人想殺人。

她拿出剛才那本記事本，放到我手中。

「如果你能離開這裡，請幫我交給我爸媽好嗎？拜託你了。」

「可是……」

我眞的能離開這裡嗎？昨天，二號房的人也期待我能離開這裡，而將十字架項鍊掛到我脖子上。但是，根本沒人敢保證我能離開這裡。

我正想這麼告訴她的時候，門外突然有動靜，似乎有人站在那兒。

「糟了！」

她的表情當場僵住。

我們都很明白，不知不覺已是最後的時刻。傍晚六點到了。我應該更早離開這裡的，卻留到現在，一方面是她沒有手表，而且和她在一起太開心，我連時間都忘了。

「快逃！」

我一站起身立刻跳進水溝，鑽到通往上游方向的長方隧道裡。我應該要往下游方向回去姊姊所在的隔壁房間才對，但上游的洞口離我比較近。

在我衝進洞口的同時，身後傳來沉重鐵門開啓的聲音。我的腦子瞬間開始發燙。把大家關進來的那個人出現了。對於那個人，我心中早已抱持著唯有死前才准看見他的禁忌幻想，我畏懼著那個絕對的死亡象徵，彷彿只要稍微接近，我的身體便會從指尖開始崩落。

我的心跳加速。

我鑽出隧道，佇立在空無一人的二號房裡。我人仍站在水溝中，深深地呼吸，把她交給我的記事本放到地上。

現在，在三號房，把我們關進來的那個人正要殺了她。一想到這裡，某個想法開始糾纏著我，我怕得全身顫抖。那麼做非常危險，但我非做不可。

我和姊姊要逃離這裡。我們一直在思考可行的方法，但仍沒有結論，不過姊姊一直想取得更多的情報，任何細微的線索都可以，我們一直在尋找能夠讓我們爬離這裡再次看見天空的契機。

而爲了這個目的，就如同到目前爲止我們所進行的方式，只能由我的雙眼去看那些謎一般隱藏在黑幕後面的部分，再將線索傳達給姊姊。

有如謎團的部分。就是指把我們關在這裡的人的眞面目，以及他殺人的手法。

我在考慮的是，再次退回隧道裡偷看三號房的狀況。當然，要是探頭出去那個狹小的房間被發現，當場連我也會被殺死的，我只能小心翼翼待在水溝裡窺視房間狀況。但光是這樣，就已經讓我緊張到快昏過去了。要是被發現我在偷窺，我應該是活不到明天。

在水溝下游方向、隔著二號房與三號房的牆上有個細長的洞穴，我才剛從那兒爬出來的，而此時，我又在那個洞穴前跪了下來。水流不斷流過我的大腿內側，吸進眼前的長方形洞穴裡。

我深吸一口氣，小心不發出聲音進入隧道。水的流速很緩慢，當心點就不會被沖走。我從目前為止的經驗學到，只要手腳牢牢撐住，即使背著身子也能溯水前進，但隧道的水泥內壁可能因為水太髒，整個覆著一層滑溜溜的黏膜，很容易滑倒，一定得非常小心。

在長方隧道裡頭，水面與隧道頂面之間幾乎沒有縫隙，所以為了看清楚三號房裡發生的事，我只能潛入水中，在水裡睜開眼睛看。

雖然很不想在髒水裡面這麼做，我還是睜開了雙眼。

我將手腳抵住隧道內壁，身子浸在隧道中，停在只差一步就出去到三號房的隧道口附近。水溝水彷彿纏抓似地衝撞著我的全身皮膚表面，往前方流去。在渾濁的水中睜開眼，我看見了微弱的長方形光芒，那是三號房的燈泡發出的光。

水流的聲音中，混雜著機械聲。

雖然水很渾濁看不大清楚，我看見有個黑色的人影在動。

我的臉頰旁流過一塊緊咬著腐爛的某種東西的蛆團。

我想看得更清楚，便試著再靠近隧道出口一點。

手腳滑了一下，我使力用指尖抓住牆壁，附著在隧道內壁的滑溜黏膜被我指尖刮到的部分一點一點地剝離，在內壁劃出了線。突如其來地被水流這麼一沖，我好不容易止住身子，但我的頭已經露出隧道外面。

我看到了。

直到剛剛還跟我說著話的女子，已經成了一座血和肉的小山。

從沒見它打開過的鐵門正敞開著。我們看到的門內面一片平滑什麼都沒有，但門的外側卻裝有門閂。那是把大家關進來，確保每個人到死都只有自己一人的門閂。

房間裡有個男人，他站在根本不能稱之爲屍體的紅色塊狀物前，背對著我。要是他是正面朝著我的話，一定早就發現我了。

我看不見他的臉，但他手上握著一把電鋸，機械正發出劇烈的聲響，原來有時門外傳來的機械聲就是這個。男人站得直挺挺地，不帶感情地將電鋸一次又一次地朝眼前刺，把東西鋸碎。他每刺一次，啪的一聲，紅色的東西便四處飛散。

整個房間一片通紅。

很突然地，電鋸的聲音消失。我和男人之間，只剩下水溝傳出的水流聲。

男人正打算回頭。

我用指甲摳住隧道內壁，慌忙往後退。男人似乎沒發現我，不過要是再晚個一秒，我和他大概就四目相對了。

我回到空無一人的二號房。但是，這裡也稱不上安全，由於會關新的人進來，那扇門隨時都可能打開。我拾起放在地上的記事本，前往一號房。現在根本不可能穿過三號房回姊姊房間去。

我在一號房的女生身邊並肩坐下。

「你看到什麼了？」

我的臉色一定相當難看，她才會這麼問。她是昨天晚上被帶進來的最新的房客，我雖然已經告訴她七個房間的法則，但我無法向她說明方才見到的一切。

我翻開三號房女子交給我的記事本，開始閱讀裡面的內容。因爲我潛到水中的關係，頁面都黏在一起了，光要翻開就弄了好久，紙面變得皺巴巴的，不過上面的文字還是可以辨識。

她寫了一篇很長的文章給她的爸爸媽媽，裡面反覆出現「對不起」三個字。

第六天．星期四

我實在太害怕碰到那個男的，沒辦法回到四號房，只好一整晚都待在一號房。一號房的女生打從心底歡迎我留下來，還把早餐的吐司多分了一些給我。我吃著吐司一邊想，姊姊一定擔心我擔心得不得了。

終於我下定決心回姊姊所在的房間，潛進水溝隧道，結果二號房已經住進新人了。就跟每個第一次看到我的人一樣反應，她也嚇了一大跳。

三號房則是空空蕩蕩的，連血也刷除得一乾二淨。我試著尋找任何一點能透露昨天跟我一起聊天的人曾經存在過的證據，然而什麼都沒有，只是個空虛的水泥房間。

回到四號房，姊姊緊緊抱住我。

「我還以爲你被抓到殺掉了！」

即使如此姊姊還是留著吐司沒吃一直等我回來。

今天是星期四，我們被關的第六天，輪到我和姊姊被殺了。

我告訴姊姊我一直待在一號房，那個女生也分了吐司給我吃。我跟姊姊說對不起我已經先吃過了，她可以吃掉整片吐司。姊姊只是紅著眼眶罵了我一聲傻瓜。

接著，我告訴她三號房的人被殺的時候，我躲在隧道裡努力想看清楚凶手的長相。

「你怎麼做這麼危險的事！」

姊姊生氣了。不過當我講到門的部分，她沉默下來認眞聽我說。

姊姊站起身，伸手撫著嵌在房間牆裡的鐵門。她握起拳頭用力敲了鐵門一記，房裡響起沉重的金屬塊和柔軟的皮膚碰撞的聲音。

沒有把手的門，幾乎和牆壁沒兩樣。

「……門的外側眞的有門閂？」

我點點頭。從房間內部看，合葉在門的右側，而門是往房間內側開啓，因此那時潛在隧道裡的我可以清楚看到門外側的那一面。門上的確有一道看上去非常堅固的橫向門閂。

我再次看著房間門，它並不是開在牆面正中央位置，而是較偏左手邊。

姊姊的神情非常恐怖，直瞪著那扇門看。

一看姊姊手表，已經中午十二點。距離傍晚凶手前來殺我們的時間，只剩六個鐘頭。

我坐到房間角落翻著三號房女生交給我的記事本，裡面寫著她父母親的事情，害我也好想見爸爸媽媽。爸媽一定很擔心我們。我想起在家時，睡不著的夜晚，媽媽都會用微波爐溫熱牛奶給我喝。大概是昨天在髒水裡睜開眼睛的關係，一流淚眼睛就痛得不得了。

「我絕對不會讓事情就這樣結束……絕對不會……」

姊姊恨恨地、對著門悄悄地喃喃自語，她的雙手顫抖著。回頭看向我的姊姊，臉上表情顯得十分悲壯，眼白部分彷彿閃爍著猙獰的光芒。

她昨天仍虛弱無力的眼神已不復見，那是下了某個重大決定的表情。

姊姊又再問我關於凶手的體格和他手中電鋸的事。難道她打算在凶手襲擊我們時和他硬碰硬打起來嗎？

男人那把電鋸將近有我身高的一半高，刀刃發出宛如地鳴的聲響高速運轉，姊姊究竟打算怎麼跟拿著那樣東西的男人對抗？但是，不這麼做我們只有死路一條。

姊姊看了看手表。

那人馬上就要來殺我們了。那是我們現在所處這個世界的法則，絕對會來臨的絕對的死亡。

姊姊要我潛入水溝去跟大家講一下。

時間很快過去了。

這條水溝已經漂過多少人的屍體？我潛入這汙穢的水中，穿梭在長方的水泥洞穴，移動於各個房間。

除了我和姊姊，被那男人關進來的同時還有五人。這五人當中看過水溝水染紅、漂流各式各樣人體碎片的，是位於我們房間下游的三個人。

我到她們的房間，向她們道別。大家都知道今天輪到我和姊姊了。有人悲傷地摀起了嘴，有人則是曉得自己終究會遭遇同樣下場而絕望不已，還有人建議我逃到別的房間，就算只有我逃得了也好。

「這個你帶著吧。」

五號房的年輕女生將一件白色毛衣交給全身只穿一條內褲的我。

「這裡很溫暖，不需要毛衣……」

然後她緊緊地抱住我。

「願幸運降臨在你和你姊姊身上……」

她的聲音顫抖。

終於，六點來臨了。

我和姊姊坐在房間的角落。這個角落位於正對門那面牆和下游側連接五號房的牆壁交接，是離門最遠的地方。

我貼著角落靠牆坐，姊姊坐在我身旁。我們把腳伸得直直的，姊姊的手臂碰到我的手臂，傳來了她的體溫。

「出去外面的話，你第一件事想做什麼?」

姊姊問我。出去外面的話……?我已經想過太多次，有太多的答案。

「我不知道。」

可是，我想見爸爸媽媽，我想深呼吸，我想吃巧克力，有無數件想做的事。要是這些事情真能實現，我一定會哭出來的。我跟姊姊說了之後，姊姊露出我就知道的表情。

我瞄了姊姊手表一眼確認時間。姊姊一直望著房裡的燈泡，我也跟著她看。被關進這個房間前，我和姊姊成天吵架，我甚至還想過為什麼在我身邊會有一個叫做姊姊的生物存在。我們每天吵來吵去，點心如果只有一人份，一定會搶著吃。然而此刻，姊姊只是這麼坐在我身邊，就給了我無比的勇氣。她的手臂傳來熱熱的體溫，宣告著這世界不是只有我獨自一人。

當然姊姊和其他房間的人完全不同。我一直沒想過這件事，但其實在我還是小嬰兒的時候姊姊就認識我了，那是非常特別的。

「我出生的時候，姊是怎麼想的？」

聽我這麼問，姊姊一臉「怎麼突然說這個？」的表情看著我。

「我第一個想法是『這是什麼啊？』第一次看到你的時候，你躺在床上，身體小小的一直哭，說真的，我完全無法想像你跟我有什麼關係呢。」

接著又是一陣沉默。並不是我們已經沒話說，在這個燈泡光線下淡淡浮現的水泥箱子中，只有水聲悄悄流動，我發現我和姊姊正深入地談著心，在死亡逐步迫近的此刻，我的內心逐漸冷靜，宛如平靜無波的水面。

看了看手表。

「準備好了嗎？」

姊姊深呼吸一口氣，這麼問我。我點點頭，繃緊全身的神經。就要來了。

唯有水溝水不停地流動，我豎起耳朵傾聽是否還有水聲以外的聲音。

維持這個狀態數分鐘之後，遠處傳來熟悉的腳步聲，微微震動著我的耳膜。我摸了摸姊姊的手臂抬起臉看著她，時間到了。我站了起來，姊姊也跟著起身。

腳步聲逐漸接近這個房間。

姊姊的手溫柔地放在我頭上，拇指輕輕撫了撫我的額頭。

那是安靜的道別暗號。

姊姊做出的結論是，我們跟拿電鋸的男人再怎麼對抗也是毫無勝算。我們是孩子，對手是大人。很悲哀，但是事實。

門下縫隙出現了影子。

我的心臟快要裂開來，彷彿體內所有東西都將從喉嚨深處逆流而出，我心中滿是悲傷和恐懼，被關在這裡的每一個日子在腦海復甦，死去的人的臉孔和聲音在腦中迴響。

門的另一側傳來拉開門閂的聲音。

姊姊背靠著離門最遠的房間角落，以單膝跪地的姿勢做好準備等著。她迅速看了我一眼，死亡馬上就要來臨了。

鐵門發出沉重的聲響打開來，有個男的站在那裡。他走進房間。

但我看不清楚他的長相，映在我眼中的他只是一道朦朧的黑影，一道掌管死亡、將死亡帶來我們身邊的黑色人影。

電鋸發動的聲音。整個房間充斥著撼動一切的激烈噪音。

在房間角落的姊姊張開雙臂，絕不讓男人看見她的身後。

「我不會讓你碰我弟弟一根手指頭的！」

姊姊大叫著，然而，那聲音立刻就被電鋸的聲響蓋過。

我好害怕，想要大叫出聲。我想像著被殺那一瞬間的痛楚，當那麼激烈運轉的刀刃砍進身體的時候，會讓腦子裡想著什麼事情呢？

男人看見了姊姊身後的我的衣服。他握緊電鋸，往姊姊走近一步。

「不要過來！」

姊姊伸出雙臂，拚命擋住身後大叫著。喊聲仍被電鋸聲蓋過，但她應該是這麼叫的，因爲，我們事先就決定好要這麼說了。

男人再走近姊姊，轉動的電鋸刀刃碰到了姊姊伸長的雙手。

一瞬間，血腥的飛沫濺散到空氣中。

當然，我並沒有看得一清二楚。男人的模樣、姊姊的手破碎瞬間，我都只隱約看見個影子，因爲，我只能透過渾濁的水看著房裡的狀況。

我從藏身的水溝隧道爬出，衝過凶手打開的鐵門逃了出去。關上鐵門，鎖上門閂。

隔著門，房內的電鋸聲變小了。房間裡只剩下姊姊和那個凶手。

當姊姊將手放在我頭上，拇指輕輕碰觸我額頭的時候，就代表了我們別離的時刻。下一個瞬間，我迅速把腳伸進上游的隧道整個人鑽進去藏了起來，因為躲在上游這一側比下游更靠近門。

這是姊姊想出來的賭注。

由姊姊站在房間角落，把我的衣服藏在身後像是護住我似地，以吸引凶手注意，而我就趁那時候從門口逃出去。只是這樣的計畫。

因此我的衣服非弄得像是有人穿著不可，我向大家要來衣物塞進我的衣服裡。不知道這種騙小孩的把戲能不能瞞得過凶手的眼睛，我其實很不安，但姊姊說，只要騙過幾秒鐘的時間一定沒問題的，姊姊的話給了我勇氣。於是，姊姊裝出護著我的模樣，用身體擋住身後那堆衣物的集合體。

姊姊站在離門最遠的位置，做好所有準備等待凶手上鉤，一方面也留心著不讓凶手發現從水溝隧道爬出來的我。

當凶手的電鋸刀刃最靠近姊姊的瞬間，我從水溝爬出來，站起身衝出門外……

鎖上門閂的那一刻我全身顫抖。留下即將被殺的姊姊，只有我，獨自逃到了外面。姊姊為了讓我逃走，她沒從那把電鋸底下逃開，而是選擇留在房間角落繼續她的演出。

緊閉的鐵門的另一側，電鋸的聲音停止了。

有人從裡面敲著門。姊姊的手已經被切斷了，一定是凶手敲的。

我當然不開門。

門裡面傳來了姊姊的笑聲。那高亢、尖銳的笑聲，是對著一起被關在裡面、想必困惑不已的凶手所發出的勝利笑聲。

但即使如此，恐怕姊姊最後還是會被那個男人殺掉吧。只剩他們兩個人被關在裡面，姊姊一定會被凶手以前所未聞的殘忍手法殺死的，然而姊姊還是攔了凶手一道，讓我逃了出來。

我看看左右，這裡應該是地下室，沒有窗戶的走廊向前延伸，每隔一段固定距離，便有一盞照亮黑暗的燈和鎖了門閂的門，總共並列了七道門。

我打開四號房以外的所有門。三號房雖然空無一人，我還是打開了它。想到那間房裡也死過很多人，總覺得非打開不可。

房間裡的每個人一看到我，都只是默默點了點頭，沒有任何一個人面露歡欣的神情。我之前已經把這個計畫告訴大家了，我成功逃出來，就表示現在此刻，姊姊正遭遇不測。這大家都知道的。

五號房的女生抱著我哭了出來，接著，我們所有人集合到那扇依舊緊閉的鐵門前。

門內再度傳來姊姊的笑聲。

然後是電鋸又開始運轉的聲音。男人似乎打算鋸開鐵門，削切金屬的聲響響起，然而鐵門只是文風不動。

沒有人開口說要打開門救姊姊，因爲姊姊事先已經透過我向大家說明，凶手一定會報復的，所以姊姊要所有人出了房間之後立刻逃走。

於是，我們留下關著姊姊和殺人魔的房間轉身離去。

穿過地下走廊，我們看見了一道往上的樓梯，爬到樓梯頂上，就是陽光燦爛的外面世界。我們終於逃離了那個昏暗憂鬱、被寂寞支配的房間。

我的眼淚掉個不停。我脖子上掛著十字架項鍊，一手拿著那本寫了向父母道歉文章的記事本，然後我的手腕上，掛著姊姊的遺物——那只手表。因爲不是防水的錶，大概是我躲在水裡的時候壞掉的吧，指針恰好指著傍晚六點停止了走動。

在墜落的飛機中

「我想請問一下，妳相信諾斯特拉達姆士（註）的預言嗎？」

聽到有人這麼問我，於是我視線離開了窗外飄浮的白雲。開口的是原本坐在我右邊座位的男人。他穿著樸素的灰色西裝，走在路上大概五分鐘內就會和五個跟他差不多類型的人擦身而過。三十歲上下，應該和我同世代。

「預言？你說一九九九年世界會毀滅的那則？」我反問。

男人點點頭。

「聽過啊，在我小時候很流行的。不過……不好意思喔……」我透過座椅空隙望向走道前方，「現在這種時候講這種事情不會太冒失了嗎？」

「就是這種時候才要講啊。」

座位是三個單人座並排的形式。我坐靠窗，男人坐正中間，靠走道座位則是空著的。

「你是想搭訕？」

「不是啦，我已經結婚了……雖然跟我太太目前處於分居狀態就是了。」男人微微聳了聳肩，「我是要講諾斯特拉達姆士的預言。我啊，本來一直深信不移的喔，一九九九年人類一定會滅亡，而我會死掉。」

「我也是。我是在小學時候聽到那則預言的，怕到晚上睡不著，害我還很認真思考自己和父母的死亡呢。沒聽到預言之前，根本覺得死亡事不關己。一九九九那年我是二十一歲……」

男人有些訝異，揚起了眉毛。這男人的舉止像個猜謎節目主持人似的。

「那我們年紀一樣耶，同屆的囉。」

「是嗎。總之，我只規劃了自己到二十一歲的人生。」

「結果世界並沒有毀滅啊。這樣說或許有點誇張，不過在那之後，我只覺得接下來的日子都是餘生了。」男人彷彿嘆了口氣般感慨良深地說。

我們的座位在飛機最後一排，從我左手邊的四方窗戶可以看見藍天，眼前是一整片平坦的白雲，彷彿大地上擠著滿滿的羊群，簡直像天國一般的和平景色。

「一直維持這種姿勢實在有點累呢。」男人苦笑著說。

我們都彎著腰往前靠，像要藏在座位暗處似地躲著，彼此緊靠肩膀壓低聲音談話。因爲一直弓著背，脊椎都快散了。

「眞想大大地伸個懶腰，還是算了。沒辦法囉。」

他也同意。男人把臉湊近座椅間的空隙。透過空隙，某個角度剛好可以看到走道前方。男人的臉仍湊在座椅間繼續說：

「我還沒搭上這班飛機就一直在想了，在諾斯特拉達姆士預言落空的一九九九年之後

註：諾斯特拉達姆士（Nos Tradamus，1503-1566），法國籍猶太裔預言家，留下以四行體詩寫成的預言集《*Les Prophe Ties*（百詩集）》，有研究者從這些短詩中「看到」對不少歷史事件及重要發明的預言。本文所指預言為其最著名的1999年世界末災難詩。

出生的孩子，究竟是怎麼看待死亡的？他們和我們的生死觀一定截然不同喲。一九九九年之前就懂事的我們，童年時期就算再怎麼快樂，還是受到那個詛咒般的預言糾纏，心中總有一絲陰影；即使是認爲世界不會滅亡的孩子，心裡某個角落一定還是存在『但萬一……』的想法。可是在預言落空之後才懂事的孩子一定不一樣呀，他們壓根沒有機會思考世界滅亡或自己的死亡吧。」

「會嗎？很難說吧。車禍意外那麼多，環境問題也愈來愈嚴重，就算沒有諾斯特拉達姆士的預言強迫他們思考死亡，在成長過程中也很自然會去思考這些事情吧。至少我是這麼希望的。」

男人迅速瞅了我一眼。

「原來如此。說不定眞的像妳說的。」

他話說完又透過座椅空隙窺視前方，嘴邊浮上自嘲的笑容。機身稍微傾斜，同時傳來空罐滾動的聲音。從剛剛就一直是這樣了，每當機身傾斜，空罐便在走道上滾來滾去。

「不過，我可從沒想過自己會因爲墜機死掉喔。妳想像過嗎？再一個小時之後，這架飛機就會掉在某個地方了。」

「眞傷腦筋，我有個計畫了很久正要去做的事。竟然會因爲墜機而死……唉……眞令人洩氣哪……」

我縮起肩稍稍抬頭，越過前座椅背確認前方的狀況。現在如果是過年還是中元節，機內座位可能會全部坐滿吧，但日前只有一半左右的座位是有人的，而站在走道上的身影，依舊是那名持槍的劫機犯。

劫機發生在三十分鐘前，當時飛機剛離開陸地。事情的開端是一名坐在前區座位看似大學生的男孩站起來從頭上的行李置物箱拿了什麼東西出來，當空服員過去告訴他因爲安全考量請他坐下時，男孩從放在置物箱的背包裡抽出一把像手槍的東西指著空服員。

「請不要管我，不要管我。就算我……就算我……」

男孩講著莫名其妙的話。他穿了一件起毛球又脫線的舊毛衣，外面搭一件染到色的白外套，頭髮有嚴重的自然捲，還有一撮睡覺壓到的頭髮像天線一樣翹起來。他握槍的手微微顫抖著，那把槍怎麼看都不像是眞的，比較像水槍。

「我不能不管你，這是我的工作！」

空服員似乎也覺得那是玩具槍，所以毫不在意槍口對準自己，口氣強硬地對男孩說道。男孩好像也有點懾於她的氣勢，正打算坐回座位上，然而看到男孩反應的空服員卻露出勝利的得意表情乘勝追擊。

「我說你這人是怎樣？居然在繫好安全帶的燈號還沒熄滅的時候就站起來。還有你那身打扮又是怎麼回事？拜託你多看一些服裝雜誌學學人家好嗎，眞是有夠土的！」

這時機內所有乘客全盯著男孩瞧，每個人都轉頭看向被空服員痛罵的他，露出或是竊笑或是嘲笑的表情。男孩一臉羞愧地低下頭看著自己的穿著，然後，再度將槍口對準空服員扣下了扳機。機內只響起一聲乾乾的聲響，空服員便應聲倒在走道上，所有乘客的臉色倏地轉爲蒼白。在全部的人僵直望著他的視線中，這名看似大學生的男孩穿過走道前往駕駛艙。

「大家，請不要輕舉妄動，有人動我就開槍喔。我現在要去跟機長講一下話。不好意思，給你們添麻煩了。」

他邊走邊說，一路上不停向眾人低頭道歉，腳步畏畏縮縮地，看上去很沒出息。這時前區座位有個男人站了起來，是一名身穿西裝的帥氣男人。

「你給我站住！」

他的聲音比男孩更加威嚴響亮，男孩嚇了一跳，一臉困惑地停下腳步。

「什、什麼事？」

「少裝蒜，你拿煙火嚇壞了人家空中小姐，卻連一聲道歉都沒有！」

「就、就算你這麼說……」

男孩一邊說，一邊打量著這位威風凜凜的西裝男人。

「好高級的西裝喔……你想必是從優秀大學畢業進了大公司吧……」

男孩的口氣非常羨慕，於是威風凜凜的西裝男人鼻子哼一聲，整了整西裝領子說：

「嘿，好說，我可是T大畢業的喔。至於T大當然就是東京大學了。」

男孩突地朝他開了槍，接著轉頭問機內還有沒有誰是T大畢業生，沒人舉手。男孩走進駕駛艙後，機內一片譁然，不久男孩走回來，眾人又安靜了下來。

「各位，請安靜聽我說。這架飛機將近一半的座位都坐了乘客，大家或許是要返鄉，或許是去觀光，我知道這樣會造成各位的困擾，但是我要告訴大家，這架飛機的目的地將從羽田機場變更爲T大校園。」

像要確定機內每一個人都聽清楚他的話似地，男孩停頓了一下，繼續說：

「從現在開始，大約一個半小時之後，這架飛機就會撞上T大的校舍。各位，請和我一起死吧，拜託你們了。考了五次T大都落榜的我，只有死路一條了……」

原來這位看似大學生的男孩並非大學生，只是一名沒工作的年輕人。而搭上這架飛機的我們這些乘客，便成了他自殺的陪葬者。

聽到第二聲槍響時，我和隔壁座位樸素西裝的男人同時探出頭望向走道前方，只見男孩很傷腦筋似地盯著屍體看。

「啊啊，眞是的，我明明說了請不要輕舉妄動，爲什麼要亂動呢……」

說完後，他一臉很不好意思地朝著周圍被槍響嚇到摀住耳朵的乘客低頭致歉。之後接二連三有乘客打算在男孩不注意奪下他的手槍，他們一站起身便撲向男孩背後。男孩一直在走道上焦慮徘徊，舉手投足和表情簡直像在拜託別人欺負他似地十分懦弱，可能因爲這樣，每個乘客都暗忖應該兩三下就能壓制那個男孩，連手臂根本沒肌肉的我都忍不住覺得自己打得贏他，可見男孩身上所具備被欺負的素質有多強烈。他全身上下散發出一種「請欺負我」的光芒，挑逗著眾人的嗜虐心。

然而撲向他的乘客，不知爲何都踩到不曉得從哪兒滾過來的空罐滑跤，接著就被男孩開槍擊中倒地不起。

只要機身一傾斜，空罐便在走道上滾來滾去，害人跌倒之後，再度滾進不知哪個座位底下去。

「那個男孩子有神在幫他呀……」

隔壁男人躲在前座椅背後方說道。爲了不被流彈波及，幾乎所有乘客都把頭壓低。

「爲什麼都會去踩到空罐呢？一定是太專注了才沒留意到腳下吧……」

劫機犯要是發現我們在偷偷交談，不知道會怎麼想，不過看樣子只要我們低下頭躲在座位暗處應該就不會被發現了。

「踩到空罐還能不跌倒的，應該只有像幽靈那種沒腳的吧。不過說眞的，沒想到會成了別人自殺的陪葬品啊。」

「這架飛機眞的會墜機嗎？」

「假如這是小說，在故事的最後，主角一定會採取某些行動解決掉那個男孩吧。」

「然後我們就得救了？」

「這個嘛。不過如果是某本短篇集裡特別收錄的新增作品，或許就不會有這麼稱心如意的結果了。我想一定會墜機的喔，我們所有乘客都會品嘗到墜落和逐漸逼近的T大校舍所帶來令人發狂的恐怖啊。」

男人把食指按住自己的額頭很感慨似地搖了搖頭，完全是演戲的肢體動作。我嘆了口氣。我是爲了某個目的才搭上這班飛機的，怎麼都沒想到會碰上劫機。

我討厭墜機這種死法。從小我就嚮往安樂死，看見流星的時候，我甚至會許願說：「請讓我的死法是如同睡著一般死去，那我就算結不了婚也無所謂了。」

「我眞的很不想死於墜機，怎麼辦哪？」

「對啊，當然不想死於這種方式啊。飛機墜落的瞬間一定會痛苦得令人難以忍受喔，骨頭會斷掉，內臟會飛出來，還會被大火燒身，總之一定很悽慘吧。」

「我希望至少能在瞬間死掉，這樣就解脫了……」

「太天眞了！」

男人氣勢十足地說道，不過其實也只是劫機犯聽不見的低語程度。

「說什麼瞬間死掉，妳眞是太天眞了，會發生什麼事根本無法預測呀，說不定會半死不活地拖著，好比被支架插進肚子好幾個小時都沒人管喔。」

我想像著自己疼痛掙扎的模樣，腋下開始冒汗，一陣嘔吐感直竄上來。

「可以的話，我眞想安樂死。」

聽到我這句束手無策的低喃，他以劫機犯聽不見的音量彈了一下手指，滿臉笑容。

「我就等妳這句話。」

我稍微退開身子問他：

「我說你呀，到底做什麼來著？這種節骨眼還彈手指，再怎麼沒常識也有限度吧！」

「抱歉抱歉，我還沒告訴妳吧，我的職業是推銷員。」

男人從西裝內袋取出了一樣東西湊近我的臉。

「請看一下這個。」

男人伸出的手裡握著一支小小的針筒，裡面裝著清澈的液體。

「只要注射這個藥，就能毫無痛苦輕鬆死亡喔。這是最後存貨了，怎麼樣，要不要買？」

大概又有人站起來想奪走男孩的槍，機內響起空罐的滾動聲和槍聲。

「也就是說這支針筒裡面裝的是安樂死的藥？」

「一點兒也沒錯。如果在飛機墜地前注射這支針自殺，就能夠毫無恐懼毫無知覺地死去了，眞是最適合現在這種狀況的商品對吧。要買的話，動作得快點囉。」

「爲什麼？」

「因爲從注射到藥效發作大約要半個鐘頭。假設飛機在一小時後墜落，妳就得在接下來的半小時內決定要不要買下它然後打針，不然妳在藥效發作前就會造訪T大了。所以請快點決定吧。」

「你這人，是死神嗎？」

「我只是一介推銷員罷了。妳似乎覺得我這樣的普通人手上有安樂死的藥很怪呀，好吧，我就告訴妳吧，其實我呢，本來是打算拿它來自殺的。」

他把針筒放回西裝內袋，望著遠方開始說：

「我從小就立志當推銷員。很怪吧，老師也是這麼說。要說這份工作有什麼魅力，我想就在和人談話將商品賣給對方時那種類似討價還價的地方吧。」

「後來你夢想實現當上推銷員了嘛。」

男人點點頭，但看起來一點也不開心。

「可是我沒有當推銷員的才能。我當了將近十年的推銷員，業績卻毫無成長，連後輩都追過我，我在公司的地位比新進員工還低下，老婆也對我死心離家出走了，現在應該在東京的娘家吧。」

「所以你對人生絕望決定自殺？」

他點頭。

「我認識一個醫生，他理解我的想法，於是我花一大筆錢跟他買到安樂死的藥。」

「好猛的醫生哪。」

「那是個年紀很大有點癡呆的醫生，總之我弄到了安樂死的藥。我是為了前往死亡地點才搭上這班飛機的。」

「你本來打算下飛機之後找個地方打針是吧？」

「我想讓我老婆難堪，所以我要死在她娘家的玄關，這樣她一開門就會看見我的屍體，一定大吃一驚不知道該怎麼辦吧，然後一定會被附近鄰居冷眼對待的。」

「你這計畫也造成太多人困擾了吧！」

「請不要管我。不過現在託劫機的福，計畫全泡了湯，剩下的只有我西裝裡的針筒了。怎麼樣，要不要買呢？這是我人生最後的願望了，我希望能以推銷員的身分賣出東西。能不能請妳買下這支針筒，讓我心滿意足劃下人生句點呢？」

他露出被雨淋濕小狗的可憐眼神對我說。我思考了一下，這提案不賴。

「可是那支針，一定很貴吧？多少錢呢？」

「妳身上有多少錢？」

我小心不讓頭高過座椅，從手提包裡取出皮夾打開讓他看。

「一萬圓紙鈔三張，剩下的都是零錢嗎？喔，有銀行提款卡。妳戶頭裡有多少錢？」

「三百萬左右。」

「那麼全部加起來，賣妳三百零三萬吧。」

「太貴了，這可是我全部的財產耶。」

「人死了身上有多少錢都沒用吧。怎麼樣，要不要把提款卡給我？當然密碼也麻煩一併告訴我吧。」

「……原來如此，我曉得了，你和那個劫機犯是一夥吧，你們的計謀是引起劫機騷動然後在機內高價販賣安樂死的藥，對吧。」

推銷員笑了出來。

「有必要爲了詐欺不惜殺人嗎？」

他努了努下巴，指向仍倒在走道上沒人善後的空服員。

「……好，我就相信你的話。不過要我全部財產買你一支針筒太不划算了，一萬圓我就買，再說一萬都算貴了。」

其實我很想立刻買下那支針筒。橫豎都要死了，鈔票也跟紙屑沒兩樣，而且就算我把銀行提款卡給他，他也沒機會領錢，因爲他一樣難逃墜機的命運吧。但我也有我的自尊。

「三百零三萬圓根本是天價，眞的太貴了。」

「你在這種情況下還想殺價啊！只賣妳一萬圓我沒辦法安心成佛的啦！」

「誰管你能不能成佛，我的生存意義就是殺價，每天在蔬菜店魚店殺價殺價再殺價就是我唯一的樂趣。高麗菜被蟲咬了個洞啦，還是魚太瘦啦，跟老闆挑三揀四讓他算我便宜一點，就是我一整天下來唯一好好和別人講話的時間啊。」

「妳的生活會不會太陰暗了啊，妳上班的時候不跟人講話的嗎？」

「不講啊。我在漫畫喫茶店打工，就算有人跟我搭話我也充耳不聞。本來我個性就很怕人，才會到這個年紀了還未婚獨居吧。」

「太浪費了啦。雖然由我來講有點怪，妳的五官很漂亮啊。」

「我知道。」

「……還眞敢說。」

「但我有心理創傷，所以徹頭徹尾畏懼人，尤其是男人。曾經有個男人對我做了非常過分的事……」

「非常過分的事……？」

「沒錯。即使只是寫成文章出版都會令人猶豫再三的殘忍對待。」

他一臉很想知道的表情，於是我把自己在高中時代經歷的殘酷暴行告訴了他。我清清楚楚記得那個讓我身心受創的男人的名字與長相。

聽完我的故事，推銷員額頭冒出冷汗，像要忍住反胃似地摀住了嘴巴，他的雙眼通紅，淚水在眼眶裡打轉。

「天哪，這眞是太過分了……打個比方，這就像是本格推理小說裡凶手是年輕女性，而犯罪動機是過去的強暴事件一樣令人心情低落啊。」

「對吧。事實上，前幾天我終於拿到那個男人的住址了，我請偵探暗中調查的，聽說他就住在東京。」

「爲什麼要查他的住址……？」

「你在問什麼廢話，當然是爲了報仇啊。偵探告訴我，他已經結婚還有小孩了，你覺得我能夠坐視他擁有幸福家庭嗎？所以我才搭上這班飛機，本來打算一到羽田機場就立刻去他家，當著他的面殺了他孩子的。」

「妳這才叫造成別人困擾吧！」

「請不要管我。我的事情不勞你操心。」

機內又響起空罐的滾動聲和槍聲。我沒一一探頭出去確認，不過一定又是有人想撲到那個男孩身上，結果踩到滾出來的空罐滑跤反倒被殺了吧。

「好吧言歸正傳，雖然很對不起把殺價當成唯一樂趣的妳，一萬圓實在太廉價了。」

「正因爲是人生的最後，我更不能在底牌被摸清的狀況下答應跟你買啊。再說你究竟是花多少錢跟醫生買的？」

「爲了拿到這一百零一支的針，我可是付了三百萬給那個癡呆醫生喔，再怎麼說一般人使用這種藥是違法的嘛，所以被他獅子大開口了。不過這價錢剛好跟妳戶頭裡的金額一樣耶，正是一筆不賠不賺的交易喔。」

「你的話到底可信度多少？說不定你只花三百圓買藥，卻騙我說你花了三百萬。」

爲了確定推銷員是否說謊，我盯著他的眼睛看。他立刻把視線移開，簡直就像從媽媽錢包裡偷了零錢的小孩一樣裝傻。

「因為把原價說得高一點比較好嘛……」

他仍看著他處，心有不甘地小聲說。

我思考著。現在此刻，他手上安樂死的藥究竟有多少價值。對於愈恐懼墜機死亡的人來說價值一定愈高，然而左右藥的價值的因素只有這點嗎？

「話說回來，你自己為什麼不用那個藥？」

「我說妳啊，那當然是因為我想在人生的最後把商品賣給別人獲得充實感啊。」

我一邊思考一邊抬起頭來越過座椅望向拿槍的男孩。他站在走道正中央笨拙地塡裝子彈，兩名充滿正義感的男子乘隙撲向他，其中一名老樣子踩到空罐滑倒，另一名被前者拖累一併摔到地上。槍聲響了兩次，再度恢復寂靜。

「是了。這筆生意與其說是買賣，不如說是一場賭博。」我弄懂了，轉過頭去看著推銷員。

他一臉訝異。

「你剛剛說：『注射之後到死掉要花半個鐘頭，如果不趕快買下針並注射的話，飛機就要掉下去了。』所以為了免於墜機的恐懼，必須提早在飛機開始墜落前注射。重點就在這裡。萬一注射之後，那個男孩被制伏，飛機平安無事抵達羽田機場的話……」

我瞪著身邊低著頭的推銷員，他尷尬地乾咳了一聲。

「……這麼一來，已經打了針的我並不會知道其實沒墜機而安樂香甜地死去，甚至不會知道自己被騙買了根本不需要的商品。另一方面，躲過劫機事件平安生還的你，便去銀行把我戶頭裡的錢全部領走，這樣你可是淨賺一大筆呢，假設你跟醫生買藥的原價是一百圓，你就賺了二百九十九萬九千九百圓哪。」

「……呃，這也是一種可能嘛，我也、我也是剛剛聽妳一說，才想到有這種可能。」

「騙子。」

「妳聽好了，的確可能像妳說的根本沒墜機。妳看看那個男孩，他拿槍的手勢蠢到好像隨時會打到自己的腳，但他運氣好到現在都沒被制伏，飛機仍受劫持，這樣下去再過幾十分鐘，飛機肯定會墜落T大校園的吧。」

「講得跟眞的一樣，你只是要我買藥才這麼說的，其實你心裡早就把籌碼壓在會有人制伏那個孩子吧。」

「這個嘛……」

他嘴邊露出了微笑，狐狸般的狡猾笑容。

「如果我從那邊能得利，我就壓那邊。總之妳買不買藥最主要的關鍵已經很清楚了，也就是說，假如那個男孩不屈不撓貫徹了自殺的決心，妳就會買下針筒，反正都要死，與其墜機不如安樂死比較輕鬆吧；但是，萬一那孩子半途失敗了，妳就不買藥，明明沒墜機卻安樂死也太愚蠢了。」

「你相當壞心眼嘛，眞是一筆低級的交易。」

我看向窗外，依舊只見藍白兩色。

「但你的說法很有趣，我想多觀察那個男孩一陣子再決定要不要買。不過我們不要浪費時間，先來決定價錢吧。」

「這樣啊……好吧，我們剛剛吵過要不要算便宜一點，看來那不成問題了，問題其實在於妳要不要告訴我提款卡密碼。」

他這麼一說我才發現，我安樂死掉後，他大可直接拿走我的皮夾，裡面的三萬圓現金一定會被他抽走，再來就是根據我有沒有告訴他提款卡密碼，他能得到的金額也有變化，也就是說，他的獲利會是三萬圓或是三百零三萬圓兩者之一。

「妳的提款卡密碼該不會是妳的生日吧。」

「正是。有什麼問題嗎？」

他揚起雙眉，驚訝地說道：

「妳就這麼大剌剌說出來沒關係嗎？剛剛看到妳皮夾裡有駕照，我就知道妳的生日了耶，也就是說妳安樂死的價錢會是三百零三萬圓喔。」

「無所謂，反正是人生的盡頭了。」

我微笑說道，他也同樣露出了笑容。

「請問一下……你們兩位爲什麼能夠那麼從容不迫呢……？」

肩並肩對話的我們頭上傳來了說話聲。

「喔，請稍等一下馬上好，我們就快討論出一筆大生意了。」

推銷員抬起頭來這麼說。當他看到聲音主人時，喉嚨發出像鴨子被掐住脖子的聲音。

「啊，眞抱歉……」

「不不，我打斷二位才不好意思。請繼續談你們的生意吧。」

聲音的主人站在走道上，手裡緊握著槍，我的視線無法從那把手槍移開。對我們說話的是劫機男孩。

我們鄰近座位一名體型高大看似柔道社的男人站了起來打算襲擊男孩，我和推銷員全身僵硬動彈不得，我想像著眼前即將展開前柔道社社員和手無縛雞之力男孩的格鬥場面，然而沒想到前柔道社社員踩到不知哪裡滾出來的空罐摔了一跤，一頭撞上座椅的一角就再也沒動靜了。男孩摸了摸他的頸動脈確認他已死亡。

「我從剛剛就很在意你們。」男孩坐在推銷員右邊的空位上說。

三張相鄰座椅從靠窗的左邊算過來分別是我、推銷員、男孩各卡一個位置。我看了看手表，劫機開始到現在過了將近四十五分鐘。

「我一直覺得你們躲起來鬼鬼祟祟不知道在講什麼。該不會是計畫要怎麼撲到我身上奪槍吧？還是嘲笑我翹起來的頭髮？穿著？還是我在學校被取的綽號？我剛開始是這麼以爲的，但仔細一看，該怎麼說呢……我發現你們兩人表情和其他乘客不大一樣……」

「是嗎？哪裡不一樣？」

我把身子稍微往前傾，越過推銷員問他，而推銷員則是稍微往後靠，好讓我可以清楚看見男孩。男孩很不好意思似地以沒拿槍的手順了順頭髮，但當他的手一撫過去，睡翹的頭髮還是像天線一樣豎起來。

「其他乘客每個人都怕得要命……就連爲了拯救大家而向我撲過來的人，臉上也都是緊繃的表情，有些人一直啜泣，很多人一臉蒼白，可是唯獨你們兩個一臉像是在自家客廳聊天的表情。你們難道不怕我和手槍嗎？果然像我這種人跑來劫機實在太滑稽，反而不覺得恐怖嗎？還是說考不上T大的人就不能劫機呢？」

「沒那回事，我們害怕得不得了啊，像是你那……」

推銷員呑呑吐吐的，一邊盯著男孩翹起來的頭髮。

「……我覺得你那種心裡糾纏了各種情結的舉止很病態，眞的滿可怕的啊。」

「什麼情結，我根本沒有那種了不起的東西，我只是老覺得大家都在嘲笑我罷了。路上經過我身邊的狗也是、電視裡的女高中生也是，大家都在心裡嘲笑我沒考上大學。」

「這樣啊……」推銷員這麼說，對我使了個「這孩子相當危險」的眼神，一邊以裝出來的溫柔口吻對他說：「你的心眞的太纖細了。」

我看看周圍，機上每個人都如男孩所說臉色慘白，雖然沒人敢露骨轉過頭來，但全機的人都很在意我們最後這一排動靜，尤其坐在附近的人更是豎起耳朵聽著我們的對話。我再度看著男孩說道：

「我想，我跟這個人不像其他乘客那麼害怕，或許是因爲我們沒什麼好失去的。」

男孩偏起頭露出想聽我繼續往下說的表情。

「雖然墜機死亡眞的很恐怖……但我想或許我們比其他乘客更能坦然接受死亡。」

我指著推銷員跟男孩說，這個人打算自殺，而我，在高中時受過某個男人殘酷的對待，正打算找他復仇。男孩聽完我的痛苦經歷，也跟剛才的推銷員一樣摀住了嘴巴。

「在那之後，我就再也無法相信男人了……」

男孩的眼眶有些泛紅凝視著我，躊躇許久，終於開口說道：

「妳想殺了那個傷害妳的男人？」

「嗯，是啊，沒錯。我希望他痛苦地死掉。不這麼做的話，你想想，我的心情不會有平復的一天對吧。就是這樣了，我和這位推銷員都待在離幸福有點遠的地方，所以就算碰上墜機死亡的不幸，我們心中某個角落也會覺得，反正人生就這樣吧。」

「所以你們才能這麼鎮定地聊天啊……」

男孩像是理解了似地點點頭。他沉默著思考一會後，垂下頭說道：

「妳很堅強。遇上這麼殘酷的事情也沒想尋死，反而一心想著復仇活到現在。」

「是啊，不過好像再過不久我就要死了。」

我這麼一說，身旁的推銷員便笑了出來：「哈哈哈，說得好。」

我探出身子，從男孩低垂的臉下方窺看他，他嚇了一跳，稍微直起身子。

「噯，能不能告訴我你對劫機這件事抱了多大的決心？」

此話一出，包括男孩、推銷員和周圍豎著耳朵的乘客全露出一頭霧水的表情。

「妳在說什麼啊？」

推銷員壓住我的肩膀把我推回座位上。

「等一下，這很重要。他究竟抱了多堅定的意志做出這件事，可是關係到我要不要買藥的重要判斷依據啊。」

「喔，原來。這麼說也是。」

推銷員點了點頭。

「藥？那是什麼？」男孩不解地問道。

我和推銷員交換了一下眼神，猶豫著該不該告訴男孩安樂死的事情，但最後我還是將針筒的事，以及我買了藥之後萬一劫機失敗時推銷員的獲利金額，全告訴了男孩。

「也就是說，妳在煩惱要不要買這名推銷員手上的針？」

我點點頭。推銷員咳了好幾聲之後，問男孩說：

「那麼，請你說一下吧。請問你究竟下了多大的決心扣下扳機的？話說回來，你又爲什麼要拖著我們一起自殺呢？」

男孩以出人意外的堅毅表情看著推銷員的眼睛，推銷員似乎被他眼神的魄力壓倒，微微縮起身子。

「我只是，恨透了這一切。」

男孩開口說道。

「我母親從小就教育我，考上T大是我的義務，我無法想像自己除此以外的人生。在母親的教育裡，考不上T大我就不配當人，結果一路成長至今，我一直以進入T大爲我的生存目的。」

「那畢業之後呢？」推銷員問。

「你在講什麼？那就是餘生了啊。沒錯，只要考上就好，之後的人生怎樣都無所謂。總之，爲了考上T大，我拚命用功，當大家都在打電動的時候、和女孩子出去玩的時候，我只是一味埋頭苦讀。」

「那念書以外的時間，你都在做什麼？」我問。

「我醃醬菜。」

出乎意料的答案，我和推銷員面面相覷。

「醃醬菜是我的興趣，醬菜桶一直都放在我的書桌底下。醬菜是很深奧的技術喔。」

接著男孩子開始說明依照蔬菜切法的不同，醬菜的嚼勁和醃漬的時間都有所變化，還解釋醃醬菜時鹽分的濃度。他說著這些事情的表情十分開朗。

「當我獨自一人在陰暗的家裡默默醃醬菜，內心便能平靜下來，我從小學時代就一直是這樣了……」

「看來這孩子從小就很危險哪。」推銷員悄聲對我說。

「學校裡大家好像都在嘲笑我，說我的穿著很土，我很害怕，根本不敢走進服飾店，我怕我踏進店裡店員也會嘲笑我，像我這種人還想打扮實在太滑稽了對吧？所以我只是把母親買給我的衣服穿在身上而已，我自己買的物品就只有筆記本跟文具。當大家努力存錢買CD，我存零用錢下來都是買鋼筆。我只知道念書，根本沒有同學要理我，就算聊天也沒有任何交集。大家都在背後說我『好臭』，明明我每天都洗澡的……」

「眞是沒創意的中傷。」我說。心裡多少在想一定是因爲他身上有醬菜的味道吧。

「我母親和所有親戚都認爲我一定會考上T大，但還是進不去。」

「爲什麼？」推銷員問。

「因爲T大不讓我進去。」

「我就是問你爲什麼啊？你每年考試那一天都剛好感冒嗎？」

「沒有啊。」

「還是幫助迷路的小孩所以遲到？救了溺水的小孩？難道是你一直握著得腦瘤快死掉的小孩的手？」推銷員念出各種考試失敗的可能原因，但男孩只是悲傷搖著頭。

「我也不知道爲什麼。我很不服氣問了老師爲什麼我考不上，結果……老師說我不是上T大的料，一輩子都不可能考上，叫我還是放棄的好。」

原來只是程度不好嘛。雖然沒人說出口，但機內正瀰漫著這樣的氣氛。不過男孩自己卻一邊說著：「實在是太——過——分——了。」漕漕地哭了起來。

「後來父母、親戚、所有人都瞧不起我。你們能理解那種感受嗎？要怎麼說你們才懂？一開始老師說我不可能考上T大，我其實是不相信的，但今年我第五次落榜，我終於接受自己根本考不上的事實。這樣的我接下來該怎麼辦？我這二十三年來的人生算什麼？我母親只教過我進T大的生存方式啊。我真是太沒出息了，我太沒用了，我好丟人，我不論去哪裡都覺得所有人在嘲笑我。」

座椅上的男孩垂頭喪氣地拱起身子，沒拿槍的左手掩住自己的臉。

啊啊，我恨這一切……

他如呻吟般吐出話語，那低沉的聲音彷彿搔抓著地面。他遮著臉，我看不見他臉上的表情，只聽見他喃喃自語著。

我聽見哄堂大笑……是同學的笑聲……大家都在笑我……笑我翹起來的頭髮……笑我根本沒牽過女生的手……大家都在心裡笑我……。啊啊……我受夠了……不要管我……不要管我……啊啊……我受夠了……我要殺光世上所有人……我不行了……誰來救救我……我恨、我好恨這一切……

男孩遮住臉的此刻，正是撲上去奪槍的大好時機，但沒人這麼做，現場所有人都被他異樣的行徑震懾住，他內心的黑暗乘著聲音穿透了每個人的皮膚。

我恨……我好恨……那就是我對所有人的感覺……我恨所有的人……我想殺光所有人……我想讓你們嘗到絕望的滋味……讓世上所有人嘗嘗看……

男孩放下遮住臉的左手，彷彿哭過的通紅雙眼盯著我看。他其實面無表情，但那一瞬間，我覺得他眼白的紅色部分宛如火焰。

「可是，我又沒辦法殺光世上所有人，所以姑且先挾持這架飛機再說。劫機的話我一個人也辦得到對吧？機上的乘客也是，墜機地點T大校園裡頭的人也是，全部毫無道理死去，然後全世界都會報導這個令人難以忍受的新聞，這就是我的希望。對了，我之前在網路上經營醬菜郵購，賣得非常好，一年賺了將近三百萬圓呢。」

「比我的年薪還多啊……」推銷員低喃著。

「但是，我的人生目標是T大，不是錢的問題。總之我把賺來的錢拿去買手槍了。」

「跟誰買？」

「住在某條小巷裡的槍枝販子，對方只會說簡單的日文，大概是中國人吧？他講話語尾都會加上『～嗯喔』。」

眞有那種中國人嗎？我忍不住想了一下，但還是閉著嘴什麼都沒說。

「我跟那個男的買了手槍和子彈，搭上了這班飛機。」

「你怎麼把手槍帶上飛機的？不是有警衛嗎？」

「我把一疊鈔票扔到他臉上，他就一臉恍惚地讓我通過了。」

「喔，這樣啊……」

金錢的力量眞是可怕。

「然後就變成現在這種狀況了。」

男孩看了看手表。

「啊，都這個時間了。大概再三十五分鐘就抵達T大校園了。」

他看著我的眼睛。

「我跟妳說，我一定會讓這架飛機墜落喔。不這麼做，我的心情是不可能平復的，我要把不幸……把絕對性的壓倒性的毫無道理的死亡帶給全世界的人。」

此時的他身上絲毫不見在走道上徘徊時的惴惴不安，他眼裡有著絕對要讓這架飛機墜落的強烈意志。於是我下定決心對推銷員說：

「我買那支針。我賭這架飛機會墜機，所以我要早一步安樂死。」

「這樣眞的好嗎？」

推銷員像要確認似地問我。

「把藥給我吧。」

我環視機內。走道上倒了好幾個人。

「我剛剛看著這男孩的眼睛，確實感受到他的決心了，這讓我打從心底相信這架飛機鐵定會墜落，機內所有人都將嘗到身處地獄般的恐怖滋味。」

「妳這女人在說些什麼啊？」推銷員一臉難以置信。

「所以我要買下『安樂死』。我決定了。」

我將手提包裡的皮夾遞給推銷員，對現金和提款卡都毫無留戀。

推銷員從西裝內袋拿出了針筒。小小的細長玻璃針筒裡裝著透明液體，我和男孩以及走道兩旁的乘客全盯著針筒看。

「裝在這支小針筒裡面清澈的水，眞的摻有能把一個人類的一生終結掉的『死亡』嗎？」男孩問。

「那是無痛而甜美的『死亡』喔。」

推銷員這麼說，將針筒遞給了我。我小心不讓它掉下去，雙手愼重地接了過來。掌心上的針筒幾乎感覺不出重量，我將之舉到和眼睛等高，窺視著裡面的液體。透過透明的液體看得到另一邊的光景，玻璃針筒另一側的景物彷彿軟軟的麥芽糖彎曲著。周圍所有視線全集中過來，甚至還有人從座位直起身子轉頭看我。

「……這麼多人圍觀，我很難死耶。」

我這麼一說，機內還活著的乘客紛紛乾咳著移開了視線。

「我得趕快了，你說過藥效發作需要三十分鐘的。」

我捲起左手袖子。因爲是長袖，最多只能露出到手肘一帶。

「我沒有自己打針的經驗，該怎麼做？」

「隨便打個地方就行了，那個醫生說打哪裡都死得成。」

推銷員的話給了我自信。我拔開針頭蓋子，細長的銀色針頭接觸到空氣。我望了一會兒針頭的尖端，轉頭對男孩說：

「我賭你會順利讓飛機墜落喔，請你務必要加油，將所有人推下恐怖的深淵吧。」

男孩很有精神地點了頭。

「我知道，我不會讓妳的安樂死白費的。」

「這兩個人從剛剛就一直聊著相當恐怖的話啊……」

我無視推銷員的喃喃自語，將針筒裡的空氣擠出來直到針尖滴出一點液體，然後把針頭對著左手肘內側刺了進去。針尖刺穿皮膚，傳來輕微的疼痛。我推動活塞讓液體流進體內，手臂內側感受著擴散開來的冰冷液體。

注射完後我抽出針頭，將空空如也的針筒還給推銷員。我放下衣袖，說聲「再會了」便閉上雙眼。深深的黑暗在我眼前擴散開來。

「奇怪，她已經一動也不動了耶……」

「我說藥效發作要三十分鐘是騙她的，醫生說這是即時發作的藥。」

「你爲什麼要說謊？」

「我得儘早讓她決定買藥才行。要是你被制伏了，這交易就沒辦法成立了不是嗎。」

「仔細想想的確是這樣，我懂了。這麼說來，你是希望我被制伏囉？」

「這樣我才有好處呀，她的存款就全是我的了。其實那個藥，醫生等於是免費送我的，所以我是淨賺一大筆喔。我想用那筆錢開始新的人生，或是先玩樂一陣子再來考慮自殺。呵……全新的人生喔。難道你不曾想過以脫胎換骨的心情讓人生從頭來過嗎？」

「我太憎恨積極向前這件事了，當自己死過一遍再開始新的人生，對我來說太困難了……對了有件事要麻煩一下，不只你，麻煩正在聽我說話的各位，我想請你們站起來往飛機前方的座位移動。有些是本來就空著的位置，有些是後來沒人坐的，其實有將近一半的座位是空的對吧，我想請大家集中坐到同一區，這樣我比較方便監視。」

「沒問題呀，大家來換個座位吧。不過所有乘客都集中在前半部，飛機不會斜一邊掉下去嗎？」

「反正都會掉下去，沒差吧。」

「說得也是。那她怎麼辦？」

「……就留在這裡，走道上躺平的那些人也維持原狀。還活著的人請全部移動到前面去。這是命令喔。還是你們不願意聽我這個沒考上T大的人的命令？」

我判斷自己應該死了，睜開眼睛伸了個懶腰。當我轉著頭放鬆頸部肌肉的時候，發現左手邊是窗戶，我仍和死前維持相同的姿勢坐在座椅上。看來即使成了幽靈，還是繼續待在飛機裡。

往旁邊一看，推銷員和男孩都不見了。我想起了在瀕死黑暗中聽到兩人的對話，就是男孩爲了監視方便要求所有乘客坐到前面去的那段交談。

變成幽靈的我站了起來，越過前座望向前方。在座位艙的前半部，乘客的後腦杓緊密排列著，而從正中間一帶到我所在的最後一排則是空無一人，非常清爽。

沒有乘客的座位艙後半部，地上倒著毫無動彈的人們，簡直就像從最前方到正中間是活人的世界，而從正中間到後方是死人的世界似劃分開來。

我看見了翹著頭髮的後腦杓。男孩爲了監視乘客，坐在後半部空著的座位上，他獨自一人坐在死人世界裡的模樣看上去非常寂寞。

沒有任何人說話，只有飛機的引擎聲。我靜靜穿過走道，走近男孩的座位。我繞過倒在走道上的人們，也小心閃過了途中滾來我腳邊的空罐。

我站到男孩座位的斜後方，手放到椅背上，低下頭正好可以望著他翹著頭髮的腦袋。他全神貫注凝視正前方，透過空氣的傳遞，他的魄力連我都感受得到。

我用指尖戳了一下男孩那搓宛如天線的翹髮，原來幽靈能夠在誰都察覺不到的狀況下隨心所欲亂摸啊，想到我也可以啪嗟啪嗟盡情拍打禿老頭的光頭，不禁覺得，其實當幽靈還不錯嘛。我以老鷹尋找獵物的心情環視機內，在緊密排列的後腦杓當中，發現了唯一一個皮膚色的、反射著炫目光芒的光禿後腦杓。我立刻決定過去摸他一把。

我開始朝那個方向移動。這時，男孩伸了個懶腰，把手槍放到隔壁座位上。因為手槍實在很少見，我忍不住拿起來把玩。相當沉重的手感，而且很堅硬，一戳它都覺得指甲像要裂開來似地，原來眞是金屬製成的啊，而其實更讓我佩服的是，幽靈居然能夠拿起有質量的東西。於是我握住手槍，胡亂比劃著持槍的姿勢。

「咦？怎麼會？」

男孩伸完懶腰，轉過頭發現我正在他背後大玩女警遊戲，不可思議地叫了出聲。他的雙眼是直直盯著我看的，我也很訝異。

「你看得見我？你還有陰陽眼啊？」

密集排列在飛機前半部的所有後腦杓一齊轉過來，當中有個人站了起來，是推銷員，他的嘴張得大大的，大叫：「妳爲什麼還活著！」我停下女警遊戲回他說：「這個嘛……我自己是覺得已經死了啦……」

「不，妳根本沒死！妳仔細看看自己的身體！腳都還在耶！」

我低頭看向自己的雙腳，的確如推銷員所說。我明白了，我還沒死。我明明已經打針了，居然沒死。我將槍口指向推銷員。

「你這個騙子！我根本沒安樂死啊！你竟然賣假藥給我！」

推銷員趴到座椅後方閃避槍口，只探出頭望著我，他周圍的人紛紛發出尖叫急著想離他遠一點，託他的福機內陷入一片混亂。

「請等一下！我也不知道怎麼會這樣……」

他困惑地喃喃說道，然後像是察覺到什麼，倒抽了一口氣。

「……那個老傢伙，難道他故意賣無害的藥給我！」

我槍口仍對準他，將食指放上扳機。

「重點是你打算怎麼賠償我！？安樂死沒死成，我不就也得墜機死了嗎！」

推銷員拿椅背當盾牌躲在後面，死命搖頭說：

「等等、請等一下！先冷靜一下，妳知道妳現在手上拿著什麼嗎？」

「你當我傻瓜嗎！」

「知道的話，怎麼還把那東西對著我！妳搞錯對象了吧！」推銷員指著站在我旁邊的男孩，「妳應該把槍口對準他，勸他投降啊！」

我轉頭看男孩。從座位站起身的他以非常認眞的眼神回看我。

「我爲什麼要勸他投降！我是賭他會讓飛機墜落的耶！」

「妳腦袋有問題啊！」推銷員大喊。

其他乘客也跟著發出噓聲。我稍微冷靜下來想了想，終於理解他們的意思。我手上拿的是男孩的手槍，這意謂著我們可以逃離墜機的命運了。

我將槍口離開推銷員，轉而指向男孩。推銷員露出鬆了一大口氣的表情。

「眞抱歉，明明剛才還替你加油的。」

我向男孩道歉。他絲毫不在意對準自己的槍口，靜靜地搖了搖頭。

「沒關係。」他聳了聳肩，將右手伸入上衣內側，「反正我還有另一把手槍。」

機內的空氣緊繃，乘客表情僵硬，沒人出聲，也沒人動，唯有男孩的神情奇妙地有著餘裕。他的右手仍插在上衣與毛衣之間，一逕盯著我的雙眼看。

「我外套內袋還插著一把手槍，我現在要用右手把它拿出來開槍射妳。」

我無法看見他被上衣遮住的右手。

「不要動。你右手就保持這樣不准動。」

「如果不想被攻擊，就要先攻擊……」他一邊說，嘴邊露出了微笑。

那是非常平靜的表情。

「某個冬夜，我一直在念書，不知何時窗外亮了起來。我推開窗一看，冰冷沁涼的空氣流進悶窒的室內，染白了我的吐息，悄悄降臨的清晨景色在冰霜中顯得閃閃發亮。自己眞的好努力念書呢，那一刻我感到非常幸福。我很喜歡那個清晨，不過殺了這麼多人的我，已經沒資格再看到那麼美麗的景色了吧……」

說著，他從上衣抽出右手直直指向我，我當場扣下了扳機。強烈的衝擊彷彿沉重的鐵塊撞上我的手掌，一陣風宛如空氣爆開來拂過我的臉頰，機內的人全趴了下去。男孩倒在走道上，右手握著一支鋼筆。

夕陽染紅了天空，我膝上抱著他的孩子在他家裡看電視。是個女孩子，還在讀幼稚園，只有她一個人在家。她不怕生，很快就跟我混熟了，本來在我膝上看著電視新聞，沒多久就睡著了。

角落的電視映像管正播放著今天上午劫機事件的相關新聞。飛機落地當時的影像、乘客下了飛機被擔架抬走的影像、警察進入機內的影像，畫面不停切換。走出飛機接受警方保護的乘客當中，有那麼一瞬間出現了推銷員和我的臉孔。

「眞是這輩子最糟的一次飛行啊。」我想起推銷員在飛機一落地後說的話，他以雙腳確認著不會搖動的地面說：「我應該好一陣子不會去思考死亡這件事了吧。」

我被帶上救護車送進了醫院，畢竟我注射了不明液體，還是需要檢查一下。除了我之外，一些昏過去的乘客也被救護車送進醫院。

不知道是不是作夢了，在我膝上睡覺的孩子動了動。她貼著我胸口熟睡的睡臉顯得非常幸福。他的家位於公寓三樓，陽光從南面的窗戶射進來照亮了室內。我眺望著窗邊的花盆，玄關傳來開門的聲音。

「我回來了。」

那是我在高中時代聽過之後，至今仍記得清清楚楚的男人嗓音。一陣穿過走廊的腳步聲，客廳的門打開來。他在門口停下腳步，發現坐在地板上的我，而他的女兒正坐在我膝上。我們四目相對，他的面容和我記憶中一樣沒什麼變。我不想詳細描述他從前對我做了多麼過分的事情，然而那些傷痕仍深深刻在我的心靈和我的身體上。

「你回來啦。」我說。

起初他只是納悶地看著我，隨即似乎想起了我是誰，往後退了幾步。

「妳爲什麼會在這裡……」

「我請人調查的。」

我一邊回答他，一邊抓起放在一旁的菜刀。

「不說這個，來你這裡可費了我九牛二虎之力呢，又碰上劫機，又開槍的……」

「我太太呢……」

他怔立當場，低頭看著我手上的菜刀問道。

「她好像留小孩在家，自己出去買東西了喔。」

我把菜刀抵在我膝上熟睡小女孩的脖子上。這時電視喇叭傳出了我的名字，我轉頭一看，電視螢幕正大大放出我的大頭照。旁白說，我是其中一名獲救的乘客，目前逃出醫院行蹤不明。我想起警察爲了問我話而守在病房外，我只說我要去廁所就逃出了醫院。他看了看電視畫面裡的我的照片，又看了看握著菜刀的我。

「究竟是怎麼回事？」

「這就是突如其來且毫無道理的不幸喔。嘜，你想過自己身上會發生這種事嗎？」

「求求妳，放開我女兒。」

他跪倒在地，爲高中時期和朋友一起對我做的殘酷暴行哭著道歉，屋裡迴盪著他的啜泣聲。不久玄關門打開，他太太買東西回來了。她提著購物袋穿過走廊，在客廳門口停下腳步，看到跪在地上的他和拿著菜刀的我，一臉困惑。小女孩仍靠在我的胸前熟睡，好長一段時間，誰都沒開口，一動也不動。菜刀仍抵在小女孩的脖子上，我轉頭繼續看電視新聞。

過一會兒，螢幕出現了那個男孩的臉孔，旁白正在說明他劫持飛機並殺害空服員和乘客。我想起了他被我開槍打死前說的事，關於那個被冰霜覆蓋的美麗清晨。我將菜刀從小女孩的脖子上移開，站了起來。

「一天之內沒辦法殺兩個人哪……」

我把小女孩放下來，走向玄關，與客廳門口的他和他太太錯身而過。他沒有回頭，他太太一臉疑惑地望著我。

我離開他家走出了公寓。太陽逐漸西沉，天空一片火紅。我拔足狂奔，即使撞到了路上行人。我也不知道自己要跑去哪裡，總之我就是不停地向前奔去。

從前，在太陽西沉的公園裡

我念小學的時候，我家附近有一個麻雀雖小五臟俱全的小公園，四周全是高樓圍繞，一到傍晚，公園一帶的車聲和嘈雜人聲消失，寂靜的空間裡，只有或許哪家小孩遺忘了的一只鞋子掉在地上。是這樣的一個公園。

到了晚餐時間，一起玩的朋友都回家去了，我還是得待在公園裡打發時間等爸媽回來。

一個人玩鞦韆玩膩了，我便像受到什麼召喚似地跑去沙坑玩耍。公園的角落有個沙坑，但平常孩子們都搶著玩鞦韆和溜滑梯，那個角落總是被遺忘。

黃昏時分，陽光穿過建築物間隙無聲地染紅整個世界，我連個說話的對象都沒有，獨自在沙坑裡玩耍。不知道誰放了一個黃色塑膠水桶在那兒，我脫了鞋，把沙子往自己的腳上堆。沙子冰冰涼涼的，細細的沙粒跑進趾頭之間非常舒服。

有時我也會玩一種遊戲，把手深深地伸進沙坑裡，想確認沙子究竟深入地底的哪裡。手垂直地插進沙坑，只是一路深入再深入，最後連肩膀都會伸進沙裡。我跟爸爸說了這件事，但他說，「沙坑也有底的，怎麼可能有這種事。」根本不相信我的話。

但我覺得爸爸錯了，因爲實際上我就是整條手臂都插得進沙坑裡呀。爲了確認這件事，我曾好幾次把手臂伸進沙坑裡。

我已經忘記那是試到第幾次的事了。公園角落的樹木在夕照下宛如全黑的剪影，那一天，我也是將整條右手臂插入沙坑直到肩膀部分。指尖似乎摸到了什麼。

沙裡好像埋了東西，軟軟的，涼涼的。我想確認那是什麼，便拚命將手臂往沙坑深處探，中指前端好不容易觸到的深處裡有某種豐滿有彈力的東西在，我想把那東西拉上來，卻一直搆不著，相反地我發現手指頭好像被什麼東西給纏上了。

抽回手臂一看，好幾根長長的頭髮纏著我的手指。髮絲雖然沾了沙子顯得又髒又乾澀，但我直覺那是女孩子的頭髮。

我再度把手臂插進沙坑想觸摸埋在裡面的東西，但這次不論再怎麼往下探，指尖都沒摸到任何東西。我的心裡浮上一絲遺憾。

紅色的視野中，圍繞著公園的高聳建築物每一棟都緊閉窗戶，宛如巨大的牆壁孤伶伶地框起了我和沙坑。

冷不防地，我一直插在沙裡的右手好像被什麼東西頂了一下，像是魚的嘴尖啄了一下的輕微觸感。

然後下一秒鐘，沙裡面有什麼東西抓住了我的手腕。那力量非常大，手腕整個被緊緊抓住。我想抽出手臂，右手卻像固定住了動彈不得。四下一個人也沒有，就算我喊救命，聲音也只是迴盪在這個高樓環繞的公園裡。

沙坑深處，我緊緊握住的拳頭被某種外力硬是扳了開來，接著掌心傳來某人指尖的輕微觸感，在我掌心裡順著某種規則移動。我察覺那指尖似乎正在寫字。

讓我出去

沙坑裡的某人在我的掌心上這麼寫。於是我把左臂也伸進沙坑深處，在抓住我右腕的某人的手背上，以指尖寫了字。

不行

沙坑裡的某人很遺憾似地鬆開了我的右腕，我把兩條手臂抽出來之後便回家去了。那次之後，我再也不靠近沙坑。後來那個公園進行改建大樓工程的時候，我還去看了一下沙坑，然而沙坑的深度並不足以埋任何東西。

首刊於

〈小飾與陽子〉《小說SUBARU》一九九八年十二月號
〈把血液找出來！〉《小說SUBARU》一九九九年十二月號
〈向陽之詩〉《小說SUBARU》二〇〇二年六月號
〈SO-far〉《小說SUBARU》二〇〇一年七月號
〈寒冷森林的小白屋〉《小說SUBARU》二〇〇二年二月號
〈Closet〉《青春與讀書》二〇〇一年一月號～三月號
〈神的話語〉《小說SUBARU》二〇〇一年二月號
〈ZOO〉異形COLLECTION《KINEMA・KINEMA》井上雅彥監修（光文社文庫）二〇〇二年九月刊
〈SEVEN ROOMS〉《MYSTERY ANTHOLOGY II　殺人鬼的放學後》（角川SNEAKER文庫）二〇〇二年二月刊
〈在墜落的飛機中〉單行本收錄新作
〈從前，在太陽西沉的公園裡〉《達文西》二〇〇一年十二月號（單行本未收錄，文庫版特別增收）

解說

這就是短篇。這就是乙一——關於《ZOO》

臥斧

很多人覺得一個文字創作者好歹得寫部長篇，才眞能稱得上是個「作家」。

這種觀念有點似是而非，愛倫坡（Edgar Allan Poe）和魯迅就是明顯的例外：他們著名的作品全是中短篇，不過沒人能否認他們的「作家」頭銜。長篇比較容易經營完整的概念、塑造立體的角色，能有更多的空間去鋪陳、表現文學技法；這些因爲字數篇幅變多變大而產生的優點，自然沒有太大的異議，但技法純熟的短篇作品，同樣也能有優異的表現；況且，有些故事原來就比較適合用中短篇的方式敘述，有些作者在小篇幅當中甚至比在大長篇裡更能找到發揮的空間。

例如乙一。

乙一的作品已有不少中譯版本，我第一次接觸的是改編成漫畫的短篇連作《GOTH》，然後才是《夏天．煙火．我的屍體》這本文字小說，其中收錄的同名中篇是乙一十七歲時的出道作，榮獲一九九六年第六屆集英社「JUMP小說大獎」。閱讀這篇作品前，我對於所謂「年輕天才」的新世代作者多少有點兒不信任，但讀過〈夏天．煙火．我的屍體〉後，卻不得不承認：乙一的短篇故事，的確值得一讀。接續閱讀的《平面犬。》、《只有你聽到》、《被遺忘的故事》等中短篇合集，再讀過《暗黑童話》、《在黑暗中等待》等長篇，更加確定：不是乙一的長篇不好，而是他的敘事方式，在短短的篇幅裡，能夠迸發出更大的力量。

這本《ZOO》就是很好的例子。

《ZOO》的日文版單行本在二〇〇三年出版，收錄了十則短篇，每則故事的篇幅都較先前出版的中譯作品更短，但內容更爲成熟精鍊，除了一如往常具備許多設定驚人的情節之外，更多了深層的內裡，令人讀後低迴不已，增添許多思索的餘韻。《ZOO》當中的五篇故事，在二〇〇五年被五個導演合力拍成五則短片合成的同名電影，二〇〇六年小說則出版了文庫本，拆爲上下兩冊，另外加進了一篇名爲〈從前，在太陽西沉的公園裡〉的故事。

我收到零散的譯稿時，第一篇讀到的是〈SEVEN ROOMS〉。

〈SEVEN ROOMS〉描述一對小姊弟被莫名綁架、囚在一個四壁蕭然、僅有一個出口的房間當中。小姊弟探知房間共有七個、每間囚有一人，而擄人囚禁的殺人魔則每天六點殺掉一人並且分屍；在沒有任何工具的房間裡，兩人要如何逃出生天？情節奇詭、張力滿點，閱讀這個故事時，很容易聯想起加拿大怪導演Vincenzo Natali一樣充滿幽閉壓力的優秀電影《異次元殺陣（Cube）》——這兩部作品的絕大部分故事都發生在密閉的小空間中，主角們也都是被莫名綁架囚禁，《異次元殺陣》的角色們試圖在各個暗藏致命機關的房間中穿梭尋找出路，而〈SEVEN ROOMS〉的姊弟則需面對日漸逼近的性命危險，設法活到最後。場景人物都十分精簡，但所營造出來的緊繃張力，卻令人喘不過氣來。

集子中同樣充滿電影感覺的，是另一篇故事〈Closet〉。

小叔對大嫂說自己得知了她某個祕密，再讀幾行之後，小叔成了一具屍體，而大嫂正在盤算如何藏匿屍體；屋裡的家人開始尋找失蹤的小叔，祕密眼看就要隱瞞不住……〈Closet〉在一萬多字的篇幅裡頭使用了電影常見的蒙太奇手法，所有跳躍剪接的場景先讓我們產生某種想像，在情節推進時再一一地將其推翻、重建令人驚奇的眞相。

驚奇結局是大眾小說常見的手法，不過乙一把這個技法推得更遠一點。

在〈神的話語〉中，主角「我」是個擁有特殊能力的孩子，只要集中精神說話，就能改變聽者（無論是人或是動物）的精神或者生理狀態；直至結局來臨，我們才會發現，原來「我」甚至將這個力量用在自己身上，但因故事以第一人稱敘述，所以主角不僅自欺，也巧妙地誤導了所有讀者。在〈ZOO〉這個故事裡，主角雖然沒有異能，但仍以各種手法自我欺瞞——乙一在故事開始沒多久便揭露了這個事實，到了結尾時再來個漂亮的扭轉，不但維持了Surprise Ending的感覺，也讓主角原來苦悶的情結，窺見某種獲得救贖的可能。

在乙一的這幾篇作品中，我們可以讀到，最常出現的角色關係及場景，就是家庭。

事實上，在這本短篇集裡，有超過半數的故事以此爲背景，其中〈小飾與陽子〉及

〈SO-far〉是帶有十足乙一式悲愁色調的兩篇。〈小飾與陽子〉描寫一對被母親以截然不同方式對待的雙胞胎姊妹，乙一輕淡地敘述著實則巨大的悲傷，結局前的一個逆轉，開啓了另一種幸福的新章；而〈SO-far〉中的孩子，在某個事件之後雖仍看得見父母親，但父母彼此卻見不著對方，最終縱使眞相大白，哀傷的事實已成定局。這兩則短篇裡，乙一揭示了家庭式的幸福並不來自血緣關係，而根植於成員之間彼此的信賴與關愛。

〈寒冷森林的小白屋〉從類似基調出發，卻發展出另一種不同的故事。被不人道對待的孤兒成爲沒有善惡觀念的殺人者，開始蒐集屍體搭蓋森林小屋——〈寒冷森林的小白屋〉是個冷冽憂傷的故事，背景卻帶著童話的色彩；而初讀時令人想起艾西莫夫（Isaac Asimov）經典作品《正子人（The Positronic Man）》的〈向陽之詩〉，則以科幻小說的調性，觀察人世的生死命題。這兩個故事從家庭的背景出發，卻帶出「非人」身分的主角，讓他們冷眼看待世界，一則惡寒、一則溫柔。

上述八篇故事似乎都略顯沉重，不過這本合集中的作品，還有兩篇異類。

〈把血液找出來！〉主角是一個沒有痛覺的老先生，他某日醒來，發現自己渾身是血，各懷鬼胎的家族成員於是在危急狀況下，開始尋找能夠救命的血袋。這個故事有推理小說的情節，卻以黑色幽默的基調敘述，讀來令人莞爾；另一個同樣趣味的故事是〈在墜落的飛機中〉，講述一個看起來很懦弱的劫機者脅持飛機，要求機長去撞毀他屢試不中的大學校園，飛機上的兩名乘客卻開始一場與這種緊張場面很不搭調的交易對話，十分滑稽突梯。雖然看似搞笑，但這兩個故事中乙一仍沒放鬆情感議題，在結局來臨時，依舊展現了各種矛盾卻也合理的人性思慮。

最後，我們來聊聊集子裡最短的作品〈從前，在太陽西沉的公園裡〉。

我認爲《ZOO》的中譯版本能夠收錄這篇作品，對讀者而言，是件十分幸運的事。這是個一千多字的極短篇，描寫一個孩子將手臂探入公園的沙坑裡時，發現有人被深埋其中，甚至要求孩子放他出去。故事看似戛然而止，但其中不只呈現了短篇小說利用緊緻濃縮重要情節、帶出意在言外尚有無數可能的敘事方式，還完美地散發出乙一在所有故事裡表現出來的獨特氛圍：與現實之間淡然的疏離、理應驚悚但卻潔淨的字句、令人感覺安心的惆悵，以及溫暖與寒意同時交纏的閱讀感受。

這正是短篇小說的無限韻致。這正是乙一。

本文作者介紹

臥斧，雄性。犬科動物但是屬虎，唸醫學工程但是在出版相關行業打滾。想做的事情很多。能睡覺的時間很少。工作時數很長。錢包很薄。覺得書店唱片行電影院很可怕。隻身犯險的次數很頻繁。出了六本書：《給S的音樂情書》（小知堂）、《塞滿鑰匙的空房間》（寶瓶）、《雨狗空間》（寶瓶）、《溫啤酒與冷女人》（如何）、《馬戲團離鎮》（寶瓶）、《舌行家族》（九歌）。喜歡說故事。討厭自我介紹。

乙一

Otsu
Ichi
作品集

05

ZOO

原著書名＝ZOO
原出版者＝集英社
作者＝乙一
翻譯＝張筱森
責任編輯＝詹凱婷
行銷業務部＝徐慧芬、陳紫晴
編輯總監＝劉麗眞
事業群總經理＝謝至平
發行人＝何飛鵬
出版＝獨步文化
城邦文化事業股份有限公司
115 台北市南港區昆陽街16號4樓
電話：(02) 2500-7696　傳眞：(02) 2500-1951
發行＝英屬蓋曼群島商家庭傳媒股份有限公司城邦分公司
115 台北市南港區昆陽街16號8樓
讀者服務專線：(02) 2500-7718；2500-7719
24小時傳眞服務：(02) 2500-1900；2500-1991
服務時間：週一至週五上午 09:30-12:00；下午 13:30-17:00
讀者服務信箱E-mail／service@readingclub.com.tw
劃撥帳號＝19863813
戶名＝書蟲股份有限公司
香港發行所＝城邦（香港）出版集團有限公司
香港九龍土瓜灣土瓜灣道86號順聯工業大廈6樓A室
電話：(852) 2508-6231　傳眞：(852) 2578-9337
E-mail／hkcite@biznetvigator.com
馬新發行所＝城邦（馬新）出版集團
Cite (M) Sdn Bhd
41, Jalan Radin Anum, Bandar Baru Seri Petaling,
57000 Kuala Lumpur, Malaysia.
Tel: (603) 90563833　Fax:(603) 90576622
email:services@cite.my

封面設計＝高偉哲
插畫＝VIVI
排版＝游淑萍
印刷＝中原造像股份有限公司

□2021年7月三版
□2024年9月16日三版五刷
售價／360 元
Printed in Taiwan

國家圖書館出版品預行編目資料

ZOO／乙一著；張筱森譯. -- 三版. -- 臺北市：獨步文化, 城邦文
化出版：家庭傳媒城邦分公司發行，民 110
面；　公分. -- （乙一作品集；5）
譯自：ZOO
ISBN　9789865580704（平裝）
ISBN　9789865580711（EPUB）

城邦讀書花園
www.cite.com.tw